GENEVA LEE

Now and Forever

Weil ich dich liebe

GENEVA LEE

Now and Forever

Weil ich dich liebe

Roman

Deutsch von Michelle Gyo

blanvalet

Die Originalausgabe erschien 2013 unter dem Titel
»Catching Liam« bei Ivy Estate, Louisville.

FSC
www.fsc.org
MIX
Papier aus verantwortungsvollen Quellen
FSC® C014496

Verlagsgruppe Random House FSC® N001967

1. Auflage

Neumarkter Str. 28, 81673 München
Redaktion: Susann Rehlein
Umschlaggestaltung: © Johannes Wiebel | punchdesign,
unter Verwendung von Motiven von Shutterstock.com
(oneinchpunch; Cat Act Art)
WR · Herstellung: sam
Satz: Uhl + Massopust, Aalen
Druck und Bindung: GGP Media GmbH, Pößneck
ISBN 978-3-7341-0638-5

www.blanvalet-verlag.de

Für E, G & N,
für die ganzen Geschichten.

Prolog

Montagnacht wurde geangelt. Diese Tradition hatten wir etwa zwei Wochen nach Beginn unseres ersten Semesters eingeführt. Und heute war die erste Angelnacht seit Beginn des Herbstsemesters an der Olympic State. Allerdings war ich heute allein, also trug ich diesen herrlichen korallenfarbenen Lippenstift auf, der *Trouble* hieß, und verfluchte dabei im Stillen Cassie, die vorhin mit einer fadenscheinigen Ausrede über irgendein Paper für ihr Kommunikationsseminar abgesagt hatte. Mir war klar, dass Trevor wollte, dass sie zu Hause blieb. Ich hatte sie sowieso schon abgehakt, es macht nun mal keinen Spaß, mit jemandem auf Männerfang zu gehen, der bereits erlegt worden ist. Trotzdem war es ätzend.

Ich verscheuchte die Enttäuschung und zwängte meine Füße in die unpraktischsten Sieben-Zentimeter-Wedges, die ich besaß. Diese Bindung – zu meinen Schuhen – war die engste, die ich einging. Sobald ich sie für den Abend auserwählt hatte, war ich praktisch mit ihnen verheiratet. Das war eine unserer Regeln. Wir würden keins dieser Mädchen sein, das barfuß von einer Bar nach Hause lief. Weil: Igitt! Ich hatte genug Frischlinge auf die Bürgersteige kotzen und Jungs in den Gassen nahe der Pine Street eine Runde pinkeln gehen sehen, um zu wissen, durch was genau ich da lief. Es war immer noch warm an der Küste Washingtons, also streifte ich ein Nichts von einem Kleid über und forderte im Geiste Jessica heraus, mir auch noch abzusagen.

Diese Nacht würde so oder so episch werden.

Ich hatte keine Ahnung, wie recht ich damit haben sollte.

Kapitel 1

Der Geruch nach Vanille weckte mich, was ziemlich unmöglich war, da ich nichts Vanilliges besaß – keine Kerzen, keine Creme und ganz bestimmt keinen Vanilleextrakt. Welcher Student hat so was schon? In die Küchenzeile im Wohnzimmer passten gerade mal ein Topf und ein paar Pappbecher, und außerdem lag ich im Bett. Jessica hatte sich früh von unseren üblichen Mittwochabendplänen verabschiedet, um sich mit Brett zu treffen, und das bedeutete, dass ich allein in unserer Wohnung sein sollte.

Ich drehte mich um und stellte fest, dass die andere Seite meines Bettes von jemandem zerwühlt worden war. Ich ging die Erinnerungen an die letzte Nacht durch, bis er mir wieder einfiel. Süß, aber sonst ziemlich unscheinbar, obwohl das auch das Ergebnis von zu vielen Drinks und zu wenig Nachdenken sein konnte. Allerdings erinnerte ich mich jetzt, als immer mehr Erinnerungen an die Aktivitäten der letzten Nacht in meinem Gedächtnis aufblitzten, dass er ein wirklich sensationelles Sixpack hatte. Würde

Bier mir so gut schmecken, wie diese Bauchmuskeln aussahen, wäre ich für den Rest meines Lebens besoffen.

Die schiefe Darbietung eines Songs von Mumford & Sons erklärte den Duft, der durch mein Zimmer schwebte.

Das durfte nicht wahr sein.

Ich kämpfte mich aus dem Bett, schnappte mir ein zerknäultes Shirt und zog es mir über den Kopf. Ich band meine Haare zu einem unordentlichen Knoten und beschloss, das Bad auszulassen und stattdessen gleich in die Küche zu gehen, um den Unfug in Augenschein zu nehmen, der sich da anscheinend abspielte.

Ich bog einmal um die Ecke in unserer kleinen Wohnung und blieb abrupt stehen. In meiner Küche stand ein gut eins achtzig großer, unfassbar heißer Typ, und zwar splitterfasernackt. Ich hatte mich ja daran erinnert, dass er süß war, und bei Gott, das war er. Er hatte ein ansprechendes Gesicht. Nicht die Art, die man auf einem Kinoplakat sehen würde, aber symmetrisch, mit schön geformter Nase und einer kantigen Kieferpartie. Seine Augen waren himmelblau, und das dunkelblonde Haar war gerade so verwuschelt, dass es sexy aussah. Sein Körper allerdings, der war eine Sache für sich, und zwar bis hinunter zu seinen absolut perfekt geformten Waden.

»Hallo, Schönheit.«

Er hatte einen Akzent. Wie hatte ich vergessen können, dass er einen Akzent hatte? Glücklicherweise fiel mir sein Name ein. Liam. Das erklärte dann wohl den Akzent. Selbst wenn ich es letzte Nacht nicht darauf angelegt hätte, mir einen Typen zu angeln, diesem Hauch von Schottland auf seiner Zunge hätte ich in keinem Fall widerstehen können.

Ich lehnte mich gegen den Küchentresen und sah, dass das gesamte Geschirr, das wir besaßen, dort in wildem Durcheinander herumlag.

»Das ist ein Fleischklopfer«, sagte ich und streckte die Hand nach dem merkwürdigen Ding aus, das meine Mutter mir geschenkt hatte. Eins der besonderen Talente meiner Mutter bestand darin, mir die Haushaltswaren zu vermachen, die sie niemals benutzte, und ich fühlte mich dann genötigt, sie zu behalten.

»Sorry, ich räume nachher auf. Aber die hier sind das Chaos wert«, sagte er und hielt eine Rührschüssel hoch.

»Du weißt schon, dass der Anstand es eigentlich gebietet, dass du dich am Morgen still und heimlich rausschleichst, ohne vorher das Haus einer Frau zu verwüsten?«

»Meine Mutter hat mich dazu erzogen, immer höflich zu sein.«

»Das hier ist höflich?«, fragte ich.

»Einer wunderschönen Frau Frühstück zu machen nach einer ausschweifenden Nacht, ist quasi die Definition von Höflichkeit.«

»Du musst das wirklich nicht machen«, sagte ich, dann seufzte ich, als er einen Karton Eier aus dem Kühlschrank nahm. Ich war selbst schuld, ich sollte es wirklich besser wissen und keinen Typen mit nach Hause nehmen, wenn wir einen vollen Kühlschrank hatten. Ich machte mir im Geist eine Notiz, dass ich nächste Woche den Kühlschrank vorher leeren sollte.

»Man darf Waffeln niemals ohne Eier machen«, teilte Liam mir mit, während er eines aufschlug und in die Schüssel gleiten ließ.

»Moment mal. Wir haben ein Waffeleisen?«, fragte ich. Ich sah mich in der Küche um, weil ich mir plötzlich nicht mehr ganz sicher war, ob ich im richtigen Haus war. Das hier sah zwar wie meine Küche aus, bis hin zu den gehäkelten Topflappen von meiner Großmutter, die die hipstermäßige Küchenzeile säumten und so halbwegs cool wirkten. Doch erst als mein Blick auf die Packung Kaugummis fiel, entspannte ich mich wieder.

»Genau genommen habt ihr zwei Waffeleisen«, sagte er und deutete mit einem Nicken auf eine Edelstahlschüssel, deren glänzende Oberfläche seine strammen Bauchmuskeln widerspiegelte.

»Das ist ja so was von meta.« Verzweifelt hoffte ich, dass er mich nicht dabei ertappt hatte, wie ich das Spiegelbild seiner Muskeln in der Rührschüssel anstarrte. Das hektische Fiepen eines Timers lenkte mich endlich von ihnen … äh, ihm … ab, aber das war nicht der Klang der Ofenuhr.

»Ich hab keine Ahnung, was das ist. Das piept schon seit einer Stunde oder so«, sagte Liam und schaute sich um.

»Shit!«, rief ich, sprang auf und lief zum Schrank, während mein Gehirn Berechnungen anstellte. Eine Stunde zu spät bedeutete …

Liam unterbrach diese Gedanken, als er mich jetzt an sich zog, und zugegebenermaßen lenkte mich sein sehr nackter Körper ziemlich ab. Was machten schon weitere fünf Minuten? Oder zehn, dachte ich, während seine Lippen über meinen Hals wanderten. Sein Dreitagebart kitzelte sanft über meine Haut, und ich bebte vor freudiger Erwartung. Es ging viel zu schnell und dauerte gleichzeitig viel zu lange, bis sein Mund sich auf meine Lippen senkte, aber als er es endlich tat, presste ich meinen Körper gegen seinen, sodass unsere Hüften genauso begierig aufeinandertrafen wie unsere Lippen. Liams Hände strichen über meinen Rücken und umfassten dann meine Hüften. Seine Hände waren kräftig und sehr warm auf meiner nackten Haut, und sie glitten jetzt weiter hinab, packten meinen Po und hoben mich hoch. Ich schlang meine Beine um seine Taille, als er mich auf die Theke setzte.

Genau auf den Fleischklopfer.

»Au!«, schrie ich und warf mich ihm entgegen, weg von dem Stein des Anstoßes. Er fing mich auf, stolperte rückwärts gegen die Anrichte, und wir brachen vor Lachen förmlich zusammen.

»Vielleicht ist die Küche nicht der beste Ort, um …« Er hob die Augenbrauen – eine eindeutige Einladung, die Sache im Schlafzimmer weiter zu vertiefen.

»Die Waffeln«, rief ich.

»Welche Waffeln?«, erklang eine verschlafene Stimme hinter uns im Flur. »Du hast Waffeln gemacht?«

Liam riss die Augen auf, und wir blickten gleichzeitig hinunter auf die Herrlichkeit, die sich mir dort bot.

»Mist, Jess ist daheim«, sagte ich und versuchte, das Kichern zu unterdrücken, das mir in der Kehle aufstieg.

»Ich kann es gar nicht erwarten, sie kennenzulernen«, sagte Liam.

»Gut, denn genau das wird gleich passieren.« Ich warf ihm einen der Topflappen meiner Großmutter entgegen. »Hier. Halte dir das vor.«

Liam bedeckte sich damit, aber dank unserer Aktion am Küchentresen sah es aus, als hätte er ein kleines Häkelzelt auf den Beinen.

»Das wird nicht hinhauen«, sagte er und grinste mich an. Mein Magen machte einen Satz, als er meine Hand packte und mich vor sich zog. Keine drei Sekunden später stolperte Jess herein. Sie rieb sich die Augen, die sie gleich darauf weit aufriss, als sie mich erblickte, die jetzt Liams Feigenblatt mimte.

»Guten Morgen«, sagte sie fröhlich.

»Ich dachte, du wärst bei Brett«, sagte ich und bemühte mich sehr, mich nicht von dem nackten Schotten hinter mir ablenken zu lassen oder von den Gedanken an die Topflappen meiner armen Oma.

»Nope.« Sie lächelte uns schelmisch an. Irgendwie hatte ich es seit Jahren zu verhindern gewusst, dass ein Typ über Nacht geblieben war. Der Junge, mit dem ich im ersten Semester zusammen gewesen war, war wahrscheinlich der Letzte gewesen, und die Beziehung hatte auch nur zwei oder drei Wochen gehalten. Jess hatte ganz offensichtlich Spaß an meiner derzeitigen kleinen Verlegenheit, vor allem da ich sie erst vor Kurzem mit Brett auf der Couch erwischt hatte. Und dort hatten sie nicht gelernt.

»Ich habe gar nicht gehört, dass du nach Hause gekommen bist«, sagte ich mit schwacher Stimme. Sie würde bestimmt nicht so nett sein und sich verkrümeln, also würde ich einen Weg finden müssen, sie aus dem Zimmer zu lotsen, damit Liam sich anziehen konnte.

Der dann hoffentlich gehen würde.

»Ich kann mir vorstellen, dass du nichts gehört hast«, sagte sie vielsagend. »Du schienst ziemlich … vertieft in gewisse Aktivitäten.«

»Jess …«, begann ich und wappnete mich dafür, ihr einfach zu sagen, dass sie rausgehen sollte, selbst wenn sie mir dann den Rest der Woche böse war.

»Möchtest du Frühstück?«, meldete sich da Liam zu Wort. »Ich mache Waffeln.«

»Ich hätte gerne Waffeln«, sagte sie und sah dabei weiterhin mich an. Ihre Augen glitzerten vor Erheiterung, auf diese Ich-koste-das-aus-so-lange-es-irgend-geht-Art, die nur eine beste Freundin draufhat.

»Fantastisch«, sagte ich. »Die Toilette ist schon wieder undicht, kannst du mir damit mal helfen?«

Das war die lahmste Ausrede überhaupt, und wir alle drei wussten das. Jess bedeutete mir trotzdem mit einer Geste, ihr ins Bad zu folgen, und ich lief ihr eilig hinterher. Nur kurz sah ich mich noch einmal nach Liam um und flüsterte lautlos »sorry«. Er winkte ab, aber ich ging kurz in mein Zimmer, holte seine Jeans und warf sie auf den Küchentresen, bevor ich Jess ins Bad folgte.

Jess kreuzte die Arme vor der Brust und wartete, während ich mich im Spiegel musterte. Es war absolut unfair, dass Jess' blonde Haare am Morgen so perfekt glatt waren, während meine unordentlichen dunklen Wellen wirkten, als wäre ich in einen Hurrikan geraten. Alles an meiner besten Freundin war akkurat und wohlgeraten, bis hin zu ihrer Größe-38-Figur und ihren Aussichten im Medizinstudium. Meine Kurven waren unterdessen genauso außer Kontrolle wie mein Haar, und um meine Noten war es nicht viel besser bestellt.

»Ich hasse meine Haare«, meckerte ich.

»Du siehst super aus«, sagte Jess. »Dein Haar ist so schön zerzaust, das ist sexy, außerdem leuchtest du wie frisch gevögelt.«

Ich zwinkerte ihr im Spiegel zu, froh, dass sie es bemerkte.

»Sag mir nur, dass dieses Nachglühen nicht der Küchenzeile zu verdanken ist«, flehte sie mich an.

Ich hob mein Shirt, um ihr das Muster auf meiner Arschbacke zu zeigen. »Vom Fleischklopfer gerettet.«

»Oh! Das macht man also damit?« Wir gackerten beide los, und ich schnappte mir eine Bürste, um meine Haare zur Räson zu bringen. Doch ich ließ versehentlich die Bürste fallen und fluchte. Der vertraute Frust über meinen Körper stieg in mir auf, meine Haut wurde vor Wut heiß, und Flecken bildeten sich auf meinem Hals.

»Ist in Ordnung«, sagte Jess leise. Sie hob die Bürste auf und begann, damit durch meine wirren Strähnen zu fahren, aber ich machte einen Schritt von ihr weg.

»Kannst du ihn loswerden?«, bat ich sie, und sie nickte. Sie stellte keine Fragen. Jess verstand mich immer.

»Nimm deine …«

»Ich weiß«, unterbrach ich sie. »Wichtiger ist aber gerade, dass da ein nackter Schotte in unserer Küche steht.«

»Der Waffeln macht«, erwiderte sie.

Ich rollte die Augen, um ihr zu zeigen, dass mich weder Liam noch seine Waffeln interessierten oder wie sein Atem sich in meinem Nacken anfühlte oder meine Beine, die sich um seine Taille schlangen. Das war mir alles total egal.

»In Ordnung«, sagte Jess. »Ich werde ihn für dich los. Aber um es mal erwähnt zu haben: Er scheint nett zu sein.«

»Das sagst du über alle Jungs.«

»Das stimmt nicht!« Jess fuhr zu mir herum. »Die meisten sind …«

Ich schob sie hinaus in den Flur und schloss dann die Tür vor ihrer Nase. Ich brauchte heute keine Standpauke von Jess. Ich wusste ja schon, dass sie recht hatte, wenn es um Jungs und die Schule und alles andere ging, denn Jess hatte ihr Leben im Griff. Sie hatte eine Zukunft. Sosehr sie sich auch Mühe gab, wie hätte sie die graue Leere sehen sollen, von der mein Leben verschlungen wurde. Doch bei einer Sache hatte sie unrecht: Ein netter Junge würde mich und mein Leben nicht in Ordnung bringen.

Abgesehen davon hatte ich kein Interesse daran, mir einen Typen zu angeln, mit dem es ernst wurde, doch als ich jetzt an Liams schiefes Grinsen dachte und seinen himmlischen Körper, hätte ich meine Meinung fast geändert.

Kapitel 2

Jess saß am Tresen, als ich ein paar Minuten später in den Wohnbereich kam. Meine Haare hatte ich mit Erfolg gezähmt, aber ich war immer noch nicht angezogen, hatte meine Medikamente noch nicht genommen und noch nichts gegessen. Unglücklicherweise war da auch noch ein hemdloser Schotte, der Jess einen Teller mit Waffeln reichte. Ich blitzte quer durch das Zimmer böse ihren Rücken an und versuchte mit ganzer Kraft zu erreichen, dass sie sich zu mir umdrehen und mich ansehen würde.

»Ich habe ein Studentenvisum. Es gilt nur für ein Jahr, aber ich hätte nichts dagegen, länger zu bleiben«, erzählte er ihr gerade.

»Und du kommst aus Edinburgh?«, fragte Jess, und er lachte los. »Ich spreche das total falsch aus, oder?«

»Es heißt Ed-in-burr-ah«, sagte er und sprach dabei sehr langsam und mit sehr viel Betonung. »Das ist die Hauptstadt von Schottland. Wir haben die besten Künstler und Geschäfte.«

»Abgesehen von denen in Amerika?«, zog Jess ihn auf.

»Hat dir mal jemand gesagt, dass ihr Amerikaner einen Überlegenheitskomplex habt?«, fragte er, aber sein verdammter Akzent ließ es sexy statt wie eine Beleidigung klingen. Liam legte die Hände auf den Tresen und stemmte sich hoch, sodass er darauf saß. Den Fleischklopfer musste er weggeräumt haben.

»Du sagtest, ihr hättet die besten«, stellte sie klar.

»Ich meinte, sie sind gut. Ich bin an dieses ganze amerikanische Konkurrenzdenken nicht gewöhnt.« Liam zwinkerte ihr zu, und ich meine, er zwinkerte ihr zu wie der charmante Typ in einer miesen romantischen Komödie.

Ich schüttelte den Kopf, um die atemberaubende Wirkung loszuwerden, die sein Akzent auf mich hatte. Ich wollte keine Unterrichtsstunden in Aussprache und Geografie von Liam, ich wollte, dass er endlich ging. Aber je länger Jess mit ihm redete, desto weniger wahrscheinlich wurde das.

Verräterin. Verräterin. Verräterin. Ich schleuderte ihr das Wort in Gedanken an den Hinterkopf.

Sie drehte sich jedoch nicht um, also war ich gezwungen, zu ihnen zu gehen. Ich machte eine finstere Miene, damit sie gleich sah, in welchen Schwierigkeiten sie steckte.

»Hi, Chick.« Liam zwinkerte wieder, aber da es dieses Mal für mich bestimmt war, fand ich es deutlich weniger nervig.

»Hast du mich gerade Hühnchen genannt?«, fragte ich.

Liam grinste mich verlegen an. »Tut mir leid. Das ist für mich wie das, was ihr Amerikaner sagt – Baby?«

Ich schnalzte zweimal mit der Zunge. »Grab dir nur weiter dein Loch.«

»Komm, ich hol dir einen Teller mit Waffeln«, sagte er.

»Ich sollte wirklich nicht...«, rief ich und versuchte, ihn aufzuhalten, aber er holte bereits eine frische Waffel aus dem rätselhaften Waffeleisen, das er irgendwo in den Tiefen unserer Küchenzeile entdeckt hatte. »In einer Stunde habe ich ein Seminar.«

»Bis dahin ist genug Zeit«, sagte er. »Und ein Mädchen im Wachstum braucht Frühstück.«

Jess streckte unauffällig die Hand aus und drückte meine, damit ich ruhig blieb.

»Wachstum?«, wiederholte ich. Sobald man zwanzig geworden ist, wächst man nur noch in eine Richtung.

»Mist. Ich trete immer wieder ins Fettnäpfchen, oder?«

Mir fielen ein paar andere Orte zum Hintreten ein. Solche Gedanken nannte Jess »Grenzen für gesunde Beziehungen aufbauen«. Sie war Expertin in so was, nach zwei Semestern mit Psychoseminaren.

»Bitte, setz dich«, bat Liam mich. Sein Blick wurde weich, und er sah aus wie ein trauriger Welpe.

Ich seufzte und zog mir den Hocker heran.

»Tut mir leid«, formten Jess' Lippen lautlos, als ich mich setzte.

Ich ignorierte sie. Wenn ich nicht auf ihre Hilfe zählen konnte, würde ich ihr vielleicht den Beste-Freundinnen-Ausweis wieder abnehmen müssen. Es war nämlich nicht so, dass ich sie oft in diese Situation brachte. Für gewöhnlich erkenne ich die Klammeraffen ziemlich gut – die, die dich zum Abendessen ausführen oder sich mit dir ernsthaft über dein Hauptfach unterhalten wollen. Diese Typen habe ich nie mit nach Hause genommen. Ich hatte ehrlich gedacht, dass Liam auf der Suche nach einer amerikanischen Eroberung war, und warum sollte ich mir keinen Schotten angeln, mit dem ich dann nachher angeben konnte?

Ein Summen zeigte an, dass sie eine Nachricht bekam, und ich sah zu ihr hinüber. Ich versuchte zu erkennen, wer ihr schrieb, aber der Tresen war im Weg. Ich streckte die Hand aus und tat, als wollte ich ihr das Handy wegnehmen.

»Hey!« Jess stieß mir den Ellbogen in die Seite, aber ich fing ihren Arm ab und benutzte die andere Hand, um sie im Nacken zu kitzeln. Das funktionierte immer. Jess ließ das Handy fallen, genau wie ich erwartet hatte, und ich stürzte mich darauf. Liam bekam davon nichts mit, da er zu beschäftigt war mit der Suche nach einer sauberen Gabel.

Cassie: OMG, und jetzt macht er Frühstück?!?! Sorg dafür, dass sie es nicht versaut.

Über der Nachricht war ein verschwommenes Bild von Liam, das aufgenommen worden war, als er nicht hingesehen hatte. Ich wedelte mit dem Handy vor ihrer Nase herum und steckte es dann in meine Tasche. Ich wollte vielleicht, dass Liam ging, aber ich würde ihm nicht verraten, dass meine verrückte Mitbewohnerin und Bald-Ex-beste-Freundin Fotos von ihm machte, wie er da halb nackt in unserer Küche stand.

»Gib mir das zurück«, heulte Jess auf.

»Wenn du brav bist«, sagte ich und setzte mich wieder auf den Hocker.

Liam stellte eine Waffel vor mir auf den Tresen. Und es sah sehr verdächtig danach aus, als wären Butter und Sirup darauf.

»Hast du eingekauft?«, fragte ich Jess.

»Ich bin zum Markt gegangen«, antwortete Liam und machte dabei eine Geste mit der Hand. »Ihr hattet kein Essen daheim.«

»Weil wir nicht kochen«, sagte ich. Er war heute Morgen also nicht nur nicht weggelaufen, er war zurückgekommen, und das auch noch mit Lebensmitteln!

»Wir kochen, Jills«, sagte Jess, aber ich warf ihr einen warnenden Blick zu, damit sie ihn nicht weiter ermutigte.

Ich piekte in die Waffel und nahm einen Bissen. Butter. Sirup. Vanille. Ich konnte mir ein Aufstöhnen nicht verkneifen.

»Da mag jemand deine Waffeln«, sagte Jess und grinste mich unverschämt an.

»Ich habe viel Erfahrung darin, jemanden zum Stöhnen zu bringen«, antwortete Liam, ohne zu zögern.

Jess riss die Augen auf, und ich klopfte ihr auf den Rücken. »Erstick nicht gleich.«

»Dabei warst du es, die gestöhnt hat.«

Der geistreiche Schlagabtausch wurde von Taylor Swift unterbrochen, die einen Song übers Schlussmachen schmetterte. Liam schnappte sich mein Handy vom Tresen. »Da steht ›Tara‹.«

»Meine Mutter. Achte nicht darauf. Ich rufe sie später zurück«, antwortete ich und drückte auf das rote Symbol. Das Letzte, was ich jetzt brauchte, war ein Schwatz mit Tara.

»Jillian.« Die vertraute Mahnung klang scharf in Jess' Stimme mit. Sie wusste, dass das Ablehnen eines Anrufs von Tara gleichkam mit dem Anheben der Nationalen Sicherheitsstufe. Natürlich war Jess auch dabei gewesen, als die Campus-Polizei in meinem zweiten Jahr hier an die Tür geklopft hatte, um einer Vermisstenmeldung nachzugehen. Diese vermisste Person saß allerdings zu Hause und ignorierte die Anrufe ihrer Mutter. Meine Mutter neigt dazu, einen Hauch zu viel Drama zu erzeugen.

»Ich ruf sie später an«, wiederholte ich. Ich hielt das Display meines Handys hoch. »Musst du nicht mal los?«

»Verdammt.« Jess schob sich den letzten Bissen Waffel in den Mund und sprang vom Hocker. »Es war schön, dich kennenzulernen, Liam. Komm unbedingt wieder, um uns zu füttern.«

»Sehr gerne.« Liams Lippen verzogen sich wieder zu dem schiefen Grinsen.

Verdammt, er war wirklich heiß.

Sobald Jess in ihr Zimmer gegangen war, nahm ich meinen Teller und wagte mich in den Küchenbereich.

»Sicher, dass du keinen Nachschlag willst?«, fragte Liam. Wie er das sagte, war ich nicht sicher, ob wir über Waffeln oder etwas anderes sprachen.

»Ich nehme nie Nachschlag«, sagte ich und stellte den Teller in die Spüle.

»Nicht mal eine weitere Waffel?«, fragte er. »Ich habe gehört, die sind wirklich lecker.«

»Wenn dein Studentenvisum abläuft, solltest du dir einen Job in einem Waffelladen suchen.«

»Ein großes Lob von der Schneekönigin!«, rief Liam, holte eine Waffel aus dem Waffeleisen und strich Butter darauf.

»Ich bin nicht die Schneekönigin.« Liam kannte mich gerade mal seit fünf Minuten. Das konnte er nicht wissen. Anscheinend gab man jetzt schon seine geheimsten Gedanken preis, wenn man mit jemandem Sex hatte. »Warum bist du noch hier?«

»Bin noch nicht mit dem Frühstück fertig.«

»Und dann gehst du?«, fragte ich.

»Ich habe andere Pläne für nach dem Frühstück.« Er ließ die leicht angebrannte Waffel fallen und stürzte sich auf mich. Ich machte einen Schritt zurück, und er stützte seine Hände rechts und links von mir auf den Tresen, hielt mich so gefangen und versperrte mir den Weg in die Freiheit. Er war mir so nah, dass er mich hätte berühren können, aber er hielt ein wenig Abstand.

»Und die wären?«, flüsterte ich.

»Ich will die Schneekönigin aufwärmen.«

»Ich bin nicht die Schnee …« Seine Lippen lagen auf meinen, bevor ich den Satz beenden konnte. Es war sowieso egal, da seine Arme mich umfingen und ich gegen ihn sank, für den Moment zu abgelenkt von seinem Mund, um einen logischen Gedanken zu fassen. Einzig mein dünnes Shirt befand sich zwischen mir und seinen straffen Muskeln, und als ich mit den Fingern daran hinabfuhr, spürte ich jeden einzelnen wohldefinierten Bauchmuskel. Das hier meinten die Leute also, wenn sie von einem Waschbrettbauch sprachen.

»Was wolltest du gerade wegen Nachschlag sagen?«, flüsterte er mir ins Ohr und biss dann leicht in mein Ohrläppchen.

»Ich nehme nie welchen.«

»Bist du da sicher?«, fragte er.

Seine Bartstoppeln kitzelten mich direkt hinter dem Ohrläppchen, und Gänsehaut überzog meinen Körper. Ich schlang ihm die Arme um den Hals und strich mit meinen Lippen über seine. »Ich schätze, es gibt für alles ein erstes Mal.«

Aber bevor er mich noch einmal küssen konnte, duckte ich mich unter seinem Arm hindurch.

»Das ist nicht fair«, sagte Liam.

»Tut mir leid.« Ich warf ihm sein T-Shirt entgegen. »Ich muss zum Seminar.«

Ich sah zu, wie er sich das T-Shirt über den Kopf zog und sich dabei sein helles Haar verwuschelte. Ich stellte mir vor, wie ich mit den Fingern hindurchfuhr, dachte an Haut und Schweiß und … *Seminar*, rief ich mich zur Ordnung.

»Warum schwänzt du heute nicht?«, schlug er vor und lehnte sich gegen den Tresen. Das eng anliegende Shirt betonte seinen wohlgeformten Oberkörper. Es war kaum möglich, aber mit dem Shirt sah er vielleicht noch besser aus als ohne. »Wir müssen diese Waffeln wieder abtrainieren, und wenn du brav bist, zeige ich dir, wie ich Naked Lunch mache.«

»Das ist ein Buch von William S. Burroughs«, sagte ich, froh, das Thema wechseln zu können, und zwang mich dazu, ihm ins Gesicht zu sehen.

»Ich weiß.«

Himmel, hoffentlich versuchte er nicht, sich mit mir darüber zu unterhalten. Ich hatte einen Online-Studienführer benutzt und den Test gerade so geschafft.

»Ich habe es nie gelesen«, gab er zu und grinste verlegen.

Sein Geständnis war irgendwie unglaublich sexy. Auf dem Campus gab es jede Menge Kerle, die mit ihrem Wissen geprahlt hatten, um mich ins Bett zu kriegen. Liam dagegen schien klug zu sein, ohne dass er es raushängen lassen musste, und genau aus diesem Grund wollte ich ihn nur noch mehr. Sämtliche Alarmglocken schrillten in meinem Kopf los.

»Was sagst du dazu?«

Ich schüttelte den Kopf. »Ich kann nicht.«

»Vergiss das mit dem Sport. Wir könnten einfach abhängen.«

Das war ein süßes Angebot, und daran, wie seine blauen Augen sich hoffnungsvoll weiteten, erkannte ich, dass er es ernst meinte. Nichts war verlockender, als mit ihm noch mal im Bett zu landen, bevor ich ihm für den Rest des Studienjahrs aus dem Weg gehen würde, aber diesmal sagte ich die Wahrheit. Ich konnte das Seminar nicht ausfallen lassen. »Geht leider wirklich nicht. Ich muss einen bestimmten Notendurchschnitt halten, sonst war's das hier für mich.«

»Stipendium?«, fragte er. Er klang eindeutig viel zu interessiert.

»So was in der Art.« Ich umging die Frage, um die zwanzig weiteren abzuwehren, die sonst folgen würden. Ich hatte vor langer Zeit gelernt, dass es leichter war, die Leute glauben zu lassen, dass ich auf finanzielle Hilfe angewiesen war, als den seltsamen Deal zu erklären, den ich mit meiner Mutter ausgehandelt hatte. »Also, ich komme zu spät, und ich hasse es, zu spät zu kommen.«

»Dann verschwinde ich jetzt mal.« Er beugte sich vor und gab mir einen zahmen Kuss auf die Wange, was ich als Zeichen für meinen Sieg nahm. Ich stolzierte förmlich zur Wohnungstür, um ihn hinauszulassen. In letzter Sekunde drehte er sich um und wollte etwas sagen, aber ich schnitt ihm das Wort mit einem bestimmten »Tschüss« ab und machte dann die Tür direkt vor seiner Nase zu.

Als ich hinter ihm abschloss, konnte ich nicht anders, als mich zu fragen, was er hatte sagen wollen. Wahrscheinlich irgendetwas Kitschiges wie »Danke«, oder noch schlimmer, »Ich will dich wiedersehen«. Das hätte er sicher sogar so gemeint.

In diesem Moment.

»Du musst erst in drei Stunden los«, schreckte Jess mich aus meinen Gedanken auf.

»Das weiß er nicht«, sagte ich und ging an ihr vorbei zu meinem Zimmer.

»Er ist nett.« Jess folgte mir, obwohl sie um neun im Labor sein musste. Anders als ich mit meinem reduzierten Stundenplan, belegte Jess mehr Seminare als zwei vernünftige Menschen zusammen.

»Genau deshalb wollte ich, dass er geht«, sagte ich. Er war nett. *Zu nett.*

Jess öffnete den Mund und schloss ihn dann wieder. Sie hatte schon vor langer Zeit gelernt, dass ich in diesem Punkt nicht nachgeben würde. Sich zu binden führte zu einem gebrochenen Herzen. Da war es eindeutig besser, sich ein einziges Mal fesseln zu lassen, und dann gute Nacht. »Ruf deine Mutter an«, sagte sie schließlich. »Ich muss zu Anatomie.«

»Viel Spaß!«, rief ich ihr hinterher. Jess antwortete nicht, sie war also sauer. Heute Abend würde ich mir ihr Anatomiebuch schnappen und lauter Post-its mit versauten Bezeichnungen für die Körperteile reinkleben. Sie hatte ohne mich schon genug Stress im Leben, aber nichts konnte eine Frau besser aufheitern als einige wohlplatzierte Kommentare über Bienen und Blümchen in ihrem Anatomiebuch.

Als die Wohnungstür ins Schloss fiel, nahm ich mein Telefon und tat das Letzte, worauf ich Lust hatte. Ich rief meine Mutter an. Die ganz blöden Sachen erledigte man am besten vor neun. Außerdem hatte sie ja vielleicht noch mehr nutzlosen Küchenkram für mich. Zum Glück ging sie nicht ran.

Kapitel 3

Ich kam früh genug zu meinem ersten Seminar zu »Zwischenmenschlicher Kommunikation«, um einen Platz hinten zu ergattern. Das war der perfekte Ort, damit der Professor mich garantiert nicht zu Kapiteln befragte, die ich sowieso nicht lesen würde. Ich packte meinen Laptop aus und loggte mich bei Facebook ein. Jess hatte das Seminar empfohlen, aber Cassie, die als Hauptfach Öffentlichkeitsarbeit hatte, hatte mir versichert, dass es ein Spaziergang wäre und ich genug Zeit haben würde, um herumzusurfen. Ich war bereits voll dabei, die Status-Updates meiner Freunde zu lesen, die ich zum Teil seit dem Ende der Sommerferien nicht mehr gesehen hatte, als der Professor hereinkam.

»Guten Tag, oder sollte ich sagen, guten Morgen? Ich bin Professor Markson«, sagte er und holte einen Stapel zusammengehefteter Bögen aus seiner Kuriertasche. Er war Ende zwanzig, aber trug einen Pullunder in dem Versuch, den Respekt der Studenten zu gewinnen, die nicht viel jünger waren als er, und um die Tatsache zu kaschieren, dass er ansonsten einfach umwerfend war. Vielleicht ein Lateinamerikaner, da war ich nicht ganz sicher, weil mich der grässliche Pullunder ablenkte. Unabhängig davon verstand ich aber, warum Jess das Seminar so spannend fand.

Ein paar Studenten lachten anerkennend auf. Es war allgemein bekannt an der Olympic State, dass man lieber keinen Unterricht am Donnerstagmorgen planen sollte. Jeder ging mittwochabends aus, also war der früheste tolerierbare Zeitpunkt für ein Seminar ab Mittag, für Leute wie mich besser noch später. In diesem Semester ging es jedoch nicht anders, also musste ich mit zwölf Uhr klarkommen.

»Ich bin sicher, viele von euch hoffen darauf, leicht an eine Eins zu kommen, und die gebe ich euch gerne«, fuhr der Professor fort. Das waren wirklich gute Neuigkeiten.

»Aber …«

Verdammt, immer war da ein Aber.

»Ich lasse euch für die Eins arbeiten, wenn wir schon einmal hier sind.« Er lächelte, als mehrere Leute losstöhnten. »Sie haben uns einen wirklich großen Raum zugewiesen, also bitte ich jetzt alle, die sich dahinten zusammengefunden haben, sich nach vorn zu setzen, zum Rest von uns.«

Diesmal stöhnte ich auf, nahm aber meinen Laptop und suchte mir einen Platz weiter vorne.

»Ihr arbeitet dieses Semester mit einem Partner zusammen, also schaut nach rechts oder links und sucht euch euren neuen besten Freund oder eure neue beste Freundin.«

Ich tat, wie mir geheißen, doch als ich meinen Kopf drehte, sah ich mich Liam gegenüber. Er grinste und hatte die Arme hinter dem Kopf verschränkt, dabei schaute er ziemlich triumphierend drein. Er hatte seine Haare ein wenig gebändigt, aber einzelne Strähnen standen hoch, und ich mochte den Gedanken, dass ich ihm vielleicht unheilbares Bedhead verpasst hatte.

»Hey, Chick«, sagte er.

Ich blickte zur anderen Seite und stellte fest, dass der Platz dort leer war.

»Ich heiße Jillian«, sagte ich und wandte mich ihm wieder zu.

»Ich weiß. Tut mir leid. Ich werde dich nicht mehr so nennen.« Er sah ein wenig verletzt aus, was dafür sorgte, dass er ein wenig sexy aussah. *Fantastisch.*

Ich begann sofort darüber nachzudenken, auf welche Art und Weise ich Jess umbringen würde, weil sie mir dieses Seminar vorgeschlagen hatte. Erwürgen? Zu nett. Überfahren? Zu viel Arbeit. Ich war gerade dabei, mit dem Löffel die Eingeweide herauszukratzen, als ein Stapel Blätter auf dem Tisch vor mir landete.

»Ihr beide seid Partner«, sagte Markson.

Ich hätte ihm ja für die Erinnerung gedankt, aber ich war zu sehr damit beschäftigt, Augenkontakt mit Liam zu meiden.

»Wie ihr seht, gibt es vielfältige Aufgaben, die ihr in diesem Seminar mit eurem Partner durcharbeiten werdet. Wenn ihr Glück habt, seid ihr bei jemandem gelandet, der alle geforderten Bücher liest, aber die Statistik dafür sieht nicht gerade gut aus. Also schlage ich vor, dass ihr einfach selbst lest.«

Ich studierte die Liste und erkannte mit Schrecken, dass die Abschlussarbeit kein Test, sondern eine Unterhaltung vor der gesamten Studiengruppe mit meinem Partner sein würde. Sie wären bestimmt erfreut, Liam und mir zuzuhören, wie wir unseren One-Night-Stand diskutierten. Ich stellte mir vor, wie das ankommen würde. In meinem Kopf bündelte sich die gesamte Unterhaltung im Fleischklopfer. Oder auch in dem rätselhaften Waffeleisen.

»Das sieht nicht schlecht aus«, sagte Liam und schob seinen Tisch ein wenig näher an meinen heran.

»Ich lasse das Seminar sausen«, verkündete ich.

»So weit würdest du gehen, nur um nicht mit mir reden zu müssen?«, fragte Liam. »Du solltest mir nicht unnötig Komplexe verpassen. Bin ich so schlecht im Bett?«

Die Antwort war definitiv Nein, aber das behielt ich für mich.

»Mir wurde gesagt, das Seminar wäre einfach«, sagte ich. Ich wollte seine Gefühle nicht verletzen, aber ich wollte ihn auch nicht ermuntern.

»Sieht doch wirklich einfach aus. Wir lernen, besser zu kommunizieren.«

»Ich kann schon reden, danke«, sagte ich.

»Aber wenn du mit mir redest, könnte ich dich davon überzeugen, dass es eine kluge Lebensentscheidung ist, mit meinen Waffeln geweckt zu werden«, sagte Liam.

Jemand hustete, und wir blickten auf und sahen, dass Professor Markson uns anschaute.

»Ja?«, fragte ich. Wenn ich das Seminar schmiss, brauchte ich auch nicht höflich und nett zu sein. Immerhin hatte er meine Chance auf ein gemütliches, einfaches Seminar in diesem Semester zunichtegemacht. Der Rest meines Stundenplans sah hart aus, und ich stand bereits unter Beschuss, weil ich noch kein Hauptfach gewählt hatte. Jetzt war es also auch schon egal.

»Ich hätte da ein paar Anmerkungen zu eurer Konversation«, sagte Markson. »Mir scheint, sie ist nicht besonders offen für deine Annäherungsversuche.«

Ich verschluckte mich bei dieser dreisten Feststellung fast an meiner eigenen Spucke. Mittlerweile hatten sich alle uns zugewandt und starrten uns an.

»Mann, dabei ist sie wirklich süß«, erwiderte Liam mit einem Grinsen. »Ich hätte gern ein paar Tipps.«

»Du verwendest immerzu *Du*-Botschaften, wenn du versuchst, sie davon zu überzeugen, dir eine Chance zu geben«, legte Markson dar. »Mir ist aufgefallen, dass du Wendungen benutzt wie ›du solltest‹.«

»Und?«, fragte ich ihn. Ich konnte nicht glauben, dass er sich tatsächlich vor zwanzig weiteren Studenten in mein Liebesleben einmischte.

»Das bringt Sie in die Defensive. Sehen Sie nur, wie Sie auf meine Kritik reagieren«, sagte er.

»Sie bringen mich in Verlegenheit«, sagte ich. »Deshalb reagiere ich auf Ihre Kritik.«

»Das ist eine weitere Du-Botschaft.«

»Was genau ist eine Du-Botschaft?«, fragte Liam. Er beugte sich vor, und ich erhaschte einen Blick auf seine wunderbaren Arme. Ich fragte mich, ob sein Ego eventuell noch größer war als sein Bizeps.

»Statt zu formulieren, wie du dich fühlst, stellst du eine Vermutung darüber an, was eine andere Person tut oder warum sie es tut. Meistens macht man das, wenn man jemanden beschuldigt, sich auf eine bestimmte Art zu verhalten.«

»Also so, wie ich Sie gerade beschuldigt habe, sich in meinen Kram einzumischen?«, fragte ich.

Professor Markson lachte auf und zupfte an seinem Pullunder. »Schon gut. Aber ich versuche hier, an dir ein Beispiel aufzuzeigen.«

»Ich bin Studentin. Keine Laborratte«, murmelte ich.

»Sie könnten kommunizieren, wie die Handlungen eines anderen Sie beeinflussen, zum Beispiel: ›Es fühlt sich für mich an, als würden Sie mich vor der Gruppe in Verlegenheit bringen‹, dann klingt das weniger nach einer Anschuldigung, oder? Und Sie« – er zeigte auf Liam – »könnten sagen: ›Es fühlt sich an, als würdest du vermeiden, mit mir zu reden.‹ Das eröffnet eine direkte Leitung für die Kommunikation, durch die Sie effektiver kommunizieren und Probleme lösen können.«

Er würde das Thema wirklich nicht fallen lassen. Ich sah, dass mehr als nur ein paar meiner Mitstudenten ihr Grinsen hinter ihren Lektürelisten versteckten. Fein, dieses Spiel konnten auch zwei spielen.

»In Ordnung, ich glaube, ich hab's verstanden«, sagte ich. »Für mich fühlt sich das hier an, als wäre es sinnlos.«

Markson legte den Kopf schief. »Finden Sie? Das ist schade. Es ist für Ihre Karriere und Ihr Privatleben äußerst wichtig, dass Sie Ihre Bedürfnisse ausdrücken können.«

Liam hob die Hand. »Ich möchte feststellen, dass ich sehr gerne effektiv mit Jillian kommunizieren möchte.«

»Warum versuchen Sie es dann nicht noch mal?«, fragte Markson.

Ich verbarg das Gesicht in den Händen, als Liam sich auf seinem Stuhl umdrehte, sodass er mir zugewandt saß. Ich spürte, wie die Blicke aller auf uns ruhten.

»Ich fühle, dass ich dir gerne Waffeln am Morgen danach machen würde und vielleicht auch am Morgen nach dem Morgen danach. Und ich spüre sehr deutlich, dass ich davon überzeugt werden könnte, für einen sehr langen Zeitraum in der vorhersehbaren Zukunft Waffeln für dich zu machen«, sagte er.

Die Gruppe brach in Applaus aus. Mehr als ein paar Leute jauchzten in Anerkennung seiner Ich-Botschaft auf. Ein Mädchen rief sogar: »Mir kannst du jederzeit Waffeln machen!«

»Und wie möchten Sie darauf antworten, Miss …?«

»Nichols«, sagte ich. »Okay. Ich fühle, dass ich dieses Seminar verlassen werde.« Ich raffte meine Sachen zusammen und lief schnurstracks zur Tür. Das zog Buhrufe nach sich, aber ein paar nette Leute riefen mir auch hinterher, ich sollte zurückkommen.

Auf gar keinen Fall würde ich bleiben und mich im Namen der zwischenmenschlichen Kommunikation demütigen lassen. Ich knallte die Tür hinter mir zu, rannte förmlich über den Flur und stellte fest, dass ich am Eingang angekommen war, als prompt mein Telefon losklingelte. Ich fischte es aus meiner Tasche und sah, dass *Tara* auf dem Display stand.

Ich beschloss, dass meine Stimmung genau richtig war, um die Unterhaltung mit meiner Mutter abzuhaken.

Ich ging ran. »Hi, Tara«, sagte ich. Ich konnte fast hören, wie sie am anderen Ende der Leitung das Gesicht verzog, als ich sie mit Vornamen ansprach.

»Jillian«, sagte meine Mutter, wobei sie meinen Namen in die Länge zog. Ich fragte mich oft, ob sie sich tatsächlich erst dann den Kopf darüber zerbrach, warum sie anrief, wenn sie meinen Namen sagte. »Wie ist der erste Tag?«

»Verdammt fantastisch«, blaffte ich.

»Jillian!«

Ich musste sie bei jedem Anruf mindestens viermal enttäuschen, also durfte ich jetzt einmal im Geiste abhaken.

Warum um alles in der Welt wollte sie wissen, wie mein Tag war? Tara hatte kein Interesse daran zu sehen, wie ich den Abschluss am College machte, das hatte sie bei vielen Gelegenheiten kundgetan.

Sie schaltete sofort in Geschäftsmodus. »Dein Vater hat eine Rechnung für die Studiengebühr erhalten. Du hast nur zwölf Vorlesungen, die dir Punkte bringen.«

»Für jemanden, der mir ständig rät, das Studium abzubrechen, müsstest du es doch super finden, wenn ich mir in diesem Semester weniger aufhalse«, sagte ich und klemmte mir das Handy zwischen Schulter und Ohr, um meinen Laptop in die Tasche zu stopfen.

»Dein Vater und ich möchten sicher sein, dass das keine Zeitverschwendung ist«, sagte sie.

»Ihr wollt sicher sein, dass es keine Geldverschwendung ist«, korrigierte ich sie.

»Du weißt, was man über Zeit und Geld sagt«, erwiderte sie. Ein typischer Versuch meiner Mutter, einen Scherz zu machen, aber keine von uns lachte.

»Wenn du möchtest, nehme ich einfach ein Darlehen auf«, sagte ich. Es ging hier nicht wirklich ums Geld, denn meine Eltern waren echt reich. Das war nur ein weiteres Beispiel dafür, wie Tara versuchte, die Kontrolle über mein Leben zu übernehmen.

»Sei nicht so dramatisch«, sagte sie.

»Du bist diejenige, die mich am ersten Unitag angerufen hat, um mich zu kritisieren!« Gerade bekam ich es wirklich von allen Seiten ab. Ich konnte mir sehr gut vorstellen, wie Markson jede Menge über die zwischenmenschliche Kommunikation zwischen meiner Mutter und mir zu sagen hätte.

»Ich möchte, dass du auf dich aufpasst. Wenn du das Gefühl hast, nur zwölf Veranstaltungen zu schaffen, dann solltest du vielleicht darüber nachdenken …«

»Mutter«, unterbrach ich sie. »Ich muss zur Vorlesung. Ich schreib dir später eine Mail.«

»Prima.« Und schon hatte sie aufgelegt. Der Anruf war ohne ein »Ich liebe dich« oder »Wir reden später« beendet. So wie jede andere Konversation, die ich jemals mit Tara geführt hatte.

Jemand tippte mir auf die Schulter, und ich fuhr herum. Vor mir stand Liam.

»Es tut mir leid, was da eben passiert ist«, sagte er. »Ich verspreche, wenn du zurückkommst, werde ich deine Ehre verteidigen und Markson sagen, dass er ein Arsch ist.«

Trotz meiner miesen Laune musste ich darüber grinsen, wie gekonnt er seinen UK-Slang einsetzte.

»Ein Lächeln!« Seine Miene hellte sich auf, und sogar seine blauen Augen leuchteten. »Heißt das, du nimmst meine Entschuldigung an?«

»Übertreib es nicht«, murmelte ich.

»Wenn du nicht zurückkommst, werde ich gezwungen sein, mit Markson an meinen Kommunikationsfähigkeiten zu arbeiten«, sagte er.

»Das wäre eine passende Bestrafung, weil du da mitgemacht hast«, sagte ich und warf mir die Tasche über die Schulter.

»Oder noch schlimmer«, fuhr Liam fort, »ich könnte ohne Partner dastehen und gezwungen sein, multiple Persönlichkeiten zu kultivieren, um effektiv kommunizieren zu lernen, und dann stehe ich alleine da und rede mit mir selbst.«

»Ich bin sicher, eine der anderen würde dich gerne vor diesem furchtbaren Schicksal retten«, sagte ich. »Hör mal, ich werde auf keinen Fall da wieder reingehen. Das war demütigend.«

Ich hasste es, das vor ihm zuzugeben, aber es war die Wahrheit, und da ich Liam eh nicht wiedersehen würde, war es schon okay, wenn ich ihm das sagte. Ich machte mir nicht die Mühe hinzuzufügen, dass ich meinen gerechten Anteil an peinlichen Erfahrungen in den Räumen der Olympic State bereits gehabt hatte. Es war wirklich nicht nötig, dass ein Professor noch weitere Demütigungen hinzufügte.

»Du hast deinen Standpunkt klargemacht. Ich denke, du hast den armen Markson beschämt. Er hat es kaum fertiggebracht, die Lektüreliste durchzugehen, bevor er uns gehen ließ«, sagte Liam.

Gut, dachte ich. Gleichzeitig schüttelte ich entschieden den Kopf. »Das wird kein Deal.«

»Okay, lass uns einen Kompromiss machen«, sagte Liam. »Wenn du zurückkommst, werde ich dich nicht noch einmal fragen, ob du mit mir ausgehst. Unsere Beziehung wird rein akademisch sein.«

Ich sah mir sein schiefes Grinsen an und fragte mich, ob er sein Versprechen würde halten können.

»Ich denke darüber nach«, sagte ich.

Liam beugte sich vor, um mir ins Ohr zu flüstern: »Hier ist der Haken an der Sache. Wenn du nicht zurückkommst, werde ich gezwungen sein, vor deinem Fenster zu singen und miese Gedichte zu verfassen, bis du es tust.«

Ich blickte in sein Gesicht und begriff, dass er das mehr oder weniger ernst meinte.

»Du musst wirklich an deiner Kommunikation arbeiten«, sagte ich. »Wenn du mir mit miesen Gedichten drohst.«

»Der Albtraum einer jeden Frau?«, fragte er.

Ich schätzte, dass es eher der Traum von so einigen Frauen war. Aber nicht meiner.

»Ich sehe dich am Donnerstag«, sagte ich endlich.

Wenn zweimal die Woche Liam zu sehen bedeutete, dass er in die Freunde-Kategorie wechselte, war ich bereit, es mit Markson aufzunehmen.

»Oh, noch ein Rat!«, rief er mir hinterher, als ich zum

Ausgang lief. »Verwende mehr Ich-Botschaften bei deiner Mutter.«

Ich warf mir die Haare über die Schulter und beschloss, ihn nicht zu beachten, aber ich konnte nicht anders und wandte mich im Hinausgehen um. Er zwinkerte mir zu.

Kapitel 4

Am Dienstagabend war das Garretts leer, bis auf die paar Leute, die zum Abendessen vorbeikamen. Die Pizza kam in der Schachtel, aber sie war billig, und wir hatten uns als Erstsemester angewöhnt, jede Woche hier abzuhängen, immerhin gab es eine Tanzfläche und wenn viel los war sogar einen DJ. Ein paar Leute kamen und gingen, aber die meiste Zeit hatten wir den Laden für uns.

Cassie und Jess waren über irgendwelche Notizen gebeugt. Cassie hatte im Hauptfach Public Relations und flippte gerade wegen ihres letzten Grundseminars aus, und Jess hatte versprochen, ihr zu helfen. Während sie Arbeiten und Tests besprachen, dachte ich an meine Mutter und ihre Drohung. Wieder einmal hatte Tara angedeutet, ich müsste das College abbrechen und heimkommen. Ich war noch nicht sicher, ob ich es ihnen erzählen sollte. Jess würde sich Sorgen machen, und dann war sie unerträglich. Ich saß in der Ecknische und sagte fünfzehn Minuten lang kein Wort, bis sie es bemerkten. Nach der Szene im Seminar für Zwischenmenschliche Kommunikation und meinem unerfreulichen Telefonat mit meiner Mutter, war mir gerade nicht nach reden.

»Wie war das Seminar?«, fragte Cassie schließlich. Ich hatte eine Art Pyjamahose an, aber Cassie war perfekt zurechtgemacht. Ihr schwarzes Haar war zu einem Knoten geschlungen, und ihr Outfit wirkte wie aus einem Fashion-Tutorial auf Pinterest, bis hin zu den Wildlederboots und dem klobigen handgemachten Schmuck. Sie sah aus, als käme sie direkt von einem Laufsteg und nicht aus einem Seminar an der Olympic State.

Ich schüttelte den Kopf. »Ich schmeiß es.«

»Du hast nur eine Zwölfstundenwoche«, sagte Jess.

»Ich kann nicht in dem Seminar bleiben. Der Professor hat mich gedemütigt.«

»Shit, ich dachte, du nimmst das verdammte Seminar bei Markson. Habe gehört, bei ihm wäre es easy.« Cassie fluchte, als wäre Fluchen eine Kunstform.

Ich sah sie mit einem Schulterzucken an, Jess schwieg. Sie hatte mir das Seminar empfohlen, nachdem sie es selbst im letzten Semester belegt hatte, und jetzt fragte ich mich, ob sie mir bezüglich des Seminarleiters eventuell etwas verschwiegen hatte.

Frank, der dienstälteste Barmann vom Garretts, stellte eine Pizza vor uns auf den Tisch. »Achtung, heiß«, warnte er uns.

Auf das Stichwort hin platzten wir alle gleichzeitig heraus: »Uuuh, heiß!«

»Ihr Ladys haltet euch dieses Jahr aus Schwierigkeiten

raus?«, fragte er. Frank war alt genug, um unser Großvater sein zu können, und er nahm seine Rolle ernst.

»Es ist zu früh im Semester, um das schon beurteilen zu können«, sagte ich mit einem verschmitzten Grinsen zu ihm. Er schüttelte den Kopf und murmelte etwas vor sich hin, als er wieder zur Bar ging.

»Was hat der Prof dir angetan?«, fragte Jess und nahm sich ein Stück Pizza.

»Ich war bei Markson, und er war ätzend«, sagte ich.

»Interessant«, sagte Cassie.

»Liam war da.«

»Warte mal, *Liam*, Liam?«, fragte Cassie mit einem Quietschen.

»Du hast Liam nicht mal getroffen«, sagte ich. Es gab für sie keinen Grund, sich anhand eines miesen Fotos so hochzuspulen.

»Stimmt«, sagte Jess, »aber das ändert sich gleich.«

Ich folgte Jess' Blick über meine Schulter und sah, dass Liam gerade mit ein paar anderen Typen in die Bar spaziert kam. Er trug wie immer Jeans und Shirt, und ich konnte nur bewundern, wie tief die Jeans auf seinen Hüften saß. Und ich wusste, was sich unter dieser Jeans befand. Mein Puls beschleunigte sich bei dem bloßen Gedanken daran, und ich spürte, wie die Hitze mir in die Wangen stieg. Ich wusste nicht genau, warum ich so verlegen wurde. Es war ja nicht das erste Mal, dass ich einem Kerl über den Weg lief, mit dem ich mal im Bett gewesen war.

»Ein hotter Schotte! Liam ist der Wahnsinn!«, sagte Cassie leise.

»Cassie, Liebes, du reimst.« Doch ich verstand ganz genau, wie sein Körper diese Wirkung auf sie haben konnte. Liam sah in diesem Moment ganz nach dem Prototyp eines schottischen Highlanders aus – wild und gut gebaut –, aber ohne den Kilt und die langen Haare.

»Bitte ihn her«, flehte Cassie mich an.

»Auf gar keinen Fall«, sagte ich warnend. »Du hast einen Freund.«

»Du aber nicht«, sagte Jess.

Ich erdolchte sie mit meinem besten bösen Blick. Seit Cassie und Jess feste Freunde hatten, machten sie immer wieder versteckte Andeutungen, dass sie mich verkuppeln wollten. Das Glitzern in Jess' Blick deutete darauf hin, dass sie diesen Traum jetzt gern Realität werden lassen wollte. »Markson hat an uns heute im Seminar ein Exempel statuiert. Ich will Liam nicht noch mehr falsche Hoffnungen machen.«

»Falsche Hoffnungen?«, fragte Jess, und ihre Augen blitzten. »Findest du nicht, dass du dafür vielleicht längst ein bisschen zu weit gegangen bist?«

»Wenn jeder Kerl eine feste Beziehung erwartet, mit dem ich einmal im Bett war, muss ich ein Bewerbungsverfahren entwickeln«, murmelte ich.

Cassie und Jess rissen die Augen auf, und mir rutschte das Herz in die Hose.

»Er steht direkt hinter mir, stimmt's?«, fragte ich.

Sie nickten beide, und das Unbehagen stand ihnen auf den Gesichtern geschrieben.

»Jess«, sagte Liam kühl.

Ich brachte es nicht fertig, mich zu ihm umzudrehen. Er hatte auf jeden Fall gehört, was ich gesagt hatte. Ich erwog, mich unter dem Tisch zu verkriechen, aber das Garretts war nicht der sauberste Laden, und ich würde mir wahrscheinlich irgendwas einfangen.

»Schön, dich wiederzusehen«, sagte Jess und versuchte zu lächeln. Es wurde eher eine Grimasse.

Liam sagte nichts, und einen Augenblick später sackten Cassie und Jess aneinander, was bedeutete, dass er außer Hörweite war.

»Heiliger Bimbam!!! Megapeinlich!!!«, rief Cassie an Jess' Schulter.

»Ach was, gegen das megapeinliche Seminar war das jetzt gar nichts«, sagte ich mit einem Stöhnen. Ich nahm meine Pizza, dann legte ich sie wieder hin. Ich hatte plötzlich keinen Hunger mehr.

»Was genau ist passiert?«, fragte Jess und riss die Augen besorgt auf. Die Augen, die aussahen wie die von Bambi. Es war unmöglich, ihnen zu widerstehen.

Ich erzählte von den Ereignissen im Seminar mit Professor Markson und hielt gelegentlich inne, damit sie ihr Entsetzen angemessen zum Ausdruck bringen konnten. Am Ende meiner Geschichte mussten sie jedoch beide ein Grinsen unterdrücken, das konnte ich sehen.

»Ihr beide seid unmöglich. Ihr seid meine Freundinnen, ihr müsst auf meiner Seite sein!«, rief ich. Ich machte mir nicht die Mühe, ihnen von dem Telefonat mit meiner Mutter zu berichten oder dass Liam die Hälfte davon mitgehört hatte. An dieser Seite von mir ließ ich sie nicht gerne teilhaben. Jess machte sich mehr Sorgen als meine Mutter, auch wenn ihr Herz am rechten Fleck saß, bei meiner Mutter war ich mir da nicht so sicher.

»Wir sind da irgendwie einer Meinung mit Markson«, gab Jess zu.

Ich nahm ein Stückchen Wurst von meiner Pizza und warf es nach ihr.

»Nicht mit Essen schmeißen!«, rief Frank von der Bar zu uns herüber.

»Dem entgeht nichts«, sagte Cassie. Sie lächelte ihn lieb an und rief eine Entschuldigung rüber. Niemand konnte Cassies Charme widerstehen, nicht einmal der neugierige alte Frank. Cassies unbekümmerte Art machte es aber auch schwer, sie dazu zu bringen, etwas ernst zu nehmen. Jess und Cassie waren die perfekten Gegenstücke zueinander. Sie sorgten sich beide um mich, aber ihre Sorge drückte sich von entgegengesetzten Enden des Freundschaftsspektrums aus.

»Ich brauche keinen Professor, der sich in mein Liebesleben einmischt«, sagte ich.

»Welches Liebesleben noch mal?«, fragte Cassie und dann erstarrte sie. Ihre Worte waren vollkommen un-Cassie-mäßig gewesen, und sie taten weh.

»Und ich brauche keinen Jungen, um mich vollständig zu fühlen«, sagte ich. »Anders als andere.«

Jess hob die Hand. »Das ist total unfair. Wir geben dir nie das Gefühl, dass du dich schlecht fühlen musst, weil du keinen Freund willst. Deshalb solltest du uns auch nicht das Gefühl geben, dass wir uns schlecht fühlen müssen, weil wir Jungs daten.«

»Du hast heute Morgen dafür gesorgt, dass ich mich schlecht fühle«, sagte ich zu ihr. Ich griff nach meiner Tasche und zog mir den Gurt über den Kopf. »Und vor fünf Minuten habe ich mich auch wegen dir schlecht gefühlt.« Ich stand so schnell auf, dass mein Stuhl umfiel. Ich konnte mich nicht einmal bücken, um ihn aufzuheben, so heftig zitterte ich.

»Verdammt, Jills«, sagte Cassie. »Tu das nicht. Beruhige dich. Es ist nicht gut für dich …«

»Hör auf«, befahl ich. »Hör einfach auf. Ich gehe nach Hause.«

»Jills, du musst deine Tab …«, setzte Jess an, aber ich warf ihr einen Blick zu, der sie verstummen ließ.

Ich drehte mich auf dem Absatz um und ging auf die Tür zu. Unglücklicherweise bedeutete das, dass ich an Liam vorbei musste. Ich zögerte kurz, dann hob ich das Kinn und holte tief Luft. Die Olympic State war klein, und ich würde ihm öfter über den Weg laufen, selbst wenn ich das Seminar schmiss. Ich blickte stur auf die Tür und ging mit raschen, bestimmten Schritten direkt darauf zu. Meine Hände zitterten, und ich ballte und streckte sie, versuchte, es unter Kontrolle zu halten, so wie ich das in der Physiotherapie gelernt hatte.

»Bye, Chick«, rief Liam mir hinterher, wobei er seinen Akzent besonders betonte. Ich wusste, dass er das tat, um eine Reaktion von mir zu provozieren. Er wollte mir wahrscheinlich heimzahlen, was ich vorher gesagt hatte, aber da hatte ich nicht mit ihm gesprochen, also hatte er kein Recht, jetzt sauer zu sein.

Ich fuhr zu ihm herum und hielt einen zitternden Finger hoch. »Ich bin kein Chick. Ich bin nicht *dein* Chick. Also such dir eine andere für deinen Hahn.«

Einer von Liams Freunden schlug ihm lachend auf die Schulter, bis er bemerkte, dass weder Liam noch ich einen Scherz gemacht hatten.

»Ein hysterisches Hühnchen«, witzelte ein anderer, aber Liam und ich starrten einander weiter an.

Schließlich stieß ich die Tür auf und trat hinaus in die Nachtluft. Die Septemberabende hier im Nordwesten waren bereits kühl geworden, und die kalte Luft ließ die Tränen brennen, die sich in meinen Augen sammelten. Ich hatte gewusst, dass Jess und Cassie etwas für mich hatten arrangieren wollen, als sie im letzten Semester mit ihren Anspielungen begonnen hatten. Natürlich waren sie da noch dezenter gewesen.

»Jillian«, rief Liam, der mir nach draußen gefolgt war. »Ich verspreche, dass ich nicht daran interessiert bin, mich für den Job als dein Lover zu bewerben. Ich habe ein Studentenvisum und darf eh nur Teilzeit arbeiten.«

Seine Worte waren kalt und hart, und sie enthielten nichts von dem Charme oder der Albernheit, die er mir am Morgen oder nach dem Seminar gezeigt hatte. Ich schluckte, dann nickte ich und ging davon. Er lief rasch hinter mir her, um mich einzuholen.

»Du könntest vielleicht denken …«, sagte er, doch dann unterbrach er sich.

Ich versuchte, mein Gesicht zu verbergen, damit er meine Tränen nicht sah. Ich konnte mir niemanden vorstellen, von dem ich weniger beim Weinen ertappt werden wollte. Vor allem weil ich nicht wollte, dass Liam dachte, dass die Tränen ihm galten. Denn es ging dabei um sehr viel mehr als um unseren dummen One-Night-Stand.

»Ich wollte dich nicht zum Weinen bringen«, sagte er leise.

»Ich weine nicht wegen dir«, schrie ich ihn an, woraufhin ich nur noch heftiger weinte. »Ich weine, weil meine besten Freundinnen denken, dass ich ein Loser bin, und meine Mutter will, dass ich das College schmeiße, und ich kann meine Studiengebühren nicht zahlen, wenn sie und mein Dad mich nicht mehr unterstützen.« Liam sagte nichts, also fuhr ich fort, ich konnte meine zitternden Hände nicht mehr kontrollieren. Es breitete sich von den Handgelenken aus, bis der Tremor auch meine Arme erfasste. »Was übrigens bedeutet, dass auch meine Eltern denken, dass ich ein Loser bin. Und Professor Markson denkt, ich bin so kaputt, dass ich zum Unterrichtsgegenstand herhalten sollte, und du …«, ich zeigte auf ihn, »nennst mich immer wieder Chick.«

Die Tränen rannen jetzt in dicken Tropfen über meine Wangen, aber meine Hände zitterten so heftig, dass ich sie nicht einmal wegwischen konnte.

»Ist dir kalt?«, fragte Liam. Die Wut war aus seiner Stimme geschmolzen.

»Mir geht's gut«

»Du zitterst«, sagte er.

Auch wenn ich gerade all meine Probleme bei ihm abgeladen hatte, würde ich mit diesem einen Thema ganz bestimmt nicht anfangen. Stattdessen beschleunigte ich meine Schritte in der Hoffnung, dass er aufgeben und mich in Ruhe lassen würde.

Liam streckte die Hand aus und nahm meine Finger, was wehtat angesichts des Anfalls, den ich gerade hatte. Ich musste stehen bleiben, um ihn abschütteln zu können. Er nutzte die Gelegenheit aber, um mich an sich zu ziehen und seine Arme fest um mich zu legen. Ich wollte ihn wegschieben, aber meine Hände waren zu schwach, also lehnte ich mich stattdessen an seine Brust und spürte, wie sich mein Körper langsam entspannte und in den Normalzustand zurückkehrte. Unsere Atmung änderte sich, passte sich an, und wir atmeten gemeinsam ein und aus.

»Erlaube mir, dich nach Hause zu bringen«, sagte Liam sanft.

Ich schüttelte den Kopf und löste mich aus seinen Armen. »Mir geht's gut. Es ist nicht weit. Geh zurück zu deinen Freunden. Ich bin nur am Ende.«

»Ich werde dich nicht mehr Chick nennen«, versprach er.

Es war eine kleine Geste, aber als ich das hörte, war mir noch mehr nach Weinen zumute. Es fühlte sich an, als wäre es ewig her, dass jemand einer einfachen Bitte von mir nachgekommen war. Jess, meine Mom – sie alle waren zu sehr damit beschäftigt, mir zu sagen, was ich tun sollte, oder mich zu behandeln wie ein kleines Kind.

»Nennt ihr bei euch in Schottland Frauen wirklich Chick?«, fragte ich.

Sein Mund verzog sich zu einem Lächeln. »Nur die Süßen.«

»Also bin ich süß?« In diesem Moment, mit den fleckigen Augen und der roten Nase, sah ich bestimmt richtig heiß aus …

Liam lachte und drehte sich wieder zur Bar um, aber bevor ich mich auf den Weg nach Hause machen konnte, rief er mir hinterher: »Nein, Jillian. Du bist wunderschön.«

Kapitel 5

Am folgenden Dienstag saß ich ziemlich nervös in Professor Marksons Seminar. Irgendwie war ich so aufgeregt gewesen, dass ich es geschafft hatte, fünf Minuten zu früh dort zu sein. Und bisher war ich noch zu keinem Ereignis in meinem Leben zu früh dran gewesen. Ich prüfte mein Notizbuch. Klappte es auf. Klappte es zu. Spielte mit dem Kuli herum. Mein iPhone vibrierte, und ich zog es aus der Tasche.

Jess: Viel Glück ☺

Ich wusste nicht, wie sie mich davon überzeugt hatte, wieder herzukommen, und ich würde auch nicht zugeben, dass Liams Sorge vor dem Garretts mehr zu meiner Entscheidung beigetragen hatte als ihre Predigt. Hätte ich das Jess wissen lassen, hätte ich ihr beim Pokern auch genauso gut mein Blatt zeigen können. Sie hätte sofort gewusst, dass sie gewonnen hatte. Da war es sicherer, weiter zu bluffen.

»Hey, Ch…illian«, sagte Liam und ließ seine Tasche zwischen unseren Plätzen zu Boden fallen. Er sah müde aus, als wäre er die ganze Nacht unterwegs gewesen.

Das wäre keine Überraschung. Gestern hatte ich fast zum ersten Mal seit zwei Jahren an der Olympic State einen Mittwochabend ausgelassen. Das passierte sonst nur, wenn ich die Grippe hatte. Meinte ich es ernst damit, meine Noten halten zu wollen, damit meine Eltern weiter meine Studiengebühren übernahmen, dann würde ich es ruhiger angehen müssen.

»Lange aus gewesen?«, fragte ich.

»Wir waren im Garretts. Ich dachte, ich sehe dich vielleicht dort.«

Ich hätte ihn fast gefragt, wen er mit »wir« meinte. Wahrscheinlich die Jungs, mit denen ich ihn Dienstagabend gesehen hatte. »Ich versuche, weniger zu feiern.«

»Ich hatte nicht den Eindruck, dass du der Typ bist, der weniger feiert.« Liam zog sein MacBook raus und klappte es auf.

»Ich höre ja nicht ganz damit auf«, sagte ich. Das kam nicht infrage, doch ich hatte mir überlegt, dass sich meine Noten sicher verbesserten, wenn ich nur jede zweite Woche ausging. Das war ganz einfache Mathematik: Fünfzig Prozent weniger Feiern, fünfzigprozentige Verbesserung bei meinem Notendurchschnitt. Natürlich verabscheute ich Mathe und hatte entsprechend wenig Ahnung davon, also würde die Rechnung vielleicht nicht aufgehen.

Markson kam mit langen Schritten in den Raum und nahm ein Stück Kreide. Ich zuckte zusammen, als es über die Tafel quietschte. Er trat zurück und enthüllte das Thema des Tages: *Kennenlernen*. Markson zupfte an seinem Pullunder und räusperte sich, um die Unterhaltungen zu übertönen.

»Ich freue mich, dass wir noch niemanden abgehängt haben«, sagte er, und sein Blick landete auf mir.

Ich verzog keine Miene. Er sollte besser vorsichtig sein. Das Semester hatte gerade erst begonnen, und es war noch früh genug, das Seminar abzuwählen.

»Heute werden Sie eine der wichtigsten zwischenmenschlichen Handlungen mit Ihrem Partner durchführen. Sie werden ihn kennenlernen. Ich möchte, dass jeder zehn Dinge über den Partner herausfindet«, wies er uns an.

Das klang leicht. Ich war mir sicher, dass ich bereits zehn Dinge über Liam wusste. Er machte Waffeln. Er konnte völlig unerträglich sein. Ich bezweifelte, dass Markson eine Längenangabe wollte – obwohl ich damit auch hätte dienen können.

»Aber, es gibt Regeln!«, rief Markson da. Mehrere Partner hatten bereits begonnen, sich leise zu unterhalten. »Sie werden mir nichts über seine Klamotten erzählen. Mir ist egal, wie krass seine Hose ist.«

Ein kollektives Stöhnen erklang, als er das Wort »krass« benutzte.

»Sagt man eher ›abgefahren‹?«, fragte er.

»Mega!«, rief jemand aus den hinteren Reihen.

»Okay, mir ist es egal, wie mega die Hose ist. Und ich will auch keinen Überblick über den Stundenplan des anderen. Ich möchte, dass Sie ihn kennenlernen. Am Ende der Stunde sollten Sie das Gefühl haben, auf einem wirklich tollen ersten Date gewesen zu sein.«

Ich runzelte die Stirn. Das Letzte, was ich wollte, war, mich zu fühlen, als wäre ich auf einem Date mit Liam.

»Schreiben Sie alles auf. Ich kann es gar nicht erwarten, all die interessanten und beunruhigenden Dinge über jeden in diesem Seminar zu erfahren.«

Liam schob seinen Stuhl herum, sodass er mir gegenübersaß, und ich riss ein Blatt aus meinem Notizbuch. Er summte leise etwas vor sich hin. Die Melodie klang entfernt vertraut.

»Was ist das?«, fragte ich.

»Das ist ›Getting to know you‹ aus dem Musical *The King and I.* Er sagte es ohne jede Verlegenheit. Ein weiterer Beweis, dass er nicht der typische amerikanische Kerl war.

»Okay, Liam mag Musicals«, sagte ich, während ich das aufs Papier kritzelte. Eins erledigt, noch neun vor uns.

»Das klang ein wenig voreingenommen, Jillian.«

Ein Husten unterbrach uns. Markson beobachtete uns und formte jetzt lautlos mit den Lippen: »Ich-Botschaften.«

»Tut mir leid«, sagte Liam. »Ich habe das Gefühl, du verurteilst mich.«

»Ich lerne dich nur kennen«, sagte ich. »Magst du Musicals?«

»Ja, sehr«, gab er zu und verschränkte die Hände hinter dem Kopf, wobei er seinen ziemlich beeindruckenden Bizeps und Trizeps und noch andere kleinere, aber ebenso wohlgeformte *Zepse* enthüllte. »Ich habe fünf Schwestern.«

»Du hast fünf Schwestern?«, wiederholte ich ungläubig.

»Und ich bin nicht schwul.«

Ich verdrehte die Augen. So viel wusste ich über ihn. Ich notierte das mit den fünf Schwestern.

»Was ist mit dir? Brüder? Schwestern?« Liam hielt einen Stift in der Hand, bereit loszuschreiben.

Ich schüttelte den Kopf. »Nur ich. Meine Eltern haben beschlossen, dass sie besser nicht weitermachen sollten, was letztendlich ein Segen für die Menschheit ist.«

»Na, jetzt weiß ich, dass du selbstironisch sein kannst.« Dankenswerterweise schrieb er das nicht auf.

»Ich komme mit meiner Mutter nicht gut klar«, sagte ich. »Du hast uns neulich gehört, am Telefon.«

»Ich kann mir nicht vorstellen, meine Schwestern nicht zu haben«, sagte Liam und klang ein wenig traurig und nachdenklich, so als steckte er auf halbem Weg zwischen hier und Schottland fest.

»Du vermisst sie«, stellte ich fest.

»Ja, stimmt. Sie haben mir alles beigebracht, was ich über Frauen und Waffeln weiß.«

»Ich schätze, ich schulde ihnen dann wohl einen Brief oder so.« Ich schrieb »Liam macht gute Waffeln« auf das Blatt, neben die fünf Schwestern.

»Einen Dankesbrief?«, fragte Liam und wackelte mit den Augenbrauen.

Oder auch einen Tadel. »Mal gucken. Es fühlt sich an, als würde ich mogeln, wenn ich aufschreibe, dass du aus Schottland kommst, weil ich das bereits wusste«, sagte ich und überflog meine Notizen. Bis jetzt hatte ich zwei neue Sachen über Liam erfahren.

»Ich weiß nur eine Sache über dich«, sagte er. »Was ist dein Hauptfach?«

Ich vermutete, das fiel nicht unter Marksons Regel »Bitte keinen Überblick über den Stundenplan des anderen«, aber ich fürchtete mich davor, die Frage zu beantworten. Es war eine Sache, als Erstsemester zuzugeben, dass man sich nicht festgelegt hatte, aber seit einiger Zeit erntete ich mitleidige Blicke, wenn ich es sagte.

»Ich habe noch keins. Ich will mich noch entscheiden.«

Liam blinzelte nicht einmal, als er das auf sein Blatt schrieb. »In Ordnung, du bist unentschlossen.«

»Ich hab eine Frage«, sagte ich und dachte an die Jungs, mit denen er am Abend vorher unterwegs gewesen war. »Wo lebst du? Und fährst du in den Ferien nach Hause nach Schottland?«

»Kann ich mir nicht leisten. Ich habe zwei Jahre lang gespart, um hier studieren zu können. Einer meiner Biologieprofessoren sponsert mich. Er hat einen Sohn bei der Alpha-Lambda-Studentenverbindung«, erzählte er mir, und ich schrieb alles auf.

Das erklärte die Jungs, mit denen er unterwegs gewesen war. »Also bist du gezielt zum Studium hergekommen?«

»Ich will Ozeanografie machen«, sagte er. »Ich arbeite ehrenamtlich im Aquarium, damit ich mich mit dem hiesigen Meeresleben vertraut machen kann.«

»Das in der Pine Street?« Das war nur ein paar Straßen vom Garretts entfernt, was erklärte, warum ich ihm dort immer über den Weg lief.

»Genau«, sagte er. Liam beugte sich auf seinem Stuhl vor

und blickte mich mit der ganzen Kraft seiner blauen Augen an. »Wirst du mich mal besuchen kommen?«

Mir stockte der Atem, aber ich schüttelte den Kopf. »Das ist nicht wirklich mein Ding.«

»Aber du bist unentschlossen, vielleicht würde es dich inspirieren.«

»Ich liebe das Meer«, sagte ich. »Aber darin zu schwimmen macht mir Angst. Tauchst du?«, fragte ich. Ich hatte Jungs in Neoprenanzügen am Strand gesehen. Ich fand, sie sahen seltsam aus, aber ich hätte dennoch nichts dagegen gehabt, Liam in einem Neoprenanzug zu sehen.

»Ja, möchtest du mal mitkommen?«

»Ich bin keine Schwimmerin, vergessen?«

»Ich lasse dich nicht ertrinken.« Seine Worte klangen wie fernes Gemurmel. Wahrscheinlich wegen seines Akzents, vielleicht aber auch, weil er mich so hypnotisch anblickte.

»In Ordnung.« Ich konzentrierte mich auf das Blatt vor mir. »Also bist du ein angehender Ozeanograf mit fünf Schwestern, der Waffeln macht und bei einem Professor lebt.« Ich war nicht allzu schlecht bei dieser Aufgabe, und bis jetzt hatte ich es ganz gut geschafft, nicht mit ihm zu flirten.

»Und du bist unentschlossen, was dein Hauptfach betrifft, und hast keine Geschwister. Das ist nicht genug. Ich muss mehr über dich erfahren«, sagte er und tippte mit dem Stift auf das Blatt.

Ich bildete mir ziemlich sicher nicht ein, dass er das *muss* betont hatte.

»Ich wohne mit meiner besten Freundin zusammen, Jess. Du hast sie bereits getroffen«, sagte ich.

»Wann hast du sie kennengelernt?«, fragte er.

»Wir wurden uns als Zimmergenossinnen im ersten Semester zugeteilt, als ich im Wohnheim gewohnt habe.«

»Gut. Das sind drei Sachen. Wer ist die andere, die im Garretts bei euch war?«, fragte er.

»Cassie. Sie wohnte auf dem gleichen Stockwerk gegenüber. Sie ist noch dort im Wohnheim. Ihr Stipendium deckt die Lebenshaltungskosten ab.«

Cassie war irrsinnig klug, was die meisten Leute wegen ihres Seemannsvokabulars nicht bemerkten. Dennoch würde ich mit ihr nicht tauschen wollen, wenn das bedeutete, im Wohnheim zu leben.

»Lieblingsessen?« Er fragte nun gezielter nach.

»Tacos«, sagte ich. »Obwohl es unmöglich ist, hier gutes mexikanisches Essen zu bekommen. Das ist in Kalifornien leichter.«

Liam schaute mich an, als ob ihn jedes meiner Worte wirklich interessierte. Vielleicht war diese Aufgabenstellung doch gefährlicher, als ich gedacht hatte. Jetzt konnte er sich ein Bild von mir machen, das zu der Nacht passte, die wir miteinander verbracht hatten. Ich musste eine Möglichkeit finden, ihn daran zu erinnern, dass ich nur mit ihm befreundet oder seine Partnerin hier im Seminar sein wollte. Seine nächste Frage überraschte mich allerdings.

»Warst du mal in Disneyland?«, platzte er heraus.

Ich lachte über seine kindliche Begeisterung. »Natürlich. Das war die Vorstellung meiner Eltern von Urlaub.«

»Ich bin so neidisch.« Liam schlug mit der Hand auf den Tisch. »Ich wollte immer schon nach Disneyland.«

Grinsend schrieb ich es auf. »Es ist gar nicht so toll. Schlechte Animationen und rumpelige, alte Fahrgeschäfte. Disneyworld ist viel cooler.«

»Halt«, sagte er und hob die Hand. »Keine weiteren Details. Wir haben nichts Vergleichbares in Schottland. Ich hoffe immer noch auf die Gelegenheit, mir das anzusehen, während ich hier bin.«

»Vielleicht kannst du in den Ferien mit zu mir kommen.« Der Vorschlag hatte meinen Mund verlassen, bevor ich ihn runterschlucken konnte. Hatte ich ihn gerade zu mir nach Hause eingeladen? Wollte ich ihn ermutigen?

Liam schenkte mir ein verschmitztes Lächeln. »Vielleicht.«

Die Erinnerung an unsere Körper, eng aneinandergepresst, verschwitzt und nackt, blitzte in meinem Kopf auf, und ich versuchte, sie abzuschütteln. Ich würde nicht wieder mit ihm im Bett landen. Der Vorschlag war nur höflich gewesen. Ich musste das mit der Einladung keinesfalls durchziehen.

Da bat Markson uns, die Zettel abzugeben, damit er sie übers Wochenende lesen konnte. Ich blickte zu Liam, um zu sehen, ob es ihm gelungen war, zehn Dinge über mich herauszufinden. Zu meiner Überraschung war das Blatt voll. Ich hatte nicht das Gefühl, dass ich ihm so viel erzählt hatte. Auf meinem Blatt fehlte noch eine Sache, und ich schrieb rasch noch etwas auf, das ich über ihn wusste.

Markson stand an der Tür und sammelte die Blätter ein, aber er hielt inne, als ich ihm meins gab.

»Tut mir leid, dass ich Sie neulich so vorgeführt habe.

Ich bin froh, dass Sie wiedergekommen sind.« Aus der Nähe wirkte er jünger, als ich ihn geschätzt hatte. Sein kurz geschnittenes Haar und die lässige Kleidung machten es schwer, sein Alter zu schätzen. Er war wahrscheinlich nicht mal ein richtiger Professor, sondern einer der Doktoranden oder Studenten im Aufbaustudium, denen sie die Grundlagenkurse anvertrauten. Ich glaubte sogar, ein Tattoo zu erkennen, das sich unter dem Kragen seines Hemdes herauswand.

»Keine große Sache«, sagte ich mit einem Schulterzucken. Auch wenn es eine ziemlich große Sache für mich gewesen war. Doch wenn er den Arsch in der Hose hatte, sich zu entschuldigen, würde er sich während des restlichen Seminars vielleicht ein wenig zurückhalten. Und wenn nicht, konnte ich am Ende des Semesters Rache üben, wenn ich den Zettel mit dem Feedback ausfüllte.

Liam folgte mir aus der Tür und ging dann dicht neben mir her, während wir die Taylor Hall verließen. Ich versuchte, ihn abzuschütteln, aber er klebte geradezu an mir.

»Hast du Lust auf einen Kaffee?«, fragte er mich schließlich, und seine Stimme klang hoffnungsvoll. »Als Freunde?«, fügte er noch hinzu.

Ich wollte Nein sagen, aber stattdessen rutschte mir ein »Vielleicht« raus.

»Vielleicht nächste Woche?«, schlug er vor. »Ich hätte nichts dagegen, mehr als zehn Dinge über dich zu erfahren.«

Bevor ich reagieren konnte, schnappte er sich mein iPhone aus meiner Hand und tippte seine Nummer hinein.

»Sicher«, sagte ich und fügte ein weiteres »Vielleicht« hinzu.

»Ich hoffe, ich sehe dich am Wochenende irgendwo.« Liam hängte sich seine Tasche um und grinste mich an.

Dank diesem Seminar wusste er jetzt mehr über mich als jeder andere Typ seit der Highschool. Ich nahm mein Telefon und wollte seine Nummer schon löschen, aber irgendwie konnte ich mich nicht dazu überwinden, denn ich sah, dass er sie unter *Waffelmacher* gespeichert hatte.

Kapitel 6

Es brauchte nur noch einen gut gemeinten Anruf von Tara, um mich vollständig in die Verzweiflung zu stürzen. Meine Mutter musste gewusst haben, dass es mein Wochenende nachhaltig ruinieren würde, wenn sie am Freitag anrief, aber ich brachte dieses Telefonat ganz gut hinter mich, entschlossen, mich von ihr nicht runterziehen zu lassen. Und dann wollte ich feiern. Es bedurfte beträchtlicher Überredungskünste, aber schließlich gelang es mir, Cassie und Jess davon zu überzeugen, mit mir auszugehen. Als ich jetzt allerdings ihnen und ihren Freunden gegenübersaß, fragte ich mich, ob das wirklich eine gute Idee gewesen war.

Zumindest zahlte Trevor, der zwanghaft Bestätigung brauchte, unsere Drinks, also war es nicht völlig ätzend. Und immerhin versuchte er, sich mit uns zu unterhalten, wohingegen Brett stumm wie eine traurige Statue neben Jess saß.

Irgendwer hatte irgendwann mal beschlossen, dass das Garretts am Wochenende was taugte, und jetzt war der Laden brechend voll. Sie hatten zwei stämmige Türsteher angeheuert, die allerdings völlig unnötig waren für das idyllische Olympic Falls mit seinen 9200 Einwohnern.

Eine Kellnerin kam an unseren Tisch. »Kann ich euch noch eine Runde bringen?«

»Ja, gerne.« Trevor lächelte sie an wie die Grinsekatze, und Cassie kuschelte sich an ihn und gab ihm einen Kuss auf die Wange. Ständig ließ Trevor raushängen, dass er Geld hatte, und Cassie schien das nicht zu stören. Mir entging allerdings nicht, wie sein Blick den Hintern der Kellnerin bis zur Bar verfolgte.

Ein pulsierender, elektronischer Beat erklang jetzt, was ziemlich un-Garretts-mäßig war, aber die Menge schien das nicht zu stören. Jess beugte sich zu Brett hinüber, doch er schüttelte den Kopf, und so nahm sie mich bei der Hand. Wir schoben uns durch die Menge auf die Tanzfläche und begannen, uns mit dem Rhythmus zu bewegen. Mit Jess zu tanzen war großartig, denn sie machte sich vollkommen locker. Kurz erinnerte ich mich an das unbekümmerte Mädchen, das mir im ersten Jahr an der Olympic State als Zimmergenossin zugeteilt worden war, als ich ihr jetzt dabei zusah, wie sie ihr blondes Haar wild schüttelte. Sie war deutlich zahmer geworden, seit sie es ernst meinte mit ihren Noten und der Zulassung an die richtige Uni fürs Medizinstudium. Deshalb freute ich mich besonders zu sehen, dass sie Spaß hatte.

Cassie gesellte sich zu uns, und wir drängten uns aneinander und wedelten mit den Händen über unseren Köpfen. Es dauerte nicht lange, bis Trevor sich dazwischenschob, was wiederum einige weitere Typen auf unsere Party aufmerksam machte. Trevors Anwesenheit in unserer Mitte schien wie eine Leuchtrakete für gierige Kerle zu sein. Einer von ihnen drängte sich an mich, während ich den Blick über die Menge schweifen ließ, aber ich kannte niemanden. Ich bekam kaum mit, wie die Hände des Typen meinen Bauch hinaufkrochen, bis Jess mich näher an sich und aus seinem Griff zog. Ich formte ein lautloses *Danke* mit den Lippen. Manchmal ließ ich mich zu sehr in die Musik und die Lichter fallen, tanzte ekstatisch, was bedeutete, dass ich nicht merkte, wenn ich ein Opfer von *Kleingeld* wurde. Wir hatten diesen Begriff in unserem ersten Semester für die schmierigen Kerle geprägt, die sich benahmen, als wären sie Darsteller in der Eröffnungsszene eines billigen Pornostreifens.

Jess schlang die Arme um meine Taille und tanzte eng an mir, sodass uns keine Kerle mehr zu nahe kommen konnten, auch wenn mehr als nur ein paar innehielten, um das Schauspiel zu bewundern. Zwei Frauen, die miteinander tanzten, waren leider ein Deppenmagnet.

Die Musik wechselte zu etwas Langsamerem, und wir wandten uns einander zu und taten so, als tanzten wir einen Walzer. Genau das hier hatte ich vermisst: mit meinen besten Freundinnen Blödsinn zu machen. Cassie war mit Trevor förmlich verschmolzen, ihr Blick war in seinem versunken, und seine Hände betatschten ihren Hintern. Jess verzog das Gesicht, als wäre ihr schlecht, aber dann schweifte ihr Blick zu Brett hinüber. Ich schob sie in seine Richtung.

»Nein«, rief sie über die laute Musik hinweg.

»Das ist okay. Ich muss sowieso zur Toilette.«

Jess wirkte unschlüssig, aber dann ging sie doch zu ihm. Ich sah zu, wie sie die Arme um seinen Hals schlang, und Eifersucht überrollte mich. Ich konnte nicht anders, als mich wie das fünfte Rad am Wagen zu fühlen, sobald die Jungs dabei waren.

Auf der Toilette kotzte ein Erstsemester, und ich blieb bei ihr und hielt ihr die Haare aus dem Gesicht.

»Danke«, stöhnte sie, bevor sie wieder loskotzte.

Es war eine ungeschriebene Regel im Garretts, dass man anderen Mädchen die Haare aus dem Gesicht hielt. Cassie, Jess und ich hatten alle schon hier über der Toilette gehangen, und es gab nichts Schlimmeres, als allein auf dem schmutzigen Boden zu hocken und sich zu übergeben.

Plötzlich fühlte sich das alles jedoch deutlich weniger toll an. Nachdem ich mich versichert hatte, dass es ihr so weit gut ging, auch wenn sie ziemlich fertig war, ließ ich sie allein. Wirres blondes Haar erregte meine Aufmerksamkeit, und ich ging langsamer, aber als der Typ sich umdrehte, wurde mir schwer ums Herz. Hielt ich wirklich nach Liam Ausschau? War ich so erbärmlich geworden? Ich schlängelte mich durch die Menge. Brett und Jess waren in eine Knutscherei vertieft, und Cassie war nirgends zu sehen. Jess löste sich von Brett, als ich mich auf den Hocker fallen ließ.

»Cass ist mit Trevor nach Hause gegangen«, sagte sie.

Ich sah, wie Bretts Hand über ihren Oberschenkel rieb.

»Ich glaube, ich werde auch bald gehen«, sagte ich und bot ihr so den Ausweg, ebenfalls mit Brett nach Hause zu gehen und langweiligen, zahmen Sex zu haben. Immerhin würde auf die Weise eine von uns heute Nacht flachgelegt. Sie schaute zögerlich, und ich wusste, dass sie nur meinetwegen noch blieb.

»Ich bin müde«, log ich. Ich war hellwach, aber ich hatte die Wahl, einen Netflix-Abend zu verleben oder hierzubleiben und Jess und Brett beim Vorspiel zuzusehen. Ich schnappte mir meine Tasche und gab Jess einen Kuss auf die Wange.

»Möchtest du, dass wir dich nach Hause bringen?«

»Ich komme klar. Es ist erst zehn«, erwiderte ich.

»Ich seh dich morgen früh. Schlaf ein bisschen.« Das war ein Befehl. Manchmal klang sie, als hätte sie bereits ihren hippokratischen Eid geleistet.

»Ja, Dr. Stone.« Ich salutierte vor ihr.

Die Luft draußen war frisch. Es war erst Anfang September, aber in Washington wurden die Nächte rasch kühl. Ich tippte auf meinem iPhone herum, während ich nach Hause lief, und bewunderte ein wenig den neuesten Eintrag in meinen Kontakten, bevor ich den Ruhemodus anschaltete und es in meine Tasche steckte.

Wollte ich wirklich wie Jess und Cassie enden, die freitags vor Mitternacht mit ihren Freunden nach Hause gingen? Sicher, sie hatten Sex auf Abruf, aber ich hatte dafür Filme auf Abruf. Ein Abend zu Hause würde Spaß machen. Wäre es nicht total ätzend, den Filmabend mit meinem Freund teilen zu müssen? Ich ignorierte die leise Stimme, die in meinem Kopf *Nein* flüsterte.

Kapitel 7

Markson schlug fünf Minuten zu spät im Seminar auf und entging so gerade der Zehn-Minuten-Regel, nach der jeder Student an der Olympic Falls lebte. Wir waren nur fünf Minuten davon entfernt gewesen, den Raum zu verlassen. Sein Pullunder war zerknittert, und er fuhr sich mit den Händen durch die wuscheligen schwarzen Haare, um sie zu glätten.

»Tut mir leid«, rief er und wedelte mit einem Stapel Papier. »Der Kopierer hatte sich aufgehängt.«

»Wecker kaputt?«, fragte ich.

»Schön wär's«, sagte er und teilte in jeder Reihe einen Stapel Papier aus. »Eher so was wie: keine Ruhe für die Gottlosen.«

In seinen Augen blitzte es verschmitzt, als er das sagte. Anscheinend hatte Markson ein Leben außerhalb der Uni, und dieses Leben sorgte wohl dafür, dass er lange unterwegs war. Vielleicht hatten wir doch mehr gemeinsam, als ich ursprünglich gedacht hatte. Ich sah zu, wie er durch den

Raum ging. Zerknautscht, wie er war, sah er aus wie gerade erst aus dem Bett gefallen.

»Sollte ich eifersüchtig sein?«, fragte Liam leise.

»Ich habe es nicht so mit eifersüchtigen Freunden«, sagte ich, um ihn daran zu erinnern, wie wir beide zueinander standen. Es war auch eine ernst gemeinte Warnung. Ich konnte es nicht leiden, wenn meine Freunde aufdringlich und eifersüchtig wurden, und das galt besonders für Männer. Der letzte Mann, mit dem ich mich auf Dates eingelassen hatte, war besitzergreifend gewesen, und es hatte ziemlich schnell geendet.

Liam lehnte sich in seinem Stuhl zurück und pfiff leise, als er die Aufgabe durchlas. »Das hier wird Spaß machen.«

Das klang nicht gut. Ich überflog das Blatt, und mir drehte sich der Magen um. Es war ein Projekt, das wir mit unseren Partnern außerhalb des Unterrichts fertigstellen sollten.

Und das war nicht der Teil, den er mit Spaß meinte.

»Also«, rief Markson und setzte sich auf sein Pult, »bevor jetzt alle ausflippen: Mir ist klar, dass sich das ziemlich nach einem Date anhört, aber es ist kein Date!«

Ich las die Aufgabe noch einmal. Für mich klang das nach einem Date.

»Ich beschwere mich nicht«, sagte Liam, und sein Mund verzog sich zu einem Grinsen.

»Danke für die Bestätigung, Mr. McAvoy.«

Liam nickte ihm total männlicher-Verhaltenskodex-mäßig zu. *Kerle.*

»Der Sinn dieser Aufgabe ist es, Ihnen beizubringen,

auf die unterschiedlichen Bedürfnisse ihrer Partner zu achten …«

»Ich mag diese Aufgabe«, flüsterte Liam mir zu.

»Schon klar.«

Markson fuhr mit seiner Erklärung fort, warf uns aber einen warnenden Blick zu, um uns zum Schweigen zu bringen. »Wir agieren alle innerhalb gewisser gesellschaftlicher Konstrukte, deshalb basieren die Rollen, die wir einnehmen, auf unseren Erfahrungen. Beispielsweise verhält sich jemand, der mit viel Geld aufgewachsen ist, vielleicht anders bei einem Date als jemand, der arm groß geworden ist.«

»Ich dachte, Sie sagten, das wäre *kein* Date?«, fragte jemand aus der hinteren Reihe.

»Das war ein Beispiel.« Markson hob abwehrend die Hände.

»Ich bin dafür, es der Einfachheit halber *Date* zu nennen«, sagte Liam.

Auf der anderen Seite des Raums summte jemand ein paar Takte von »Matchmaker, Matchmaker«.

»So sehr ich es auch genießen würde, dabei zuzusehen, wie Sie alle heiraten, Babys bekommen und diese nach Ihrem ehrwürdigen Professor zu benennen, bin ich mir ziemlich sicher, dass die meisten von Ihnen kein Interesse daran haben, einander zu daten, abgesehen von Mr. McAvoy.«

Ein paar Pfiffe ertönten, und Liam verneigte sich im Sitzen.

»Dieses Projekt verlangt nur, dass Sie einen Nachmittag oder Abend mit Ihrem Partner verbringen und dabei versuchen, sich so zu verhalten, wie der andere es sich wünschen würde, wenn man Freizeit miteinander verbringt. Idealerweise fußt dies auf den Informationen, die Sie bei dem Kennenlernen hier im Seminar gewonnen haben, doch Sie können genauso gut auf stereotype Modelle zurückgreifen. Die Damen halten die Türen auf und bezahlen die Rechnung. Meine Herren, bittet sie, euch abzuholen.«

»So läuft das aber nicht. Kerle halten keine Türen auf, und ich erwarte nicht, dass er mich abholt«, beschwerte ich mich. Markson war deutlich zu jung für eine solche Fifties-Attitüde beim Daten.

»Die Ritterlichkeit ist tot«, stimmte mir ein anderes Mädchen zu.

»Weil der Feminismus sie getötet hat«, sagte ihr Partner.

»Weil wir sie erst gar nicht gebraucht haben«, erwiderte sie sofort.

»In Schottland gibt es die Ritterlichkeit immer noch«, sagte Liam zu mir. »Das muss ich dir irgendwann einmal zeigen.«

»Und wieder sage ich dazu nur: Das sind Beispiele! Sie können wählen, was immer außerhalb Ihrer Komfortzone liegt und Sie dazu zwingt, sich darüber Gedanken zu machen, wie Sie den Wünschen Ihres Partners nachkommen können, während Sie ihm Ihre eigenen mitteilen. Das nennt man, sich in jemand anderen hineinversetzen.«

Ich blickte mich um. Zwei Jungs rutschten unruhig auf ihren Stühlen hin und her und sahen einander an. Was würde ich nicht darum geben zu sehen, was die beiden sich einfallen lassen würden. Für den Bruchteil einer Sekunde stellte ich mir die beiden vor, wie sie sich eine Pediküre im *Tough as Nails* die Straße runter machen ließen. Ich hatte keine Lust auf so was. Markson konnte mich nicht dazu zwingen, mit Liam auszugehen. Wenn es nicht total abwegig gewesen wäre, hätte ich Liam fast gefragt, ob er Markson auf diese irre Idee gebracht hatte.

»Und für all diejenigen, die jetzt denken, der kann mich nicht dazu zwingen«, sagte Markson, als würde er meine Gedanken lesen. »Das stimmt. Bedenken Sie jedoch, das fließt in Ihre Zwischennote ein. Ich gebe Ihnen ziemlich viel Zeit für diese Aufgabe, die übrigens vierzig Prozent Ihrer Endnote ausmacht.«

Ich stöhnte, sah auf das Blatt und erkannte, dass wir die Aufgabe in zwei Wochen fertig haben mussten.

»Sie sollen jeder ein fünf- bis siebenseitiges Paper über diese Erfahrung schreiben, das Sie dann getrennt von Ihrem Partner einreichen.«

Dieses Mal stöhnten alle auf. Warum dachte jeder Professor am College, dass er das einzige Seminar unterrichtete, das man belegt hatte? Es ging doch nichts darüber, zwei Wochen vor den Zwischenprüfungen mit einem unerwarteten Paper geschlagen zu werden, besonders wenn dafür eine so ungemütliche Recherche vonnöten war.

»Bitte schreiben Sie Ihr Paper unabhängig von Ihrem Partner. Ich möchte Ihren Einblick in das Experiment, nicht das, was Ihr Partner möchte, dass Sie sagen.« Ich bildete mir nicht ein, dass er mich direkt ansah, als er diesen letzten Teil der Aufgabe erklärte.

Also musste ich nur auf ein Nicht-Date mit Liam gehen,

der dachte, es wäre ein Date, und dann so tun, als wäre ich er, um ein Paper über diese Erfahrung zu schreiben.

»Und um Ihnen zu zeigen, dass ich nicht herzlos bin, steht es Ihnen für heute frei zu gehen, sobald Sie die Einzelheiten mit Ihrem Partner ausgearbeitet haben«, sagte Markson, was ihm eine Runde Applaus einbrachte. Er strahlte uns an, aber ich hätte ihm am liebsten das selbstzufriedene Grinsen vom Gesicht gewischt. Ich hätte das Seminar abwählen sollen, als ich noch die Chance gehabt hatte. Jess hatte keine dieser grässlichen Aufgaben erwähnt, als sie das Seminar belegt hatte. War sie im letzten Semester auf ein Nicht-Date gegangen, ohne dass ich es mitbekommen hatte? Natürlich war das gut möglich, bedachte ich die ganze Reihe an Lerngruppen, an denen sie teilnahm.

»Gut.« Liam wandte sich zu mir um. »Was passt in deinen Stundenplan?«

»Egal. Vielleicht nächste Woche. Wir haben zwei Wochen, um das zu erledigen«, sagte ich mit einem Schulterzucken. Ich war scharf darauf, es hinter mich zu bringen, aber genauso sehr wollte ich die Aufgabe für immer vor mir herschieben. Liam übte einfach diese Wirkung auf mich aus.

»Bei mir stehen in der Woche, in der wir abgeben müssen, einige große Prüfungen an. Mir wäre es deshalb lieber, wenn wir das hier hinter uns bringen.«

Es hinter uns bringen? Wie sich seine Stimmung innerhalb der letzten Minuten doch geändert hatte.

»Gut«, sagte ich. Das hier war wie ein Pflaster, es wäre leichter, es einfach abzureißen, als zu lange darüber nachzudenken. Warteten wir noch fast zwei Wochen, müssten wir ewig an das bevorstehende Verhängnis denken.

»Heute Abend?«

Ich zögerte. »Ich habe Pläne mit meiner Freundin Jess.«

»Tut mir leid. Das war voreilig von mir.« Er griff nach meinem Notizbuch und kritzelte eine Nummer auf ein Blatt. »Ich schätze, du hast meine Nummer gelöscht.«

Hatte ich nicht, aber das würde ich ihm gegenüber nicht zugeben. Außerdem war diese Geste so hübsch altmodisch, dass ich es mir anders überlegte. »Ich bin bis acht fertig. Ich ruf dich an, ja?«

Liam hob eine Augenbraue.

»Ich lege mir hierfür die traditionelle männliche Rolle zu«, sagte ich zu ihm.

»Wird sich das für mich anfühlen, als wäre ich in einer Folge von *Mad Men*?«, fragte er.

»Ja, ich habe vor, herablassend zu sein, und ich erwarte, dass du mir Cocktails an die Tür bringst«, sagte ich mit ausdrucksloser Stimme. »Ich übernehme hier die Initiative. Das erwartet man doch von den Kerlen, richtig?«

»Ich beschwere mich nicht«, sagte Liam. »Aber meiner Erfahrung nach übernimmst du sowieso die Initiative.«

Ich wurde knallrot bei seinen Worten und konnte den Gedanken nicht verdrängen, der mir in den Kopf schoss: seine Haut auf meiner Haut.

»Dann sollte ich vielleicht die sein, die auf dich wartet? Das wäre definitiv nicht typisch ich.« Es war eine Herausforderung.

Liam schüttelte den Kopf. »Wie wäre es, wenn wir hierfür nehmen, was wir bei unserer ersten Aufgabe gelernt haben? Lassen wir das mit dem *Mad-Men*-Remake.«

Ich versuchte, mich an das zu erinnern, was ich Liam über mich aufgezählt hatte, oder die Sachen, die ich über ihn erfahren hatte. »Okay.«

»Du hörst dich nicht überzeugt an.«

»Bin ich auch nicht, aber da du immer so überzeugt bist, mache ich eben mit.«

»Ich mag, wie du denkst.« Liam ließ den Stift in seine Tasche fallen und stand auf. »Bis heute Abend, Jillian.«

Ich versuchte, mir einzureden, dass die Erregung, die mich durchrieselte, Teil der Erfahrung war. Ich eiferte bei diesem Projekt definitiv Liams Enthusiasmus nach, denn klopfende Herzen und Date-Nights waren absolut nicht mein Ding.

Kapitel 8

Ich war zehn Minuten zu spät dran für den Pizzaabend mit Jess im Garretts, aber das war nichts Neues. Bis auf den schrägen Zwischenfall in Marksons Seminar vor ein paar Wochen war ich nicht mehr pünktlich gewesen, seit ich bei meiner Mutter ausgezogen war. Es war wahrscheinlich eine unbewusste Rebellion gegen den Familienterminplan, den sie mit beinahe militärischer Präzision im Griff hielt. Spät dran zu sein bedeutete allerdings, dass Jess unter einem Berg Bücher vergraben war, und als ich sie in der Nische fand, grübelte sie bereits über ihren Anatomieaufzeichnungen.

»Sorry«, sagte ich atemlos.

Jess winkte ab, machte sich aber nicht die Mühe aufzublicken. Aus diesem Grund musste ich für meine Treffen mit ihr pünktlich sein. Cassie hatte getextet, um Bescheid zu sagen, dass sie es nicht schaffte, was bedeutete, dass es einzig in meiner Verantwortung lag, Jess dazu zu bringen, die nächste Stunde an etwas anderes zu denken als an Blutgruppen und Autoimmunkrankheiten. Das würde nicht leicht werden.

»Hast du bestellt?«, fragte ich, und sie schüttelte den Kopf.

Ich winkte zu Frank hinüber, der den Tresen abwischte, und hielt dann zwei Finger hoch. »Das Übliche!«

Ich stützte die Unterarme auf den Tisch, legte mein Kinn darauf und schaute sie an. »Kannst du mir sagen, was ein Penis ist?«

Jess grinste ein bisschen. Das war ein altes Spiel zwischen uns, aber sie fand es inzwischen nicht mehr so lustig. Ich zermarterte mir das Hirn nach ein paar lächerlichen Fragen, von denen uns Jess aus ihrem Anatomiekurs erzählt hatte. Studenten wie Jess, die im Vorstudium zu Medizin waren, hingen im Anatomiekurs mit den Faulpelzen aus der Biologie fest, die es sich leicht machen wollten.

»Haben Mädchen Testikel?«, fragte ich sie. Das war meine Lieblingsfrage. Ich wusste immer noch nicht, ob ein Junge oder ein Mädchen diese Frage gestellt hatte. Ich hatte nicht den Mut, das zu fragen.

»Du hast hoffentlich ein ordentliches Paar, falls du es wagst, mich weiter zu unterbrechen«, sagte Jess, aber sie grinste jetzt breit.

»Wie pinkeln Mädchen, wenn sie ihre Tage haben?«

Jess schlug das Buch mit einem Knall zu und lachte. »Du hast gewonnen. Ich höre auf.«

»Das waren nur drei Fragen«, sagte ich, atmete tief ein und streckte stolz die Brust raus. »Ich glaube, das war ein Rekord.«

»Du hast Glück. Ich brauch eine Pause vom Lernen. Ich träume schon davon, wie ich meine Fachbücher durcharbeite. Bei meinem Glück beantworte ich in der Zwischenprüfung eine Frage mit etwas aus diesen Träumen.«

»Das wär lustig. Haben die Mädchen in deinen Träumen Eier?«

Frank stellte zwei Bier vor uns auf den Tisch.

»Ich frag euch lieber nicht, worüber ihr da redet«, sagte er und ging kopfschüttelnd davon.

»Nein, aber neulich bin ich aufgewacht und war überzeugt, ein Reh seziert zu haben.«

Ich tat so, als würde ich in mein Bier würgen und blickte sie dann böse an. »Warum, verdammt, solltest du so was machen?«

»Es war ein Traum«, erwiderte sie. »Aber der Traum war so real, dass ich dachte, ich hätte ein Reh seziert. Mein Professor war da und mein Laborpartner. Als ich aufgewacht bin, musste ich mich fast übergeben.«

»Du weißt schon, was du als Ärztin so tun musst, oder?« Tote Körper waren in ihrem Betätigungsfeld wohl ziemlich sicher zu erwarten.

»Klar, das weiß ich. Im Labor ist das okay, aber wenn ich die Augen schließe, will ich bitte keine Reheingeweide sehen.« Trotz der Eingeweide in unserer Unterhaltung schnappte Jess sich gierig ein Stück Pizza, als Frank das Tablett endlich vor uns abstellte.

»Heiß!«, ermahnte er uns.

»Jess ist unwahrscheinlich widerstandsfähig gegen Hitze«, versicherte ich ihm.

»Ich finde es langweilig, darauf zu warten, bis etwas abgekühlt ist.« Das war die Untertreibung des Jahrhunderts. Jess konnte in fünf Minuten mehr Nahrung verdrücken als die meisten Jungs, die mir in meinem Leben begegnet waren.

»Es ist fast, als wärest du biologisch darauf programmiert, Ärztin zu sein«, sagte ich und sah ihr dabei zu, wie sie die Hälfte des dampfenden Stücks Pizza auf einmal verschlang. Ich konnte nicht mal ein Stück in die Hand nehmen, ohne mir die Finger zu verbrennen.

»Danke!«

»Also, du wirst nicht glauben, wozu Markson mich zwingt.« Ich erzählte ihr von der Aufgabe, die er uns aufgetragen hatte.

»Das hab ich auch gemacht«, sagte Jess. »Natürlich hatte ich eine Partnerin, und ich hatte nicht mit ihr geschlafen.«

»Mist! Und es ist ja wohl total offensichtlich, dass wir es getan haben«, sagte ich. »Liam hat vor Markson so viel ausgepackt, dass der einfach Bescheid wissen muss.«

»Roman wird das nicht kümmern.« Jess griff nach einem weiteren Stück Pizza.

»Roman?«, fragte ich mit erhobener Augenbraue.

»Professor Markson.« Es gelang ihr fast zu verbergen, dass sie errötete, aber nicht ganz.

»Jetzt verstehe ich, warum dir das Seminar gefallen hat.«

»So war das nicht«, sagte sie, aber es klang defensiv.

»Was habt ihr bei eurem Date … äh, Projekt unternommen?«, fragte ich sie. So, wie sie mich mit Liam verkuppeln wollte, verdiente sie keine Freikarte wegen der Sache mit Markson, aber ich gab sie ihr dennoch.

»Ich kann mich nicht mehr genau erinnern, ich weiß nur noch, dass sie den größten Teil geplant hat, weil ich, wie du weißt, ein Kontrollfreak bin.«

Ich nickte, und Jess versetzte mir unter dem Tisch einen Tritt.

»Hey! Ich wollte dich nur unterstützen«, sagte ich und beugte mich hinab, um mir das Schienbein zu reiben. »Verdammt, Jess, hast du Schuhe mit Stahlkappen an?«

»Ich glaube, wir sind zu einem Fußballspiel gegangen. Sara und ich hatten eine Menge gemeinsam, deshalb war es irgendwie schwierig.«

»Genau darüber mache ich mir Sorgen. Ich brauche genug Material, um vierzig Prozent meiner Note zu sichern.« Ich verzog das Gesicht. Ich fand es nicht gerade reizvoll, Liam zwei Stunden lang zu analysieren. Das fühlte sich zu sehr nach einem echten Date an. Obwohl ich natürlich versuchen würde herauszufinden, wie ich seine Bedürfnisse erfüllen könnte, statt mich zu fragen, ob er mich mochte. Ich war mir allerdings nicht wirklich im Klaren darüber, was da genau der Unterschied sein sollte.

»Das wird spaßig. Du kannst doch auch immer was dazuerfinden«, schlug Jess vor.

»Machst du das so? Haben Menschen jetzt opponierbare Zehen?« Ich tat so, als wollte ich mir ihr Lehrbuch schnappen, um darin nachzulesen.

»Du solltest das frühzeitig erledigen, falls ihr euch später noch einmal treffen müsst, um mehr Stoff für das Paper zu sammeln.«

»Ich denke, wir treffen uns heute Abend«, sagte ich leise.

Ich wusste nicht, ob ich wollte, dass Jess wusste, wohin ich später noch ging.

»Oh, wirklich. Na, dann seid schön vorsichtig, Kinder.« Sie zwinkerte mir zu und wischte sich Pizzasoße von den Fingern.

»Kein Date! Es wird keine zweifelhaften Situationen geben«, sagte ich.

»Du vergisst da gerade, dass ich Liam gesehen habe. Wenn du die Finger von ihm lassen kannst, dann bist du ein besserer Mensch, als ich es bin.« Jess stand auf und sammelte ihre Bücher ein, während ich den letzten Bissen verdrückte. Unsere Abendessen endeten immer so – ich schob mir hastig den letzten Rest Essen in den Mund, weil sie irgendwohin musste. Nur ein einziges Mal wollte ich diejenige sein, die ganz eilig irgendwohin musste. Vielleicht würde das ja mal passieren, wenn ich ein Hauptfach wählte.

»Geht es bei dem ganzen Projekt nicht um die Gelegenheit, aus meiner Komfortzone herauszukommen? Mir wäre es viel lieber, ihn ins Bett zu schleppen, als mich mit ihm in der Öffentlichkeit sehen zu lassen.«

»Ich bin mir sicher, das will jeder Kerl hören«, sagte Jess.

Wir schwiegen beide und sahen einander an. Ich war schließlich die, die es aussprach. »Tatsächlich ist es wahrscheinlich so. Noch ein Grund, warum ich nicht mit ihm ins Bett gehe.«

»Das ist cool«, sagte Jess und sah auf ihr Telefon. »Es ist sowieso noch zu früh.«

»Was meinst du damit?«, fragte ich sie, und dann dämmerte es mir mit entsetzlicher Klarheit. »Hast du eine Wette laufen, wann ich wieder mit ihm ins Bett gehe?«

»Nein!«, rief Jess viel zu schnell, und ich griff nach ihrem Telefon. »Okay! Vielleicht!«

»Du bist fies«, sagte ich und versuchte dabei krampfhaft, ernst zu bleiben.

»Wenn du noch eine Woche aushältst, teile ich den Gewinn mit dir.«

»Was ist es?«, fragte ich.

»Ein Latte im Coffee & Cream.«

»Wow. Das große Geld.« Aber Gewinn war Gewinn. »Deal. Falls ich wieder mit ihm ins Bett gehe, zögere ich es hinaus.«

»Wunderbar«, flötete Jess. »Eine Woche! Vergiss das bloß nicht!«

»Verstanden«, sagte ich abwesend, denn ich war zu sehr darin vertieft, Liam zu texten, dass ich fertig war. Und die ganze Zeit dachte ich, dass dies eine Wette war, die sie beide verlieren würden.

Kapitel 9

Liam hatte einen Schlachtplan, was hervorragend war, da ich keine Ideen hatte. Ich sollte ihn bei seiner Gastfamilie abholen, und von da an würde er übernehmen. Das war nicht gerade eine bahnbrechende Aufhebung der Geschlechterrollen, aber es fühlte sich nach einem netten Kompromiss an. Das Haus lag am Rand des Campus in einem alten Viertel, das eine eklektische Mischung aus Bungalows, Steinhäusern im Tudorstil und kleinen Villen war. Fast überall wohnten Professoren, nur in einer einzigen Straße standen die Verbindungshäuser.

Der Nachthimmel war von Sternen gesprenkelt, und der Mond lugte hinter den Wolken hervor, als ich bei der Adresse ankam, die er mir genannt hatte. Das perfekt renovierte Haus war nicht das größte in der Straße, aber es war nahe dran. Ich zögerte kurz und zupfte meinen Pulli zurecht, bevor ich endlich den Mut aufbrachte zu klingeln.

Eine zierliche Rothaarige riss die Tür auf und packte mich an den Händen. Die Haare an ihren Schläfen wurden grau, was außer ein paar feinen Fältchen um ihre Augen herum das einzige Anzeichen ihres Alters war. »Du musst Jillian sein. Liam erwartet dich.«

»Vivian!«, rief Liam von irgendwo aus den Tiefen des Hauses.

»Er ist besorgt, ich könnte ihn blamieren.« Vivian legte einen Arm um meine Schultern und führte mich durch den Flur. Das Haus war mit teuren Antiquitäten und Teppichen geschmackvoll eingerichtet, und mit meinen abgetragenen Schuhen fühlte mich so fehl am Platz wie selten. »Aber ich habe ihm versprochen, dass ich euch nicht in die Quere komme. Ich bin nur so aufgeregt, weil er ein Mädchen dahat. Er ist ein richtig guter Fang, findest du nicht?«

Mir gelang es, keine Grimasse zu ziehen. »Liam und ich sind Partner in einem Seminar.«

»Oh, ich weiß. Er hat es mir erzählt, ich habe eine Menge von dir gehört.«

Ich wünschte mir plötzlich, dass sich der Boden auftun und mich verschlingen würde. Wie viel hatte Liam dieser Frau über uns erzählt? Ich war nicht sicher, ob ich es wirklich wissen wollte, aber es war offensichtlich, dass sie mich als eine mögliche Kandidatin für eine Romanze sah.

»Es hört sich an, als würdet ihr euch … nahestehen«, sagte ich und wählte meine Worte mit Bedacht. »Seid ihr verwandt?«

»Himmel, nein! Mein Mann hat Liam geholfen, sein Jahr in den Staaten zu organisieren. Er ist Professor der Biologie an der Olympic State. Dr. Kemp?« Sie wartete ab, ob mir der Name etwas sagte.

»Ich habe nicht viele Seminare in der Naturwissenschaft belegt«, gab ich zu.

»Ich auch nicht«, flüsterte Vivian verschwörerisch. »Ich bin eher künstlerisch veranlagt.« Sie zeigte auf eine große Leinwand, die über der Couch hing. Ich erkannte die endlose Weite der Olympic Bay, die mit sanften Pinselstrichen festgehalten worden war.

»Das ist wunderschön«, sagte ich, während sie mich vom Flur in die Küche führte. Liam war damit beschäftigt, in einem Topf auf dem Herd herumzurühren, aber er sah auf und lächelte mich an.

»Was ist das?«, fragte ich.

»Ich mache dir Abendessen«, sagte er.

»Warum?« Mir rutschte die Frage einfach heraus, und ich fürchtete, dass sie unhöflicher klang, als ich beabsichtigt hatte.

Vivian, die vielleicht die Spannung zwischen Liam und mir spürte, nahm ein letztes Mal meine Hand und verschwand dann im Flur mit einem »es war so schön, dich kennenzulernen«, bevor ich noch etwas erwidern konnte.

»Wie ich das sehe, stellt es die Geschlechterrollen auf den Kopf, wenn ich einer Frau Abendessen mache. Aber für dich ein Abendessen zu kochen, ist die perfekte Art, mich um deine Bedürfnisse zu kümmern«, sagte er und hielt einen Löffel hoch.

Ich probierte vorsichtig die Soße und nickte dann anerkennend, obwohl ich keine Ahnung hatte, warum das meine Bedürfnisse erfüllen sollte. Ich musste ein Paper schreiben, nicht auf ein Date gehen, und jemandem Abendessen zu kochen, fühlte sich für mich so ziemlich nach einem Date an. »Ich bin nicht sicher, ob ich deiner Logik folgen kann.«

»Das brauchst du auch nicht«, sagte er und zuckte mit den Schultern. »Ich bin derjenige, der das Paper schreiben muss.«

Da hatte er irgendwie recht, aber das half mir nicht bei meinem Paper. Wie sollte ich Material für mein eigenes Paper zusammenbekommen, wenn Liam mich den ganzen Abend verhätschelte? Ich sah zu, wie er Brot aus dem Ofen holte, überlegte, was er in diesem Moment von mir brauchen könnte. Der Zweck von Marksons Übung war es, dass ich darüber nachdachte, was die andere Person brauchte, basierend auf dem Wissen, dass ich über sie besaß.

Ich dachte an die erste Aufgabe zurück, die wir gemeinsam gelöst hatten. Liam kam aus einer großen Familie mit vielen Frauen, und offensichtlich hatte er eine Menge Zeit in der Küche verbracht.

»Wie kann ich dir helfen?«, fragte ich und ergriff den nutzbringendsten Weg, um mit der Situation umzugehen.

»Du kannst den Tisch decken«, schlug er vor.

Ich öffnete die Schränke und Schubladen, auf der Suche nach Tellern und Besteck, während er die Pasta fertig kochte. Ich war erleichtert, dass er es nicht übertrieben und mir ein ausgefallenes Abendessen zubereitet hatte. Es war so leicht und einfach, mit ihm zusammen in der Küche zu sein. Wir bewegten uns wie ein eingespieltes Team, während ich Gabeln aus der Schublade holte und er den Salat aus dem Kühlschrank nahm. Als wir uns ein paar Minuten später setzten, stürzte ich mich auf die Pasta und war überrascht, wie köstlich sie war. Es schien, Liams Talent beschränkte sich nicht nur auf Waffeln.

»Das ist wirklich gut«, sagte ich und brach ein Stück Brot ab, um die Soße damit aufzutunken.

»Du klingst überrascht.« Liam goss Wein in zwei Gläser und brachte sie an den Tisch.

»Ich dachte, die Waffeln wären vielleicht dein Trick«, sagte ich. »Du weißt schon, die eine Sache, die du kannst, um Frauen zu imponieren.«

Liam grinste und nahm einen Schluck Wein. »Ich gehe eigentlich davon aus, dass ich viele Wege kenne, um Frauen zu imponieren.« Er lehnte sich zurück und sah mir mit mehr als nur beiläufigem Interesse beim Essen zu. Ich versuchte indessen, den Streifen nackter Haut zu ignorieren, den sein hochgerutschtes T-Shirt entblößte.

»Vivian wirkt nett«, sagte ich in dem Versuch, das Thema zu wechseln.

»Sie ist super«, sagte er. »Die Kosten für das Wohnen hätten es mir fast unmöglich gemacht, dieses Jahr herzukommen, aber sie und Dr. Kemp haben angeboten, dass ich hierbleiben kann. Ihr Sohn hat in diesem Herbst an der Handelshochschule angefangen, deshalb haben sie mich wohl gerne da. Sie hat sich sehr darüber gefreut, dass du heute Abend hergekommen bist.«

»Ich bin ein Einzelkind, und meine Eltern haben mir nicht einmal Pyjamapartys erlaubt. Ich bin immer überrascht, wenn es Leute gibt, die sich freuen, dass ich da bin«, gab ich zu und wünschte mir sofort, ich hätte es nicht gesagt. Das Geständnis machte mich noch angreifbarer, und das gefiel mir nicht.

»Deine Eltern klingen echt nach einem Stück Arbeit. Ich kann mir nicht einmal vorstellen, dass meine Eltern mich dazu gebracht hätten, mich so zu fühlen.«

»Du hast ja auch so an die zwanzig Schwestern, oder?« Das war eine der Sachen, an die ich mich aus dem Seminar erinnerte.

»Fünf«, sagte er und lachte. »Aber manchmal fühlt sich das wie zwanzig an.«

»Ich hoffe, ihr habt mehr als nur ein Bad in eurem Haus.«

»Wir haben zwei. Was glaubst du, warum ich in die Staaten gekommen bin?«, fragte er, und sein Arm streifte meinen, als er nach dem Knoblauchbrot griff.

Diese kleine Geste stellte seltsame Dinge mit meinem Magen an, und ich legte die Gabel nieder, weil ich nicht wusste, ob ich noch einen weiteren Bissen schaffte.

»Fertig?«, fragte er und streckte die Hand aus, um meinen Teller zu nehmen.

»Ja. Es war lecker, so gut wie die Waffeln.«

»Ich weiß nicht.« Liam stand auf und ging zur Spüle. Er hielt die Teller unter den Wasserhahn und beugte sich über den Geschirrspüler, sodass ich seinen knackigen Hintern bewundern konnte. Ich konnte nicht wegsehen, obwohl mir Jess' Worte durch den Kopf schossen: *Denk dran! Eine Woche!*

Nur dass ich nicht mit ihm schlafen würde. Das würde ihm die falsche Botschaft vermitteln, und nach unseren

Unterhaltungen im Seminar und dem Abendessen heute war ich immer fester davon überzeugt, dass Liam mehr so der Beziehungstyp war. Ich stapelte den Rest des Geschirrs und trug es dann zu ihm hinüber, damit ich ihm nicht noch länger auf den Hintern starrte.

»Danke«, sagte er und nahm es entgegen. »Ich mach schon.«

»Ich helfe dir«, sagte ich, aber als ich nach einem Glas griff, entglitt es mir und zersprang auf dem Boden. Ich fluchte und beugte mich hinab, um die Stücke aufzusammeln.

»Lass mich das machen«, sagte er und holte einen Besen aus der Vorratskammer.

»Es tut mir wirklich leid. Ich bin so ungeschickt.« Ich fügte nicht hinzu, dass ich nicht einfach nur ein hilfloser Trampel war. Es gab einen guten Grund für meine Tollpatschigkeit, doch das war etwas, das ich nicht in diesem Paper sehen wollte.

»Das ist nur ein Glas, Jillian. Setz dich, damit du keine Splitter in deine Schuhe bekommst.«

Ich schaute hinab auf meine TOMS und erkannte, dass er recht hatte, also sah ich zu, wie er mein Missgeschick auffegte. Sobald er fertig war, sprang ich auf und drehte den Wasserhahn auf, um die Spüle mit Wasser für die Töpfe zu füllen.

»Du hörst nicht auf mich, oder?«, fragte er.

Ich zeigte auf den Pastatopf, und er gab ihn mir. »Ich fühle mich nicht gerne nutzlos.«

Dabei beließ ich es und machte mir nicht die Mühe zu

erklären, dass ich mich praktisch jeden Tag meines Lebens wegen meines Körpers nutzlos fühlte. Es würde sowieso nur schlimmer werden, also konnte ich genauso gut jetzt so viel wie möglich selbst tun, bevor ich davon abhängig war, dass andere Menschen Dinge für mich erledigten.

»Du schreibst das Paper praktisch für mich.« Er stellte sich neben mich und nahm den geschrubbten Topf von mir entgegen, um ihn abzuspülen.

»Bin ich so neurotisch?«, fragte ich und streckte die Hand nach der Pfanne aus.

»Das ist kein Seminar in Psychologie.«

»Das könnte es aber genauso gut sein. Wir sollen unsere Zeit damit verbringen, einander zu analysieren«, sagte ich.

»Und was hast du über mich herausgefunden?«, fragte er.

Ich biss mir auf die Lippe, weil ich nicht sicher war, was ich darauf antworten sollte. Obwohl ich so besorgt darüber gewesen war, dass ich den Abend damit verbringen würde, Liam zu analysieren, hatte ich das nicht gerade ausgiebig gemacht. Ich war zu sehr damit beschäftigt gewesen, mir Gedanken darüber zu machen, was er über mich dachte, aber das bedeutete nicht, dass mir nichts einfiel. »Du liebst deine Familie, und du hast großen Respekt vor Frauen.«

»Das hast du alles von den Spaghetti?«, fragte er und stieß mir den Ellbogen in die Seite.

»Du kochst, und du hilfst beim Abwasch. Ich bin nicht sicher, ob mein Dad weiß, wie der Geschirrspüler angeht«, sagte ich.

»Vielleicht versuche ich gerade, eine ahnungslose Frau in

mein Bett zu locken, indem ich vorgebe, dass Abwaschen okay ist«, sagte er.

Ich spritzte ihn mit dem Spülwasser nass. »Erstens: Das nehm ich dir nicht ab. Ich glaube, Abwaschen ist wirklich okay für dich. Zweitens: Ich bezweifle deine Motive sowieso zutiefst, also ist dein Plan aufgeflogen.«

»Verflucht.« Liam schnippte mit den Fingern. »Es ist aber nicht so schlecht, etwas Schmutziges wieder sauber zu machen.«

Ich brach in Gelächter aus. »Du hörst dich an wie ein Pastor«, zog ich ihn auf, als ich wieder reden konnte.

»Ich würde ja das Kreuz schlagen, aber, du weißt schon, Blasphemie«, sagte er ernst.

»Bist du katholisch?« Die Frage rutschte mir einfach heraus.

Er schüttelte den Kopf. »Ich bin nicht wirklich religiös.«

»Ich auch nicht.«

Wir machten den Abwasch fertig, und ich blieb an der Spüle stehen, weil ich nicht wusste, ob ich bleiben oder gehen sollte.

»Noch ein Glas Wein?«, fragte er.

»Nein«, sagte ich. Es schien mir keine gute Idee, auf noch einen Drink zu bleiben. »Ich sollte nach Hause gehen.«

»Hast du früh Uni?«

»Ja.« Das war eine Lüge. Ich legte kein Seminar auf den Vormittag, wenn es sich vermeiden ließ, aber weiter mit Liam herumzuhängen, würde ziemlich sicher damit enden, dass Cassie ihre Wette gewann, besonders wenn noch mehr Wein im Spiel war.

»Kann ich dich nach Hause begleiten?«, fragte er.

»Ich komme klar. Es ist ja nur eine Straße.« Natürlich wusste Liam das bereits. Ich wollte der peinlichen Abschiedsszene vor meiner Tür entgehen, und es war noch nicht spät genug, dass seine Begleitung gerechtfertigt gewesen wäre.

Liam folgte mir zur Tür und hielt kurz inne, bevor er sie für mich öffnete. »Wir sollten das mal wieder machen.«

»Ich glaube nicht, dass Markson uns noch mal auf ein Date schickt. Ich meine, zu einem Projekt«, ruderte ich zurück. *Das war kein Date*, rief ich mir ins Gedächtnis, als ich rasch durch die Tür trat.

»Das ist schade. Ich sehe dich gern außerhalb des Seminars«, sagte er und trat hinter mir nach draußen.

Die unbehagliche Pause entstand trotzdem, obwohl ich sein Angebot mit dem Nachhausebringen ausgeschlagen hatte. Wir schienen beide nicht zu wissen, was wir sagen sollten. Sagte ich ihm, dass ich ihn auch gerne außerhalb des Seminars sah, würde er es weiter versuchen. Ich hatte jedoch ein größeres Problem: Mir gefiel der Gedanke, ihn wiederzusehen. Seine Einladung zum Abendessen führte mich zu sehr in Versuchung. Und genau deshalb musste ich zusehen, dass ich hier wegkam.

»Danke für das Abendessen«, sagte ich und drehte mich zu ihm um.

Er zögerte, dann streckte er die Hand aus und strich mir mit dem Finger über das Gesicht. »Ich mache dir jederzeit Abendessen. Frühstück, wenn du mich lässt.«

Mir blieb der Atem weg. Ich sollte dem, was auch immer

sich da zwischen uns anbahnte, einen Riegel vorschieben, aber ich konnte mich nicht dazu überwinden. Stattdessen murmelte ich ein »Mach's gut« und lief davon. Ich war nicht mehr sicher, was ich für Liam McAvoy fühlte. Ich wusste nur, dass ich mich von ihm fernhalten sollte, obwohl ich gleichzeitig erkannte, dass ich das gar nicht wollte.

Kapitel 10

Der Beat der neuesten Single von Macklemore dröhnte durch die Bar. Verschwitzte Körper drängten sich um mich herum, riefen Bestellungen, während ich an einem Gin Tonic nippte. Ich hielt in der Menge nach Jess oder Cassie Ausschau, doch ich war nicht sicher, ob ich sie überhaupt sehen würde, wenn sie endlich auftauchten. Es fühlte sich gut an, im Garretts zu sein, als hätte ich endlich mein Gleichgewicht wiedergefunden, nachdem ich eine Woche lang mit Liam geflirtet hatte. Er hatte mich nicht noch einmal gefragt, ob wir ausgingen, aber es war dank unserer Interaktionen in Marksons Seminar ziemlich deutlich, dass sein Angebot stand. Hier im Garretts wurde ich daran erinnert, wer ich war: Eine junge Frau, die keinen Kerl brauchte. Es war nett, ab und an mal einen mit nach Hause zu nehmen, aber ich würde mich auf nichts Ernstes einlassen, besonders nicht mit einem Typen, der ein befristetes Studentenvisum hatte.

Eine Hand betatschte mich, und ich versetzte dem Kerl neben mir einen Stoß.

»Sorry«, lallte er. »Hab's Gleichgewicht verlorn.«

»Halt dich das nächste Mal an der Theke fest«, blaffte ich.

Bis jetzt hatte ich an diesem Abend noch keinen möglichen Kandidaten für ein Abenteuer entdeckt. Die Verbindungsjungs, die an einem Tisch saßen, sahen zu mir her, aber ich mied den Blickkontakt mit ihnen. Ich hatte früh in meiner Uni-Karriere gelernt, dass sie nur Ärger machten. Mit einem von ihnen hatte ich im ersten Semester geschlafen, und danach hatte mich seine gesamte Verbindung für leichte Beute gehalten.

Ein bisschen locker war ich sicherlich, aber ich war niemandes Beute.

Die Musik wurde langsamer, und der DJ nahm das Mikro in die Hand. »Ich hoffe, ihr hattet genug Drinks, denn jetzt ist Karaoke dran«, verkündete er. »Und ob ihr nun den Mumm habt, hier hochzukommen und zu singen, oder ob ihr nur den ganzen American-Idol-Möchtegernen zuhören müsst, ihr werdet Alkohol brauchen.«

Die Bekanntmachung entlockte der Menge ein Johlen. Ich hob mein Glas.

»Heißt das, du singst?«, fragte da eine Stimme neben mir.

Ich machte mir nicht die Mühe, mich zu Liam umzudrehen. »Ich singe nicht.«

»Nicht genug Alkohol?«, fragte er.

»Es kann gar nicht genug Alkohol geben, dass ich da hochgehe und singe«, sagte ich und blickte weiter zu den Studenten hinüber.

Ein Mädchen namens Stacey stolperte auf die Bühne

und schnappte sich das Mikro, als die ersten Klänge eines alten Songs von No Doubt ertönten. Stacey konnte nicht singen, aber sie hatte genug getrunken, um zu glauben, dass sie es könnte.

»Das ist problematisch«, sagte Liam.

Ich konnte nicht anders, ich musste loskichern. Stacey klang ein wenig wie eine ersaufende Katze, doch sie kreiste mit den Hüften, als sei sie Gwen Stefani.

»Deshalb singe ich nicht«, sagte ich zu ihm, als ich mich endlich zu ihm umwandte.

»Weil du klingst, als würde dich jemand umbringen?«, fragte er.

»Absolut.«

Liam nahm meine freie Hand. »Tanzt du mit mir?«

Er nickte zur Tanzfläche hinüber und zog mich mit sich, aber ich stemmte die Füße in den Boden und schüttelte den Kopf. »Ich tanze nicht zu so was.« War das seine Auffassung von Romantik?

»Komm schon. Wir werden das ironisch machen«, bettelte er. Die flackernden Lichter warfen Licht und Schatten über sein Gesicht und betonten seine kantige Kieferpartie. Kurz stellte ich mir vor, wie ich darüberleckte. Aber das würde bedeuten, Regel Nr. 1 zu brechen: Nimm nicht zweimal den gleichen Kerl mit nach Hause. Natürlich war ich die Einzige, die sich dieser Tage noch an diesen Kodex hielt. Und dann war da die Tatsache, dass wir uns darauf geeinigt hatten, Freunde und Kurspartner zu sein. Nicht mehr.

»Ich warte auf Jess«, sagte ich zu ihm. Die Entschuldigung war gut.

Genau da stolperte der betrunkene Kerl von vorhin gegen mich und riss mich fast um. Der Typ packte mich um die Taille und schenkte mir ein besoffenes Lächeln. »Hallo, Schönheit.«

Ich zog an seinen Händen und versuchte, ihn von mir abzumachen. Der Kerl drängte sich jedoch nur noch enger an mich. Er probierte wohl, mit mir zu tanzen, aber es fühlte sich mehr an, als würde er mich wie ein Hund anrammeln, so unrhythmisch war das Ganze.

»Lass mich los«, befahl ich mit lauter Stimme.

»Sei doch nicht so«, sagte er. Sein Mund war meinem Gesicht so nahe, dass ich von der bloßen Berührung hätte betrunken werden können.

Liam tauchte hinter uns auf und legte eine Hand auf die Schulter des Kerls. »Die Lady hat dich gebeten, sie loszulassen.«

»Kann sie mir selber sagen«, meinte der und schüttelte Liams Hand ab, doch mich ließ er nicht los.

»Das habe ich dir gesagt.« Ich wand mich aus seinem Griff, aber er packte mich erneut.

Liam fasste ihn am Hemd und gab mir so genug Zeit, um abzuhauen. »Geh schon, Kumpel.«

»Lustiger Akzent«, sagte der Kerl spöttisch. »Bist du eine von diesen britischen Memmen?«

Liam grinste tatsächlich, als er den Kopf schüttelte. »Ich bin aus Schottland, und niemand hat jemals die Schotten beschuldigt, Memmen zu sein.«

»Solltest du nicht einen Rock tragen?«, fragte der Kerl.

Ich schluckte. Liam mochte ja der coolste Mann sein,

den ich kannte, aber falls er nur halb so wütend war wie ich, würde das hier nicht gut enden.

Als ob er mir beweisen wollte, dass ich recht hatte, knallte Liams Hand in das Gesicht des Kerls, der daraufhin zu Boden ging. Liam beugte sich zu ihm hinunter, während sich eine Gruppe Gaffer um uns herum sammelte.

»Das sind Kilts, und wir tragen sie, damit unsere riesigen Schwänze atmen können.«

Ich stand für gewöhnlich nicht auf die Alphatiertypen, und vielleicht, wenn ich Liam nicht so gut gekannt hätte, hätte ich nicht den Drang verspürt, ihn auf der Stelle flachzulegen.

Ein übergewichtiger Türsteher, den ich noch nie zuvor gesehen hatte, kam herangewatschelt und packte Liam am Arm. »Du bist hier raus.«

»Er hat mich verteidigt«, sagte ich. Ich konnte nicht zulassen, dass man ihn rauswarf, weil er mich gerettet hatte.

»Kannst auch gehen, wenn du willst«, knurrte der Türsteher mich an.

Ich stockte. Ich kam seit drei Jahren ins Garretts, seit ich ein junges Ding mit frischem falschem Ausweis gewesen war. Sie kannten mich hier. Ich sah mich nach Frank um, aber der war nirgends zu entdecken. Mein Sinn für Gerechtigkeit flammte in meiner Brust auf, aber ich biss die Zähne zusammen, marschierte an dem Türsteher vorbei und nach draußen. Die kühle Nachtluft erinnerte mich daran, dass ich keinen Plan B hatte. Jess und Cassie würden nach mir Ausschau halten. Ich hatte keine Mitfahrgelegenheit nach Hause, und ich trug total unbequeme Schuhe. Ich ging langsam über den Bürgersteig und hoffte, so die Blasen, die der lange Spaziergang zu meinem Apartment mir einbringen würde, hinauszuzögern, während ich Cassie und Jess textete, dass es eine Planänderung gab.

»Hey«, rief Liam und holte mich ein. »Du hättest nicht gehen müssen.«

»Das ist eine Sache des Prinzips«, sagte ich.

»Ich hätte nicht so die Nerven verlieren sollen. Ich bin eigentlich nicht der Typ für Barschlägereien.« Er ging neben mir her.

»Ich dachte, die Schotten wären berüchtigt für ihre Kämpfe?«

»Sind wir«, sagte er mit einem Grinsen. »Wir heben uns das normalerweise aber für das Schlachtfeld auf.«

Ich dachte an die grundlosen Anmachen, die ich über die Jahre hinweg ertragen hatte, und an die Zeit, die ich damit verbracht hatte, Strategien mit meinen Freundinnen zu entwickeln. Darin, uns bei einem heißen Kerl abzuwechseln, bis dahin, den handgreiflichen Idioten zu entgehen, hatten wir uns über die Jahre perfektioniert. »Die Bar ist das Schlachtfeld der Moderne.«

»Falls es jedes Mal so ist, wenn du ausgehst, könntest du recht haben«, sagte er.

Wir kamen an der Ecke an, und ich hatte immer noch keine Antwort von einer der beiden, also steckte ich mein Telefon in die Tasche. »Ich gehe nach Hause. Ich seh dich dann Dienstag.«

»Auf keinen Fall«, sagte Liam. »Ich kann dich nicht alleine nach Hause gehen lassen.«

»Du hast deinen Teil erledigt. Hast meine Ehre verteidigt. Ich schaff das schon von hier aus.« Es waren nur ein paar Straßen, und die waren hell erleuchtet. Ich war sie schon ein Dutzend Mal in meiner Zeit an der Olympic State gelaufen.

»Ich finde, ich bin moralisch verpflichtet, dich nach Hause zu begleiten, nachdem du die Bar meinetwegen verlassen hast.«

»Ich habe die Bar verlassen, weil das total unfair war«, sagte ich. »Dieser Kerl war vielleicht noch drei Drinks davon entfernt, ein Frauenschänder zu werden, aber dich haben sie rausgeworfen.«

»Siehst du?«, sagte er, und seine Lippen verzogen sich zu einem Lächeln. »Du hast meine Ehre verteidigt.«

»Und du hast meine verteidigt. Also herrscht Gleichstand.«

»Ich würde lieber in deiner Schuld stehen«, sagte Liam.

Ich wollte gerade anfangen zu protestieren, als der verräterische erste Tropfen eines typischen Pazifischer-Nordwesten-Sturms auf meine Stirn klatschte. Deshalb hatte ich immer einen Plan, wie ich von der Bar nach Hause kam. Es war viel zu ungemütlich, überallhin einen Regenmantel und Gummistiefel mitzunehmen, und jetzt steckte ich in den Anfängen eines epischen Gewitters fest.

Liam beschleunigte seine Schritte und winkte mir, mit ihm gemeinsam loszurennen. Ich hüpfte ein paar Schritte, aber dann verdrehte ich mir den Knöchel.

»Verdammt!«, rief ich, während ich mein Gleichgewicht wiederfand.

»Alles klar?«, fragte er und legte einen Arm um mich, als wollte er mir helfen, nach Hause zu schwanken.

»Mir geht's gut, aber ich kann in denen nicht rennen.«

Der Regen wurde stärker, und fette, kalte Tropfen trafen uns jetzt. Ein Blitz fuhr über den Himmel. Das würde einer der seltenen Gewitterstürme werden, die eher heftig statt lang andauernd sein würden. Ich schüttelte den Regen vom Gesicht und wischte über meine Wimpern, dann öffnete ich meine Augen und sah, dass Liam vor mir hockte.

»Was machst du da?«, rief ich über das Donnergrollen hinweg.

»Spring rauf«, sagte er.

»Das kann nicht dein Ernst sein.«

»Ich mach für gewöhnlich keine Scherze, wenn ich gerade am Ertrinken bin. Lass dich von mir tragen.«

Ich holte tief Luft, dann zog ich mich auf seinen Rücken. Seine Hände umschlossen fest meine Knie. Ich konnte dem Drang nicht widerstehen und vergrub mein Gesicht in seinem Nacken. Ich sagte mir, dass ich so nur den Tropfen entging, aber das erklärte nicht, warum ich seinen sauberen Geruch nach Seife und einer Spur Aftershave genoss, den ich dort fand.

»Jetzt stehe ich in deiner Schuld«, sagte ich zu ihm, als er auf meine Wohnanlage zulief.

»Ich überlege mir etwas, mit dem du mir das zurückzahlen kannst.«

»Tragt ihr die Kilts wirklich deshalb?«, fragte ich. Mein Kopf war bereits damit beschäftigt, sich eine Reihe von

Möglichkeiten einfallen zu lassen, ihn für diese göttergleiche Heldentat zu entlohnen.

»Hosen sind eine moderne Unterdrückung der Männer«, sagte er. »Ich würde jeden Tag einen Kilt tragen.«

Ich hatte Liams Waden schon gesehen und konnte jetzt nur noch denken, wenn jemand einen Kilt rocken konnte, dann er.

Er schaffte es, uns innerhalb von fünf Minuten ins Treppenhaus der Anlage zu bringen, obwohl er den ganzen Weg mit mir auf dem Rücken gerannt war, und er war nicht einmal aus der Puste. Sein Durchhaltevermögen war auf jeden Fall beeindruckend. Ich fragte mich kurz, ob ich es noch weiter testen sollte. Als wir dem Regen entkommen waren, rutschte ich von seinem Rücken und blickte auf die verschlossene Tür.

»Es ist spät«, sagte ich, und plötzlich fühlte ich mich unbeholfen. Ich war es gewöhnt, Jungs mit nach Hause zu bringen, aber nicht viele hatten mich dorthin getragen.

»Ich sollte gehen, während ich noch nass bin«, sagte er und wrang Tropfen aus seinem T-Shirt.

»Auf keinen Fall. Ich steh in deiner Schuld, schon vergessen?«, sagte ich. »Dieser Sturm wird nicht lange dauern, und ich habe einen Trockner.«

Meine Hände zitterten ein wenig, als ich die Tür aufschloss und das Licht anschaltete. Ich ging direkt auf den Schrank zu und schnappte mir die Flasche mit meinen Tabletten. Ich hatte sie geschluckt, bevor er auch nur seine durchnässten Schuhe ausgezogen hatte.

»Was ist das?«, rief er.

Ich schob die Flasche zurück hinter die Teller und schnappte mir die Schachtel mit den Chiclets, um mir davon ein paar in den Mund zu schieben. »Das tollste Kaugummi der Welt.«

»Und du bietest mir keins an?«

»Mein Fehler.« Ich hielt ihm die Schachtel hin und sah zu, wie er sich ein paar in die Hand schüttete.

»Erstaunlich«, sagte er, als er kaute.

»Ich weiß.«

»Es fühlt sich an, als würde man auf kleinen Gummibällen herumkauen.«

Ich schlug ihm gegen die Schulter. »Gib mir meine Chiclets zurück.«

Bevor ich auch nur darüber nachdenken konnte, was ich da gerade gesagt hatte, war sein Mund auf meinem. Ich öffnete die Lippen und erlaubte seiner Zunge, über meine zu gleiten. Unsere Haut war feucht vom Regen, und ich konnte seine Muskeln spüren, als ich mit den Fingern über sein nasses und eng anliegendes Shirt fuhr. Seine Hände nahmen meinen Hintern und zogen mich hoch und eng an sich, als er mich gegen die Wohnungstür drückte. Jede Bewegung, jede winzige Veränderung seiner Körperhaltung spiegelte meine mit natürlicher, eleganter Präzision. Seine Lippen glitten an meinem Hals hinab und ruhten dann auf dem Ansatz meiner Brüste.

»Wir sollten aus den nassen Klamotten raus«, hauchte ich ihm ins Ohr.

Liam stellte mich auf den Boden und zog sein Shirt aus. Als seine Lippen mich nicht mehr so ablenkten, erkannte ich, dass sich die Kaugummimenge in meinem Mund verdoppelt hatte.

»Hast du mir gerade deine Chiclets gegeben?«, fragte ich und streifte die Schuhe von den Füßen.

»Du hast gesagt, du willst sie zurück.« Er grinste, als er seine Hose aufknöpfte.

»Wenn du Schönheit nicht würdigen kannst …« Ich zog mir mit einem Ruck den Pulli über den Kopf. Liams Blick fiel lüstern auf meine Brüste.

»Glaub mir, ich würdige Schönheit.«

Ich ließ den Rest meiner Klamotten in einem nassen Haufen neben der Tür fallen und sah Liam mit erhobener Augenbraue an. Er stellte sich der Herausforderung, indem er seine Jeans fallen ließ und die Beule in seinen engen grauen Boxershorts enthüllte.

»Es stimmt, was man über die Schotten sagt«, hauchte ich.

Liam packte mich, und ich kam ihm eilig entgegen, als wir gemeinsam den Flur hinunterstolperten zu meinem Schlafzimmer. Als wir auf mein Bett fielen, löste ich meine Lippen von seinen.

»Wir können aufhören«, sagte er, aber ich wusste, dass keiner von uns zurückkonnte.

»Ich habe Angst«, gab ich zu.

»Sieh mal, wie schön du die Ich-Botschaften einsetzt«, flüsterte er. »Professor Markson wäre so stolz auf dich.«

»Ich verdiene ganz offensichtlich eine Eins in dem Kurs«, sagte ich nervös kichernd, als seine Hand über meinen nackten Bauch fuhr, den Umriss meines Nabels nachzeichnete und feuriges Verlangen tief in meinem Inneren entfachte.

»Wovor hast du Angst?«, fragte er.

Ich vergrub mein Gesicht an seinem Hals und hielt einen Moment die Luft an, bevor ich antwortete. »Ich bin nicht gut in so was. In Beziehungen.«

»Ich glaube, da liegst du falsch.« Seine Hand strich mir das Haar aus dem Gesicht.

»Ich vermassle sie. Ich weiß nicht, wie ich ein gutes Mädchen sein soll.«

»Was genau ist ein gutes Mädchen?«, fragte er. »Denn du bist klug und leidenschaftlich und lustig, was dich in meinen Augen zu einem guten Mädchen macht.«

»Nein.« Ich schüttelte den Kopf. »Ich bin gemein. Du hast keine Ahnung, worauf du dich da einlässt.«

»Ich habe gehört, wie du über Jess und Cassie sprichst«, sagte er. »Du bist gut in Beziehungen.«

Ausgenommen all die Male, die ich sie von mir weggeschoben oder sie angeschrien hatte, weil sie versucht hatten, mir zu helfen. Liam hatte keine Ahnung, was für ein Miststück ich sein konnte.

»Ich vögle nicht mit Jess und Cassie«, erwiderte ich.

»Du musst da etwas verstehen, Jillian«, sagte Liam leise, und seine Worte klangen warm an meinem Haar. »Du vögelst mich auch nicht. Nicht mehr. Wir machen Liebe.«

»Und das ist etwas, in dem ich auf gar keinen Fall gut bin.«

»Du hast Glück, ich bin ein hervorragender Lehrer.« Er schob meine Haare beiseite, legte die Hand unter mein

Kinn und senkte seine Lippen auf meine. Der Kuss war sanft und tief und wurde dann ernster. Seine Hände umschlossen mein Gesicht und meinen Bauch behutsam und zugleich bestimmt, zwangen mich dazu, mich auf den Druck seiner Lippen zu konzentrieren. Seine Zunge strich über meine Zähne, und ich biss ihn kurz, sodass er leise knurrte und seinen Körper ein wenig drehte, aber er kam mir nicht näher. Unsere Zungen massierten einander, und er saugte zärtlich an meiner, und Erregung pulsierte zwischen meinen Beinen. Ich spürte, wie mir immer heißer wurde, während sich mein Körper wand, um näher an ihn heranzukommen. Er gab bei dem Kuss jedoch nicht nach, und ich stellte fest, dass ich tiefer in den Nebel aus Lust und Verlangen sank, begierig darauf, dass seine Hände meinen Körper erforschten, bereit, meine Haut an seiner zu spüren.

Liams Mund fuhr über meinen Kiefer, und er hielt kurz an meiner Kehle inne, hauchte mir Leben ein und brachte mein Herz zum Rasen, während ich erhoffte und ersehnte, dass er weiter nach unten wanderte. Doch stattdessen legte er mir die Hand auf den Hinterkopf und zog mich sanft hinauf zu seinen Lippen, seine andere Hand lag auf meinem Rücken und zog mich fest gegen seine Brust. Meine Brüste streiften seine Brustmuskeln, und ein Schauder strich über meinen Rücken. Ich brauchte ihn so sehr wie die Luft zum Atmen. Er setzte sich auf und zog mich dabei mit sich, dann legte er meine Beine um seine Hüften. Ich spürte, wie er an meinem Oberschenkel anschwoll, und die Leere in mir wurde zu einem schmerzhaften Ziehen. Ich drückte mich gegen ihn, spürte ihn, und mein Innerstes pochte vor Verlangen.

»Hast du …?« Er ließ die Frage verklingen, während ich in meinen Nachttisch griff und ein Kondom aus der Schublade holte.

Es bedurfte nicht mehr Worte, und einen Augenblick später glitt er in mich, und das Sehnen wurde von ansteigender Erregung ersetzt. Er schlang seine Arme um mich und stützte meinen Rücken, hielt mich fest, während wir uns gemeinsam bewegten. Liams Lippen fanden meine Brüste, und er umkreiste meinen rechten Nippel mit der Zunge, sodass mir ein Stöhnen entglitt, während ich den Kopf zurücklegte, damit er besser an mich herankam, und seine Lippen saugten an jedem Nippel mit langsamer, hungriger Begierde. Er zog mich wieder an sich, und unser Rhythmus wurde schneller. Er drang tief in mich ein, und ich begegnete ihm, ich wollte ihn, wollte ihn ganz, so viel ich von ihm bekommen konnte.

Mein Körper zitterte, jeder Muskel zog sich zusammen und spannte sich in Erwartung der Erlösung an. Ich schloss die Augen und legte meinen Kopf an seinen, unser Schweiß vermischte sich, und mein Atem wurde von seinem ersetzt.

»Ich finde, du bist wunderbar«, flüsterte er, und die Worte kitzelten an meinem Ohrläppchen und glitten an meinen erregten Nervenenden hinab. Mein Körper stand in Flammen, als die Lust in großen, zitternden Wellen durch mich hindurchspülte, während er mich festhielt und tief in mir drinnen kam.

Ich sank gegen ihn und schlang meine Arme um seinen

Hals und zählte seine Herzschläge. Unsere Atmung wurde langsamer, und er legte seine Lippen an meine, als er sich aus mir herauszog, und die verführerische Qual, die ich zwischen meinen Beinen gespürt hatte, ließ nach. Er legte mich zurück auf das Bett und schob seinen Körper dicht an meinen, hielt mich in den Armen. Er summte mir leise etwas ins Ohr, während ich spürte, wie mein Körper von Schlaf übermannt wurde. Ich wollte ihn bitten zu bleiben. Ich wollte, dass er am nächsten Morgen da war, aber ich wusste nicht, was ich sagen sollte. Ich hatte die letzten Wochen meine ganze Energie darauf verwendet, ihn von mir zu schieben. Wie konnte ich da erwarten, dass er jetzt bei mir blieb?

»Liam …«

»Schhhhh«, beruhigte er mich und küsste meinen Hals. »Schlaf ein bisschen. Ich mache dir morgen früh Waffeln.«

Lächelnd überließ ich mich meinen Träumen.«

Kapitel 11

Beim Aufwachen nahm ich den vertrauten Geruch von Vanille wahr, der durch die Wohnung wehte. Ich drehte mich um und streckte die Arme, um den Schlaf abzuschütteln, der mir noch in den Gliedern steckte. Und dann begriff ich etwas.

Liam war geblieben. Er machte mir Frühstück. Wenn ich jetzt aufstand und in die Küche ging, würde er da sein, und das machte mir keine Angst. Es machte mich glücklich. Vollkommen und absolut glücklich. Ich war mir nicht sicher, was sich über Nacht verändert hatte, andererseits hatten sich die Dinge zwischen uns jetzt schon seit einer Weile weiterentwickelt, wenn ich ehrlich war. Ich hatte versucht, diese Tatsache zu ignorieren, aber das konnte ich jetzt nicht länger.

Meine Bettdecke hatte sich in der Nacht verabschiedet, und die Kissen lagen über den Boden verstreut, also schnappte ich mir das gelöste Laken. Es fühlte sich nach Filmstar an, wie ich das Laken um meinen nackten Körper wickelte und dann zu meinem Freund ging.

Der Rausch verflog sofort bei diesem Gedanken. Freund? Hatte ich mir damit gerade wirklich meine süßen Gedanken ruiniert? Liam war vieles für mich. Seminarpartner, anbetungswürdiger, vulgärer schottischer Kerl. War er auch mein fester Freund? Letzte Nacht hatte er es *Liebe machen* genannt, also wusste ich, dass er es ernst meinte. Das war völlig offensichtlich, seit dem ersten Tag, an dem ich ihn kaum aus meiner Küche hinausbekommen hatte.

Ich wusste jedoch nicht, wie ich mich dabei fühlte. Ich hatte es geschafft, seit Jahren keinen festen Freund mehr zu haben. Sie verlangten nicht nur jede Menge Pflege, sondern es war mir auch praktisch unmöglich, dafür zu sorgen, dass sie nichts über meinen Zustand herausfanden. Und dann kamen die Fragen, gefolgt von Besorgnis und dem Nörgeln, und schließlich endete es so: »Ich bin nicht sicher, ob ich damit klarkomme.«

Ich kam selbst kaum damit klar, aber ein Typ, der mich gerade mal ein paar Wochen kannte, wusste nicht, ob er damit klarkam? Wie Cassie sagen würde: *Fick dich doch einfach, und vielen Dank auch.* Ungebunden zu sein war viel einfacher, doch andererseits hatte Liam sein eigenes Ablaufdatum. Er musste im Juni wieder nach Edinburgh zurück. Vielleicht wäre es gar nicht so übel, wenn ich die ganze Beziehung als eine Art befristeten Mietvertrag ansah oder als einen wirklich langen Urlaub. Und im Juni würden wir dann einfach beide wieder unser normales Leben aufnehmen.

Alles unter Kontrolle. Das sagte ich mir, während ich rasch ins Bad lief. Ich putzte mir die Zähne und sagte mir das Mantra meiner Ärztin auf. *Heute ist normal. Heute bin ich stark.* Ich warf einen kurzen Blick in den Spiegel und fühlte mich einfach sexy, wie ich da in ein Laken gehüllt stand, mit dem Leuchten der Frischgevögelten im Gesicht. *Werd nicht übermütig*, dachte ich mahnend und ging dann in die Küche. Liam lächelte, als er mich sah. Sein Haar war zerzaust und unordentlich, und ich konnte praktisch sehen, wo meine Finger es in der Nacht gepackt hatten. Ich bewunderte seine nackte Brust und wie seine Muskeln sich ein wenig anspannten, als er nach dem Schneebesen griff oder den Kühlschrank öffnete. Er trug Jeans, was echt schade war, aber er trug keinen Gürtel, sodass sie tief auf seinen Hüften saßen und das V enthüllten, das *Hier entlang bitte* schrie.

Ich war plötzlich sehr hungrig.

»Guten Morgen, Chick«, sagte er.

Ich warf ihm einen gespielt bösen Blick zu, da ich noch nicht ganz bereit war zuzugeben, wie angenehm der Spitzname nach letzter Nacht aus seinem Mund und mit seinem Akzent klang.

»Das riecht gut.« Ich ging eilig um ihn herum in die Küche und schnappte mir heimlich meine Medikamente. Er öffnete den Kühlschrank und nahm eine Packung Eier heraus, wobei er meinem Blick begegnete, während ich die Tabletten trocken herunterschluckte. Er sagte nichts, aber er drehte sich um und fasste mich um die Taille.

»Guten Morgen«, murmelte ich, als seine Lippen über meine strichen und ein Knistern durch meinen Körper schoss.

»Ich habe deine Zahnbürste benutzt«, sagte er. »Ich hoffe, das macht dir nichts.«

Ich verdrehte die Augen. »Ich habe dir letzte Nacht wiederholt die Zunge in den Mund gesteckt. Ich hoffe, das macht dir nichts.«

»Eigentlich schon, aber wegen letzter Nacht mache ich eine Ausnahme.« Unsere Lippen begegneten sich, und unsere Zungen spielten miteinander. Liam schob mich gegen den Kühlschrank, und ich umfasste sein Gesicht und zog ihn an mich, sodass ich den Karton mit den Eiern zerdrückte, den er hinter meinem Rücken immer noch in der Hand hielt.

»Wir sollten nicht in der Küche Liebe machen«, sagte er, und in seinem Blick stand Belustigung.

»Das ist zu gefährlich.« Ich machte einen Schritt nach vorn. »Wie schlimm ist es?«

»Sie haben noch nicht angefangen zu brutzeln, aber wenn wir sie noch länger auf diesem Hintern lassen, werden sie der Hitze nicht mehr lange standhalten können.« Ich stöhnte, als er an meinem Laken zupfte und vorsichtig die zerbrochenen Eierschalen von meiner Rückseite wischte.

»Und jetzt bin ich die, die nackt in der Küche steht«, sagte ich.

»Dann lass uns hoffen, dass Jess nicht nach Hause kommt«, sagte er und nickte zur Eingangstür hinüber.

»Jess hat mich schon nackt gesehen.«

Liam legte den Kopf schief und nickte. »Erzähl mir mehr.«

»Perversling«, sagte ich und schlug ihm gegen die Schulter.

»Ich kann nichts dafür. Du stehst nackt vor mir. Ich kann für meine Handlungen nicht zur Verantwortung gezogen werden.« Er machte einen Schritt auf mich zu, und ein durchtriebenes Grinsen breitete sich auf seinem Gesicht aus, als er auf ein Ei trat.

Ich lachte so heftig, dass ich grunzte.

»Das ist lustig, ja?« Liam streckte die Hand aus, und einen Moment später explodierte eine Wolke aus Mehl über meinen Brüsten.

»Das bedeutet Krieg«, sagte ich, aber ich nahm nicht nur eine Handvoll Mehl vom Tresen, sondern leerte die ganze Tüte über seinem Kopf aus. Es legte sich wie eine Schicht Asche auf ihn, und er wischte sich lachend durch das Gesicht.

»Du machst nach dem Frühstück sauber«, sagte er.

»Wir haben noch nicht gegessen«, erwiderte ich.

Er presste meine Arme an meinen Körper und küsste mich langsam. Seine Lippen brannten auf meinen, als er meinen Mund mit seiner Zunge öffnete. Ich saugte sanft, aber fest daran, und er zog mich an sich. Ich konnte seine Erektion durch die Jeans spüren und ließ meine Hand unter den Bund wandern.

»Sollten wir in dein Zimmer gehen?«, flüsterte er, aber ich schüttelte den Kopf und ließ mich auf die Knie sinken, wobei ich die Eierschalen kaum bemerkte, auf denen ich dabei landete.

»Jess hat geschrieben. Sie ist bei Brett. Wir haben die

Wohnung für uns.« Ich öffnete die Knöpfe. Er trug keine Shorts, deshalb sprang er mir in voller Länge und bereit entgegen.

»Was schwebt dir, hm, so vor?«, fragte er.

»Ich dachte, wir sollten unsere Kommunikationsstudien ausweiten«, sagte ich und schob ihn rückwärts an den Tresen, an dem er sich festhielt.

»Das klingt sinnvoll. Wo sollen wir anfangen?« Er blickte zu mir herunter, und ich sah, wie sich sein Atem ein wenig beschleunigte, während er auf meinen nächsten Schritt wartete. Ich fuhr mit den Fingern über das V seiner Hüften, und er stöhnte auf.

»Ich dachte an mündliche Kommunikation.« Ich umfasste mit einer Hand seinen Schwanz und näherte mich ihm dann mit dem Mund, schob meine Lippen über ihn und ließ ihn tief in mich gleiten. Ich nahm seine Hüfte und hielt mich fest, und die andere Hand bewegte ich synchron zu meinen Lippen an seinem Schwanz. Ich spürte, wie er sich bemühte stillzuhalten, während seine Atmung immer schneller wurde.

»Oh, Jillian, das ist herrlich.« Ich hielt seinen Blick fest, während ich ihm einen blies. Als ich sah, dass sich seine Augen schlossen, erlaubte ich ihm zu kommen.

Einen Augenblick später zog er mich auf die Füße. »Nachschlag, oder möchtest du Frühstück?«

»Ich verhungere«, gab ich zu.

»Mist. Die Waffeln!« Er drehte sich um und holte die verkohlten Überreste unseres Frühstücks aus dem Waffeleisen. »Lass mich das noch mal versuchen.«

»Ist wohl besser, ich zieh mir was an«, sagte ich und ging zu meinem Zimmer.

»Das ist eine Tragödie«, rief er hinter mir her.

Als ich zurückkam, stand eine Waffel auf dem Tresen. Ich setzte mich und zerteilte sie, während Liam mehr Teig in das Waffeleisen füllte.

»Wie sehen deine Pläne für heute aus?«, fragte er.

»Ich dachte an etwas Originelles wie zum Beispiel Hausaufgaben.«

»Du treibst es wild an diesem Wochenende«, erwiderte er und setzte sich mit seinem Teller auf den Hocker neben mir.

»Ich weiß.« Ich piekte ein weiteres Stück Waffel mit der Gabel auf, aber meine Hand zitterte, als ich sie zum Mund führte, und das Stück fiel mir in den Schoß.

»Vorsichtig.« Er lachte und bemerkte meine Verlegenheit nicht. »Hier.« Liam nahm meine Gabel und hielt mir das Stück an die Lippen. Ich nahm es mit den Zähnen und kaute dann mit gespielter Begeisterung. Als ich die Augen öffnete, sah ich, dass ihm der Mund offen stand.

»Ich könnte dir den ganzen Tag beim Waffeln Essen zusehen.«

»Gerne. Wenn du sie machst«, sagte ich.

»Ich mache dir jederzeit Waffeln.« In seinen Worten klang ein Versprechen mit, und ich schluckte schwer. Ich nahm ihm die Gabel wieder ab und konzentrierte mich auf meinen Teller.

»Also, heute?«

Ich wusste, dass er mir eine andere Frage stellte, aber ich wusste nicht, wie ich ihm die Antwort geben sollte.

»Ich treffe später Jess.« Das war nicht direkt eine Lüge. Ich würde sie ziemlich sicher heute sehen. Immerhin wohnten wir zusammen.

»Dann heute Abend?«

Ich betrachtete ihn einen Augenblick, dann wandte ich meine Aufmerksamkeit dem letzten Bissen zu. Wäre es so schlimm, Ja zu sagen? Pläne zu machen?

»Was schwebt dir vor?«, fragte ich.

»Einen Schnapsladen ausrauben, eine Bank überfallen, so in der Art.«

»Dann entziehen sie dir sicher dein Studentenvisum«, sagte ich.

»Nur wenn wir geschnappt werden«, erwiderte er. »Ein Film. Ich dachte, wir könnten einen Film ansehen.«

Ich ging fast nie ins Kino. Mein Budget war zu knapp dafür, und meistens sparte ich mir Geld fürs Ausgehen auf.

»Ich weiß nicht«, sagte ich zögerlich.

»Das geht auf mich«, sagte er.

»Ich weiß nicht mal, was läuft.«

»Ist egal. Wir suchen den Film aus, der am schlimmsten klingt, dann sitzen wir hinten und knutschen.«

Der Plan hatte Potenzial. Ich hatte nicht mehr im Kino geknutscht, seit ich ein Teenager gewesen war und feste Freunde gedatet hatte, so richtig einen nach dem anderen. Es gab eine Menge Dinge, die ich seither nicht mehr getan hatte, und trotz all der neuen und interessanten Erfahrungen sehnte sich ein Teil von mir nach so etwas Einfachem wie einem Kinoabend.

»Deal«, sagte ich.

»Ich schicke dir den Plan, und du suchst den Film aus, den du gerne sehen willst«, sagte er. Er stand auf und nahm meinen Teller. »Möchtest du noch etwas?«

»Nicht diesmal.«

Er hob die Augenbrauen.

»Vielleicht nächstes Mal«, fügte ich hinzu.

Liam beugte sich zu mir herunter und gab mir einen Kuss auf die Lippen. Feuer breitete sich in mir aus, und ich wollte ihn zu mir herabziehen, doch ich glaubte nicht, dass ich dann würde aufhören können, und ich brauchte etwas Freiraum. Küsste ich ihn erneut, würde ich wieder mit ihm im Bett landen, was eine sehr verlockende Aussicht war, aber ich musste nachdenken, und das konnte ich nicht, wenn er hier war.

Wir machten den Abwasch gemeinsam, bespritzten einander und zerbrachen fast die Teller, während wir so herumalberten. Eine Stunde später schob ich ihn aus der Tür und lehnte mich von innen dagegen.

Ich war nicht sicher, worauf ich mich da einließ. Irgendwo tief in meinem Inneren warnte mich eine Stimme. Diese ganze Idee war episch mies, denn mein Zustand würde sich nur immer weiter verschlimmern, aber da meldete sich eine zweite Stimme zu Wort und erinnerte mich daran, dass ich ja nicht mein Herz aufs Spiel setzte. Ich setzte seins aufs Spiel.

Das Problem war, dass ich bereits wusste, dass ich nicht die Kraft hatte, mich von ihm fernzuhalten. Das hatte ich schon versucht, aber Liam zog mich an wie ein Magnet. Je mehr ich mich widersetzte, desto schwerer wurde es. Das war das echte Problem. Ich wusste, dass es bei uns beiden auf gebrochene Herzen hinauslief, ob er nun zurück nach Schottland ging oder die Wahrheit herausfand. Zum ersten Mal seit langer Zeit wollte ich jedoch alle Augenblicke, jeden einzelnen davon, zwischen diesem Tag und dem, auf den es unwiderruflich hinauslief, denn ich wusste, dass es das wert sein würde.

Was ich nicht wusste, war, ob ich mein Herz an ihn verlieren würde oder nicht, aber bei dem Gedanken an seine Lippen und an seine Hände, die mich an ihn zogen, wenn wir uns liebten, musste ich das Risiko einfach eingehen.

Kapitel 12

»Scheiße, verdammte, du wirst nicht glauben, wer mir gerade über den Weg gelaufen ist!« Der Fluch kündigte Cassies Ankunft in der Wohnung an, bevor ich auch nur den Kopf aus meiner Zimmertür stecken konnte, um zu sehen, wer da war.

»Erzähl«, rief ich, und zog einen dünnen Pulli über mein tief ausgeschnittenes Tanktop. Das war sexy, ohne dass man gleich erkannte, dass ich zu einem heißen Date wollte.

Obwohl ich genau das vorhatte.

»Erinnerst du dich an Ryan?«, fragte sie.

Wir ließen uns auf die Couch fallen, und sie schnappte sich die Fernbedienung, während ich mein Hirn nach einer Erinnerung an einen Ryan durchsuchte. »Warte, der metrosexuelle Möchtegernbauer?«

»Ja, der! Er ist aus New York City …«

»Und will Biobauer werden«, beendete ich den Satz für sie. »Was ist mit ihm?«

»Er ist verdammt nochmal fabelhaft. Total damit beschäftigt, im Dreck zu spielen«, sagte sie. Sie schaltete durch die Kanäle, schien sich aber für nichts wirklich zu interessieren.

»Sollte Trevor eifersüchtig sein?«, fragte ich.

Cassie verdrehte die großen braunen Augen. »Auf keinen Fall. Ich darf doch wohl noch Schönheit wahrnehmen, oder nicht?«

»Natürlich.« Ryan war fast schon zu schön, mit dem Körper hätte er Model sein können. Es war eigentlich eine Schande, diesen Körper oder auch sein Modegespür draußen auf einem Bauernhof zu vergeuden.

»Wie war letzte Nacht?«, fragte Cassie.

Ich erstarrte und fragte mich verwirrt, woher sie wusste, was endlich zwischen Liam und mir geschehen war. Dann erkannte ich, dass sie die Frage auf meine Abwesenheit im Garretts bezog. Ich hatte festgestellt, dass sie letzte Nacht ein Dutzend Mal getextet hatte. Jede Nachricht war beunruhigter gewesen, und alle waren unbeantwortet geblieben.

»Es gab eine Schlägerei in der Bar, und ich bin da irgendwie hineingeraten, also haben sie mich rausgeworfen«, sagte ich und ließ dabei praktischerweise Liams Rolle bei den Ereignissen des Abends aus. Mir wurde allerdings schon warm, während ich das so unschuldig erzählte, und ich war sicher, dass sie das bemerken würde.

»Kein Scheiß?« Cassie war begierig nach Details, aber ihr Interesse verwandelte sich sofort in Besorgnis, als sie sah, dass ich nervös war. »Geht es dir gut? Soll ich dir etwas holen?«

»Mir geht's gut«, wehrte ich ihre Fürsorge ab. Es war einerseits beruhigend, dass sie nicht erkannte, dass ich vor

Aufregung nervös war, und andererseits nervig, dass sie sofort zur Glucke wurde. *Glucke. Chick.* Ich lächelte.

»Jetzt benimmst du dich wirklich merkwürdig.« Sie musterte mich mit zusammengekniffenen Augen und versuchte herauszufinden, was mit mir los war.

»Merkwürdiger als sonst?«, fragte Jess, die mit einem Stapel von etwa zehn Lehrbüchern im Arm in den Raum gestolpert kam.

Ich streckte beiden die Zunge raus und schnappte mir dann die Fernbedienung, um den Bachelor-Marathon anzumachen.

»Sie ist aus der verdammten Bar geflogen«, sagte Cassie zu Jess. »Wusstest du das?«

Jess schüttelte den Kopf und knallte die Bücher auf den Tresen. »Wieso bist du rausgeworfen worden?«

»Sie ist in eine Schlägerei geraten«, sagte Cassie. Sie klickte die Nägel aneinander, was sie immer tat, wenn sie sensationslüstern war.

Nur dass ich es nicht mochte, im Mittelpunkt ihrer Sensationsgier zu stehen. »Ich habe nicht gesagt, dass ich in die Schlägerei verwickelt war. Es gab eine Verwechslung.«

»Weißt du, ich habe von der Schlägerei gehört, als wir dort ankamen.« Jess setzte sich auf einen Barhocker und grinste mich schelmisch an.

Oh, Mist. »Hast du?«, fragte ich schwach.

»Es war Gesprächsthema Nummer eins.«

»War es das?«, fragte Cassie verwirrt.

»Du warst zu sehr damit beschäftigt, mit Trevor zu sexten«, sagte Jess.

»Schuldig im Sinne der Anklage.« Cassie warf ihr eine Kusshand zu.

»Also, jeder hat darüber gesprochen, wie dieser Schotte einen anderen Typen umgehauen hat. Anscheinend hatte der ein Mädchen beleidigt.« Jess hielt inne und wartete auf meine Reaktion.

Ich holte tief Luft, dann stöhnte ich laut. »Es ging nicht um mich.«

»Um wen sonst?«, fragten Cassie und Jess gleichzeitig.

»Der Typ war betrunken und hat mich angerempelt, dann wollte er nicht loslassen, also hat Liam eingegriffen. Er hat nur versucht, nett zu sein.«

»Seine Version von nett klingt ein wenig gewalttätig.« In Jess' Stimme schwang Missbilligung mit.

»War es heiß?«, fragte Cassie. Wie immer war sie mehr an den schmutzigen Details als an der moralischen Komponente interessiert.

»Er hat dem Kerl nicht meinetwegen eine reingehauen. Der Idiot hat ihn eine britische Memme genannt und dann gefragt, wo sein Rock wäre.«

Cassie verbarg ihr Lachen mit der Hand, und selbst Jess grinste dreckig.

»Und?«, hakte Cassie nach.

»Also hat Liam ihm eine gescheuert, und er sagte noch etwas von wegen: ›Man nennt das Kilt, und wir tragen sie wegen unserer gewaltigen Schwänze.‹«

Jess fiel förmlich vom Hocker, und Cassies Kopf landete in meinem Schoß, als sie beide sich jetzt vor Lachen ausschütteten.

»Das hat er wirklich gesagt?«, fragte Jess und rang nach Luft.

»Das hat er wirklich gesagt«, bestätigte ich.

»Die wichtigere Frage ist doch, ob Liam einen Kilt tragen muss«, sagte Cassie. Sie sah mich mit hochgezogenen Augenbrauen an.

»Ich bin eine Lady«, erwiderte ich.

»Seit wann denn das?«

»Du bist nicht mehr meine Freundin«, sagte ich und verzog den Mund zu einem Schmollen.

»Also bist du rausgeworfen worden, weil Liam jemanden geschlagen hat? Das ist uncool.« Jess setzte sich im Schneidersitz auf den Teppich.

Ich zögerte kurz, da ich wusste, dass sie diese Information ausschlachten würden. »Nein, sie haben ihn rausgeworfen, deshalb bin ich aus Protest ebenfalls gegangen.«

»Warte mal«, sagte Jess und hielt die Hand hoch. »Du bist mit Liam zusammen gegangen?«

»Wir sind zusammen aus der Bar gegangen«, sagte ich und wollte es dabei belassen. An diesem Punkt log ich sie nicht an, aber ich sagte ihnen auch nicht direkt die Wahrheit, was mir gut in den Kram passte.

»Und dieser süße Schotte hat dich dann nicht nach Hause gebracht?« Es waren Momente wie diese, in denen ich verfluchte, dass Cassie noch immer einen Rest Südstaaten-Manieren in sich hatte. Die Frau konnte fluchen und trinken wie ein Seemann, aber sie erwartete dennoch Ritterlichkeit.

Ich schloss fest den Mund und beschloss, dass es sicherer war, mein Verfassungsrecht in Anspruch zu nehmen und zu schweigen, statt ihnen zu erzählen, dass er mich tatsächlich nach Hause gebracht hatte. Andernfalls hätte ich keine Chance, ihren Fragen zu entgehen, und ich würde auch nicht meine neuen Gefühle Liam gegenüber vor ihnen verbergen können.

»Oh, los, komm schon, Jills«, bettelte Jess. »Ich muss bald los zur Lerngruppe.«

»Dann lass sie ausfallen. Wir warten einfach, bis sie redet«, schlug Cassie vor.

Ich sah auf die Uhr auf meinem iPhone. Bekam ich sie beide innerhalb von fünfzehn Minuten hier heraus, musste ich mir keine Gedanken darüber machen, dass Liams und ihre Wege sich kreuzten.

»Oh mein Gott, schreibst du ihm?«, quietschte Cassie und riss mir das Telefon aus der Hand.

»Tut sie?«, fragte Jess.

»Nein.« Cassie klang enttäuscht.

»Man könnte meinen, wir wären bei einer Folge vom ›Bachelor‹ mit dem ganzen Drama, das ihr hier veranstaltet«, meckerte ich. »Ist ja nicht so, als hätte *ich* mich in der Bar geprügelt. Macht euch mal locker.«

»Du verheimlichst uns etwas«, sagte Cassie. Sie bohrte mir anklagend einen Finger in die Seite.

»Der Tresen war heute Morgen ganz weiß«, sagte Jess und beäugte mich misstrauisch.

»Das war wahrscheinlich Staub«, sagte ich. »Wir putzen ja in der Regel nicht.«

»Das war kein Staub. Das war Mehl!« Jess sprang auf und begann, durchs Wohnzimmer zu tanzen.

»Über Mehl hat sich noch nie jemand so gefreut wie du jetzt«, sagte ich und kreuzte die Arme vor der Brust.

»Du hast dich schick gemacht«, bemerkte Cassie.

Das war genau der Grund, aus dem ich ihnen nichts erzählte. Sie würden gleich noch darauf bestehen, Fotos von uns zu machen wie vor dem Abschlussball, wenn ich nicht aufpasste. Und das wäre dann der nächste grässliche Flashback in die Highschool.

»Er kommt her, oder?«, fragte Jess.

»Musst du nicht langsam los zu deiner Studiengruppe?« Es war schon fast acht. Liam würde jeden Moment hier auftauchen.

»Die können warten«, sagte sie und grinste mich an.

»Leute«, flehte ich, aber Cassie und Jess packten einander in einer gespielt leidenschaftlichen Umarmung.

»Liam!«, rief Jess.

»Jillian!« Cassie zog sie eng an sich, und sie taten, als würden sie sich küssen.

Ein Klopfen ließ sie erschreckt auseinanderfahren, und sie drehten sich zu mir um und sahen mich mit großen, erwartungsvollen Augen an.

»Ihr seid definitiv nicht mehr meine Freundinnen«, sagte ich.

»Übrigens hast du verloren, Jess. Der nächste Latte macchiato geht jetzt auf dich«, krähte Cassie begeistert. Sie hätte genauso gut noch *nähnähnähnähnäh* hinzufügen können.

»Das hätte unser Latte macchiato sein können«, sagte Jess mit einem Schmollen zu mir.

»Sorry, das war es wert.« Ich grinste sie an, gerade als es noch mal klopfte.

»Mach auf«, sagte Jess, aber als ich einfach sitzen blieb, lief sie selbst zur Tür.

Die Tür ging auf, und da stand Liam in seinen tief sitzenden Jeans und einem schwarzen Hemd. Mit seiner hellen Haut sah er aus wie einem Teenie-Vampirroman entsprungen. Ich schluckte und zwang mich aufzustehen.

»Komm rein, Liam«, sagte Jess und öffnete die Tür einladend.

Liam hielt die Hand hinter dem Rücken und sah uns mit schiefem Lächeln an.

»Jess, schön dich zu sehen«, begrüßte er sie.

Cassie trat vor und hielt ihm die Hand hin. »Ich bin Cassie.«

»Jillian hat schon viel von dir erzählt«, sagte er und nahm ihre Hand. »Es fühlt sich an, als würde ich euch schon kennen.«

»Weißt du, mir geht's genauso«, sagte Cassie.

Wahrscheinlich, weil Jess ihr live getextet hatte von unserem ersten Morgen danach. Ich konnte nur beten, dass sie das jetzt nicht vor ihm erwähnte, aber so wie ich Cassie kannte, würde sie wahrscheinlich genau das gleich tun. Verdammt, sie zeigte ihm bestimmt auch die Fotos auf ihrem Telefon, die Jess an dem Morgen von ihm beim Waffeln Backen gemacht hatte.

»Wir müssen los«, sagte ich, nahm ihn am Arm und versuchte, ihn durch die Tür zu ziehen, bevor sie mich noch mehr in Verlegenheit bringen konnten.

Er zog die Hand hinter dem Rücken hervor, und eine Packung Chiclets kam zum Vorschein. »Ich wollte dir Blumen besorgen, aber ich wusste nicht, was du magst. Außer miesem Kaugummi und Waffeln.«

»O ja, sie steht auf deine Waffeln«, sagte Cassie mit einem durchtriebenen Grinsen.

Das würde ich ihnen heimzahlen. Eines Tages würde auf der anderen Seite der Tür ein Typ warten, der sie abholen wollte. Ich machte mir eine geistige Notiz, dass ich ihre Mütter nach Babyfotos fragen musste.

»Ich stehe darauf, ihr Waffeln zu machen.« Liam genoss die Aufmerksamkeit ein wenig zu sehr. Ich konnte nicht zulassen, dass er jetzt auspackte.

»Wir müssen Hausaufgaben machen«, log ich.

»Für Anatomie?«, fragte Cassie, und ihr Blick glitt so offensichtlich, wie es nur ging, an Liam hinab.

»Wir gehen ins Kino«, sagte Liam. Er nahm meine Hand und beugte sich dann vor, um mir einen Kuss auf die Lippen zu geben. Ich schmolz sofort dahin, und meine freie Hand griff gedankenverloren nach seinem Hemd.

»Whoa! Hebt euch das mal für nach dem Date auf«, sagte Jess. Wir machten uns voneinander los, und ich sah verlegen zu meinen besten Freundinnen hinüber.

»Wenn sie Glück hat«, sagte Liam mit einem Lächeln.

»Ich will morgen früh auch 'ne Waffel«, sagte Jess und zwinkerte mir zu.

Ich zog Liam aus der Tür und hielt kurz inne, als ich bemerkte, dass ich meine Geldbörse nicht dabeihatte. »Warte kurz.«

Ich ging wieder rein und wollte mit gesenktem Kopf meine Tasche vom Tresen nehmen, als Jess mich beim Arm nahm und mir einen Kuss auf die Wange gab.

»Er ist ein richtig guter Typ«, flüsterte sie mir ins Ohr.

Genau davor hatte ich Angst.

Kapitel 13

Ich hatte uns einen Horrorfilm ausgesucht, weil mir das die richtige Wahl für unser erstes Date schien. Ich konnte mir nichts Schlimmeres vorstellen, als in einer kitschigen romantischen Komödie mit lauter peinlichen Momenten zu landen. Nicht zu vergessen die unvermeidlichen Für-immer-und-ewig-Happy-Ends – meiner Meinung nach ein wenig sehr anmaßend für ein erstes Date. Liam kaufte die Tickets und hielt mir die Tür auf, und während wir in der Schlange für das Popcorn anstanden, beugte er sich immer mal wieder zu mir herüber und küsste mich auf die Stirn, wovon mein Magen aufgeregt flatterte.

»Ein großes Popcorn und Schokorosinen«, sagte Liam. »Möchtest du Süßigkeiten?«

»Du isst Schokorosinen?«, fragte ich.

»Sagt das Mädchen, das süchtig nach Chiclets ist.« Er legte mir die Hand ins Kreuz, und sie war sehr warm und stark.

Der Teenager hinter der Kasse hustete höflich, und ich

schüttelte den Kopf, um die Benommenheit daraus zu vertreiben.

»Einmal diese Schoko-Minz-Dinger«, sagte ich zu dem Kleinen.

»Ist das der Fachbegriff dafür?«

Ich streckte Liam die Zunge raus, aber er grinste nur noch breiter, ließ seine Hand tiefer rutschen und hakte seinen Daumen in den Bund meiner Jeans.

Liam bezahlte, und wir nahmen unser Knabberzeug entgegen. Die Lichter im Saal waren bereits gedimmt, als wir in der letzten Reihe ankamen. Wir setzten uns, und ich überlegte, die Armlehne zwischen unseren Sitzen hochzuklappen oder meine Hand auf sein Bein zu legen oder meinen Kopf an seine Schulter zu lehnen, aber ich konnte mich nicht dazu durchringen. Ich hatte vergessen, wie man sich bei einem Date verhielt. Ich hatte vergessen, wie schrecklich diese Momente dazwischen waren, wenn man anfing, mit jemandem auszugehen. Wie man immer auf ein Zeichen wartete. Das ständige Aneinanderstreifen der Hände, als würde der andere einen herausfordern, endlich die Hand auszustrecken. Ich zupfte an meinem Shirt und zog dann den Pulli zurecht, weil mir plötzlich warm und kalt war und ich mich unsicher fühlte, alles zugleich.

Da legte Liam den Arm um meine Schulter und zog mich näher an sich. »Warte mal«, sagte er und klappte die Armlehne zwischen unseren Sitzen hoch. »So ist es besser.«

Erleichtert kuschelte ich mich an ihn, sah mir die Vorschauen an. Ich war nicht daran gewöhnt, die Frau zu sein, die nicht wusste, wie man den ersten Schritt tat. Einen

Mann küssen? Klar. Flirten? Kam ich prima mit klar. Kino war aber anscheinend nicht so mein Ding, und das gefiel mir nicht. Ich legte meine Hand auf seinen Oberschenkel, schön weit oben, und Lust flackerte in mir auf. Liam nahm meine Hand, und legte sie zurück auf meinen Schoß.

So würde dieses Date also ablaufen? Na, das Spiel konnten auch zwei spielen. Ich setzte mich wieder aufrecht hin, brachte ein wenig Abstand zwischen uns, ließ aber seinen Arm locker über meiner Schulter liegen. Liam bot mir das Popcorn an, doch ich schüttelte den Kopf, ohne den Blick von der Leinwand zu lösen, und spürte einen Kloß im Hals.

Er beugte sich zu mir und brachte seine Lippen so nah an mein Ohr, dass sein Atem meinen Nacken kitzelte. »Sei nicht sauer, Chick.«

»Ich bin nicht sauer«, sagte ich zu laut, was mir ein paar ärgerliche Psts von ein paar Reihen weiter vorn einbrachte.

Er zog mich wieder an sich, sein starker Arm legte sich besitzergreifend um meine Schulter, und die andere Hand legte er unter mein Kinn und drehte meinen Kopf, sodass ich ihn ansah. Ich schämte mich, dass ich so bockig gewesen war, sobald sich unsere Blicke begegneten.

»So wird es mehr Spaß machen«, flüsterte er. »Versprochen.«

»Was wird mehr Spaß machen?«, fragte ich mit leiser Stimme und kniff die Augen zusammen.

Er antwortete auf meine Frage mit seinen Lippen. Sein Kuss war hart und fordernd, und meine Hände berührten unwillkürlich seine Brust, obwohl ich eigentlich geplant hatte, einen auf Rührmichnichtan zu machen. Meine

Finger glitten langsam nach unten und fuhren über seinen Waschbrettbauch, aber als ich bei dem Bund seiner Jeans ankam, nahm er meine Hände und legte sie um seinen Nacken, ohne seinen Mund von meinem zu lösen. Ich vergaß diese Zurückweisung jedoch sofort wieder, da seine Zähne ganz leicht in meine Zunge bissen. Ich stöhnte leise, und er zog mich näher an sich, drückte unsere Lippen fester aneinander. Seine Lippen verließen langsam meinen Mund, fuhren über meinen Kiefer und fanden mein Ohr. Er knabberte daran, und ich musste meine Lippen fest aufeinander pressen. Wir durften schließlich nicht überall rausfliegen, wo wir gemeinsam hingingen.

»Wie damals in der Schule, weißt du noch?«, hauchte er mir zu.

Ich konnte nicht anders, ich musste unwillkürlich an die Folter denken, die ein solches Date in der Highschool dargestellt hatte. Es hatte immer jede Menge Geknutsche und Zungen und ungeschicktes Grapschen gegeben. Ich hatte sogar den Mut aufgebracht, meinem Freund im Abschlussjahr in einem Kino einen zu blasen, aber meistens waren diese Highschooldates gewesen, als würde man erst voll auf Aphrodisiakum gesetzt, um dann in getrennte Glaskästen gesteckt zu werden. Es gab immer zu viele Kleider und Reißverschlüsse und Knöpfe.

Die Angst, erwischt zu werden oder zu weit zu gehen, war fast genauso überwältigend gewesen wie die Hormone, und die Angst brachte damals jeden Nerv in mir dazu, vor nervöser Erregung zu kribbeln. Und dann war da noch die Möglichkeit gewesen – dass er dieses Mal mit der Hand in meine Hose glitt und auf magische Weise genau wusste, was er machen musste. Danach hätte ich so tun können, als sei ich vollkommen schockiert.

Liam und ich hatten diese Phase bereits hinter uns. Ich hatte kaum seinen Namen gekannt, als wir diese ganzen alten Grenzen überschritten hatten.

»Ich hätte nicht den Mut gehabt, das in der Highschool zu tun«, flüsterte ich ihm zu und fuhr flüchtig mit der Hand über seinen Schritt. Ich spürte, dass er steinhart war in den Jeans, aber Liam schob meine Hand wieder weg.

»Möchtest du nicht, dass ich das mache?«, fragte ich.

»Oh, Chick, ich will, dass du das machst«, sagte er heiser. »Aber ich will nachher sehr lange und sehr ausführlich mit dir Liebe machen, deshalb solltest du die Finger von mir lassen.«

Darum ging es also. Plötzlich spürte ich wieder meinen inneren, wuschigen Teenager. In dieser Position war ich schon früher gewesen, ich hatte meine Schenkel zusammengepresst und so lange herumgeknuscht, bis ich kaum noch allein atmen konnte. Ja, es war eine Qual gewesen, mich zurückzuhalten. Ich nahm die Packung mit meiner Schokolade und riss sie auf. Auf der Leinwand rannte bereits eine Frau durch einen Wald, und aus mir unerfindlichen Gründen war sie oben ohne, aber das war mir egal. Neben mir rutschte Liam auf seinem Platz herum, und ich wusste, dass es ungemütlich für ihn sein musste. Ich wandte ihm den Kopf zu, schob mir ein Minzbonbon in den Mund und lutschte den Schokoüberzug herunter. Liam hob eine Augenbraue, und ich lächelte ihn an und beugte mich zu ihm hinüber, um ihn zu küssen. Ich behielt das weiche Minzblättchen unter meiner Zunge, öffnete dann meinen Mund an seinem und atmete ganz leicht aus, sodass er meinen Atem spürte, der gleichzeitig kalt und heiß war. Liams Hand packte meine Schulter fester, aber ich zog sie hinab auf meine Brust. Er erlaubte mir ja vielleicht nicht, ihn anzufassen, aber Brüste waren definitiv drin bei einer Highschoolknutscherei. Seine Finger strichen leicht darüber, und dann schnippte er gegen den Nippel. Es war eine erfahrene Bewegung. Kein Junge, den ich in der Highschool gedatet hatte, hätte so etwas gekonnt, weshalb mir ein Stöhnen über die Lippen glitt.

Vor uns in der Reihe wandte sich ein Kopf zu uns um. »Das ist ekelhaft«, rügte uns eine Frau. »Schämt ihr euch denn nicht?«

»Ma'am«, sagte Liam höflich, »ein Mann zerstückelt gerade jemanden in dem Film, den Sie sich ausgesucht haben. Ich könnte sie das Gleiche fragen.«

Sie glotzte ihn an, das Gesicht vor dem Hintergrund der grausigen Szene auf der Leinwand erstarrt.

»Make love, not war«, fügte ich hinzu.

Sie wandte sich ab und begann, wütend mit ihrer Freundin zu flüstern, aber sie drehten sich nicht noch einmal um.

»Sollen wir gehen?«, fragte ich ihn.

Er schüttelte den Kopf. »Neue Regel: nur mit dem Mund.«

»Ich kann eine Menge Dinge mit meinem Mund anstellen«, sagte ich und biss mir dabei erwartungsvoll auf die Lippe.

Er hielt sich die Hand an den Hals. »Bis hier oder darüber«, flüsterte er.

»Du bist langweilig.«

»Glaub mir, das macht Spaß«, sagte er.

Es stellte sich heraus, dass es viel mehr vom Hals an aufwärts zu entdecken gab, als ich angenommen hatte. In der Stunde, die wir für unsere Studien hatten, entdeckte ich, dass Liam kitzelig war – um genau zu sein, war er das fünf Zentimeter neben seinem Schlüsselbein. Ich krümmte unwillkürlich die Zehen und presste die Schenkel aneinander, wenn er an der Stelle hinter meinem Ohrläppchen biss, leckte, saugte oder küsste. Und erstaunlicherweise konnte ich einen Jungen tatsächlich so lange und so innig küssen, dass ich darüber vollkommen vergaß, dass ich ja eigentlich Sex mit ihm haben wollte. Der Kuss, bei dem er seine Finger in meinem Haar vergrub und seine Hände warm an meinem Gesicht lagen, war genug. Und als der Film zu Ende war und der Abspann über die Leinwand lief, wollte ich unsere dunkle Reihe gar nicht mehr verlassen.

Ich wollte ihn nur noch länger küssen.

Die Lichter gingen an, und die Frau vor uns drehte sich um und warf uns einen gemeinen Blick zu.

»Ich hoffe, ihr beiden habt euren Abend genossen«, blaffte sie und bahnte sich dann einen Weg durch die Reihe und auf den Gang zu.

»Oh, der ist noch nicht vorbei«, rief ich ihr hinterher. »Er hat versprochen, mit mir Liebe zu machen.«

Die Frau stürzte aus dem Kinosaal, und Liam stand auf und zog mich mit sich.

»Bei mir?«, fragte ich.

»Noch nicht«, sagte er und küsste mich sanft. »Eis.«

Er nahm meine Hand, als wir das Kino verließen. Es war so leicht und normal für ihn, dass auch ich nicht mehr groß Angst hatte, das hier könnte zu eng, zu ernst oder was auch immer werden.

»Du magst also Horrorfilme?«, fragte er.

»Nicht besonders«, gab ich zu und lachte.

»Warum haben wir uns dann einen Horrorfilm angesehen?«

»Ich hatte nicht gedacht, dass es zu unserem Plan gehört, den Film wirklich zu sehen.« Ich stieß ihn spielerisch mit der Hüfte an.

»Das hatte ich angedeutet.«

»Du hast es nicht nur angedeutet«, sagte ich. »Du hast es auch durchgezogen.«

Liam fing mich mit der freien Hand ein und zog mich in seine Arme, dann hob er mich hoch, wirbelte mich einmal herum und stellte mich wieder auf die Füße.

Das hier war genau das, was sonst nur in den schlechten romantischen Komödien geschah, die ich so sorgfältig mied. Und jetzt lebte ich in solch einem Film. Natürlich kam in diesen Filmen niemals Sex vor, also hatten wir ihn bereits übertroffen.

»Heute Nacht ist es ruhig.« Liam zog mich weiter, und ich erwachte aus meinen Gedanken und sah ihn an.

»Stimmt. Alle müssen sich noch von Freitag und Samstag erholen«, sagte ich.

»Ich hoffe, das Coffee & Cream hat noch offen«, sagte er.

»Kein Kaffeeladen würde es wagen, in dieser Stadt vor Mitternacht zuzumachen«, versicherte ich ihm. Ich hatte nicht fassen können, wie viele Cafés und Kaffeebuden es in dieser Stadt gab, als ich vor drei Jahren aus Kalifornien hergezogen war. Ich hatte sogar mal ein Kind gesehen, das Espresso an einem selbst gemachten Kaffeestand verkauft hatte. Das erste Café am Platz – zumindest in der Nähe des Campus – würde auf keinen Fall schon geschlossen haben. Ich war noch nie hier unterwegs gewesen, wenn es so ruhig war, und mit den sanft erhellten Ladenfronten und dem Meer, das in der Ferne im Mondlicht glitzerte, lag Magie in der Luft.

Ich blieb stehen und blickte zu den Sternen hinauf. »Egal, wo man in Olympic Falls steht, es sieht immer aus, als könnte man einfach die Hand ausstrecken und sich einen Stern aus der Dunkelheit pflücken.«

»Was würdest du damit anfangen?«, fragte er.

»Mir etwas wünschen«, sagte ich mit leiser Stimme. Ich drehte mich zu ihm um und legte die Arme um seine Taille, stellte mich dann auf die Zehenspitzen und küsste ihn. Liam legte die Hand in meinen Nacken, als er mich an sich zog. Unsere Körper wehrten sich nicht dagegen, einander näherzukommen, als unsere Lippen sich berührten. Dieser Kuss war nichts anderes als ein Wunsch.

Kapitel 14

Im Coffee & Cream summten ein Dutzend Laptops, ansonsten war es recht ruhig. Montag und Dienstag wurden die meisten Seminare der Woche besucht, also waren jetzt alle damit beschäftigt, die Hausaufgaben nachzuholen, die sie über das Wochenende aufgeschoben hatten. Im Café stand ein bunter Mix aus Sofas und Sesseln. Ich stellte mir gerne vor, dass man es in der Hochphase der Euphorie um die Serie »Friends« eingerichtet hatte. Eine große Tafel zählte an die fünfzig unterschiedliche Kaffeegetränke auf, sowie die Eissorten, die an diesem Tag erhältlich waren. Wir gingen zur Theke und sahen in die Vitrine.

»Gibt es irgendjemanden, der ernsthaft die Sorte grüner Tee isst?«, fragte Liam mich.

»Oh, ich liebe das.« Ich winkte der Frau hinter der Theke zu, damit sie uns eine Kostprobe gab. Ich hielt sie Liam hin, und er öffnete den Mund vorsichtig. Er verzog das Gesicht, als das Eis seine Zunge berührte.

»Das magst du?«, fragte er.

»Essen deine Leute nicht Haggis?«

»Nicht, wenn wir es verhindern können.«

Er bestellte dunkle mexikanische Schokolade, und ich nahm den beleidigenden grünen Tee – beides zum Mitnehmen. Als wir uns umdrehten, liefen wir prompt in Professor Markson hinein.

»Miss Nichols. Mr. McAvoy. Haben Sie ein schönes Wochenende?«, fragte er. Er jonglierte mit einer schwer aussehenden Aktentasche und einer dampfenden Tasse Kaffee, aber seine Miene wirkte erheitert. Es freute ihn wahrscheinlich, uns zusammen zu sehen, nach all dem Kummer, den ich Liam in diesem Semester schon bereitet hatte.

»Es ist noch nicht zu Ende, Sir«, sagte Liam und legte einen Arm um meine Taille.

»Ich erwarte, Sie beide am Dienstag im Kurs zu sehen«, sagte Markson, und ich hätte schwören können, dass er Liam zuzwinkerte. »Wenn Sie nicht zu beschäftigt sind.«

»Ich bin sicher, wir können uns aus dem Bett schleppen, um zum Kurs zu kommen.«

Ich schlug Liam gegen die Schulter, und mein Gesicht stand in Flammen.

»Aus unseren Betten. Plural. Wie in: zwei. Wie in: getrennt«, korrigierte Liam. Ich errötete nur noch heftiger.

Markson bemühte sich nicht, sein Grinsen zu verbergen. »Ich denke, Sie beide haben noch einen weiten Weg vor sich, was Ihre Kommunikation anbelangt.«

»Wir haben bereits eine Menge gelernt. Oder nicht, Chick?«

Ich wäre am liebsten im Boden versunken. Hatte er

mich wirklich gerade vor einem Professor, der mich sowieso schon ein wenig zu gerne in Verlegenheit brachte, Chick genannt?

»Ich sehe Sie dann also am Dienstag«, sagte Markson und ging an uns vorbei zu einem freien Sofa.

»Würdest du mich bitte nicht Chick nennen, wenn Menschen dabei sind, die es darauf abgesehen haben, mir das Leben zur Hölle zu machen?«, bat ich Liam, als er mir die Tür des Cafés aufhielt.

»Gibt es viele Menschen, die dir das Leben zur Hölle machen wollen?«

»Lass es mich anders formulieren: Würdest du mich bitte vor anderen nicht Chick nennen?« Ich gewöhnte mich gerade selbst erst an den Spitznamen und konnte mir kaum vorstellen, wie schrecklich es würde, wenn Cassie und Jess das mitbekamen. Oder schlimmer noch, jemand wie meine Mutter.

»Okay, Chick.« Er besiegelte den Deal, indem er kurz mit seinen Lippen über meine Stirn strich.

In der Wohnung sah ich rasch nach, ob Jess da war, aber sie war immer noch bei ihrer Lerngruppe. Dieses Mädchen musste sich dringend ein Leben zulegen. Vielleicht würde sie nicht ihre ganze Zeit mit der Lektüre von Medizinbüchern verbringen, wenn sie einen Freund mit Persönlichkeit hätte. Ich nahm den Keramikfrosch aus dem Schrank und stellte ihn auf den Tresen.

»Du dekorierst um?«, fragte Liam, der zwei Löffel aus der Schublade holte.

»Das ist ein Geheimcode«, sagte ich. Jess und ich hatten

den Keramikfrosch eingeführt, damit die andere gleich beim Hereinkommen sah, dass man einen Mann bei sich im Zimmer hatte. Wir hatten ihn in letzter Zeit nicht gerade oft benutzt. Ich wusste, dass Jess beinahe vor Neugier sterben würde, sobald sie nach Hause kam. Und heute Nacht wollte ich wirklich nicht, dass sie in mein Schlafzimmer kam.

Ich hatte Pläne.

»Wie bei Spionen?«, fragte Liam. Er nahm den Frosch hoch und studierte ihn, als würde er ihm seine Geheimnisse entlocken können, wenn er ihn nur lange genug anstarrte.

»Ich will nicht, dass sie uns, äh, stört.« Ich wurde wieder rot und ärgerte mich sofort über mich selbst. Jillian Nichols wurde nicht rot, und doch passierte mir genau das ständig, seit ich ihm begegnet war. Was hatte Liam nur an sich, dass diese alberne, errötende Seite von mir zum Vorschein kam?

»Ich esse normalerweise nicht im Bett«, sagte ich zu ihm, plötzlich nervös.

»Das ist schade, weil ich diese Regel brechen muss.«

Ich stemmte die Hände in die Hüften. »Das musst du, hm?«

»Trägst du eine Strumpfhose?«, fragte er.

»Das nimmt jetzt eine etwas schräge Wendung«, sagte ich.

»Oder hast du Tücher?«, fragte er weiter.

»Tücher habe ich.« Ich wühlte in meinem Schrank herum und warf ihm ein paar zu.

»Perfekt«, sagte er. Er stand auf, ließ die Tücher und die Löffel liegen, wo sie waren, und zog mich heftig an sich.

Er senkte die Lippen auf meinen Hals und biss mich leicht in die Schulter. Ich schlang die Arme um ihn und strich mit den Händen über seinen muskulösen Rücken, und ein Schauer durchfuhr mich. Er zog sich zurück und blickte mir in die Augen, und ich konnte nicht wegsehen. Das Blau seiner Augen war so tief, dass ich fürchtete, darin zu ertrinken. Ich fühlte mich wie eine Schwimmerin im Meer, die von den Gezeiten hinabgezogen wurde. Ich verlor mich in ihm, und ich konnte es nicht verhindern.

Seine Finger schoben sich unter mein Shirt, und meine Haut fing Feuer, wo er mich berührte, als er mir meinen Pullover auszog. Dann öffnete er meine Jeans und schob sie hinunter zu meinen Füßen. Ich trat aus ihr heraus, löste dabei aber keine Sekunde meinen Blick aus seinem. Doch als ich nur noch meinen Tanga und den BH trug, machte er einen Schritt zurück. Sein Blick wanderte an meinem Körper herab, und ich spürte ihn. Ich war noch niemals zuvor so ausführlich betrachtet worden.

Ich streckte die Hand aus, um seine Hose aufzuknöpfen, aber er nahm mein Handgelenk und schüttelte den Kopf.

»Ich brauche dich jetzt auf dem Bett.« In seinen Worten schwang eine Gier mit, die ein Zittern durch meine Adern sandte. Liam schob mich sanft auf das Bett zu, und dann war er über mir, und seine Lippen pressten sich besitzergreifend auf meine. Er hielt meine Handgelenke über meinem Kopf fest, und ich spürte, wie er ein Tuch darum schlang. Ich öffnete überrascht die Augen.

»Was machst du da?«, fragte ich. »Machen wir hier einen auf ›Fifty Shades‹?«

Er brachte mich zum Schweigen. »Du wirst kein Safeword brauchen.«

»Es wird allgemein für höflich befunden, eine Frau zu fragen, bevor man sie fesselt«, sagte ich.

»Jillian, ich würde gerne die nächste Stunde damit verbringen, dir die schönsten sechzig Minuten deines bisherigen Lebens zu bereiten«, sagte er leise.

Praktisch jeder Muskel in meinem Körper spannte sich vor Erwartung ob dieses Angebots an.

»Darf ich dich fesseln?«, fragte er.

Ich befeuchtete mit der Zunge meine Lippen und nickte.

»Und ich würde gerne diese wundervollen Augen verdecken«, fügte er hinzu.

»Ich möchte dich sehen.« Das Geständnis kam mir über die Lippen, bevor ich es zurückhalten konnte.

»Das wirst du, Chick, das verspreche ich. Aber vertrau mir, bitte.« Er strich mir eine Haarsträhne aus dem Gesicht und küsste mich sanft auf den Mund.

»Okay«, sagte ich mit leichtem Zögern. Die Sache mit den One-Night-Stands war, dass sie nicht gerade kreativ waren, wenn es ums Vorspiel ging. Ich hatte noch keinem Typen erlaubt, mich zu fesseln, von einer Augenbinde ganz zu schweigen. Mein Magen machte einen kleinen Satz, als er die Tücher um meine Hände wand. Einmal. Zweimal. Dreimal. Ich hörte, wie er die Tücher um die Stangen meines billigen Ikea-Kopfendes wickelte, und meine Hände trafen auf das kalte Metall, als er mich daran festband. Er hob meinen Kopf sanft und legte ein Tuch darunter.

»Warte«, sagte ich.

Er hielt inne, und ich sah ihm ins Gesicht – der feste Schwung seines Kiefers, sein zerzaustes Haar, die leicht gekrümmte Nase – und sein Körper, der perfekt wie eine Statue über mir aufragte. Ich bog den Rücken durch, versuchte, meinen Kopf für einen Kuss zu heben.

»Lass das, Chick«, flüsterte er und legte seine Lippen auf meine. Wir küssten einander, dann ließ er mich atemlos und keuchend zurück. Ich war ihm völlig ausgeliefert. Er sah mir in die Augen, dann legte er das Tuch darüber. Er wickelte es noch einmal herum, dann band er es zu einem weichen Knoten hinter meinem Kopf zusammen.

»Kein Safeword, Jillian, aber wenn du aufhören willst, sag es einfach«, flüsterte er mir ins Ohr.

Gefangen unter ihm und der Hitze seiner Lippen an meinem Ohr ausgeliefert, spürte ich die Lust zwischen meinen Beinen pochen, als er sich über meinem Körper hielt, mich dabei aber kaum berührte.

Ich konnte ihn nicht sehen, aber ich spürte ihn, und dann spürte ich, wie seine Finger an den Trägern meines roten Spitzen-BHs zupften.

»Das Teil ist zwar unglaublich sexy, Chick, aber ich will deine Brüste sehen können.« Er zog an dem Verschluss vorn, und ich spürte die Luft, die auf meine Nippel traf, als er den BH weit öffnete. Ich wartete darauf, dass er sie berührte. Ich wollte, dass er es tat, aber er bewegte sich stattdessen nach unten, und seine Körperhitze strich über mich hinweg. Es gab keinen Kontakt, und ich wand mich gegen die Tücher.

»Sei geduldig«, flüsterte er.

»Du bist ja nicht gefesselt«, sagte ich und fügte im Stillen ein *und wahnsinnig erregt* hinzu.

Er lachte leise, als er die Daumen unter meinen Tanga hakte und ihn erst bis zu meinen Knien und dann ganz herunterzog. Ich öffnete meine Beine ein wenig, begierig auf ihn, aber er schob sie wieder zusammen. Die Hitze seines Körpers verschwand ganz, und mir war kühl, und ich fühlte mich nackt.

»Wenn das ein Scherz ist …«, sagte ich warnend, aber er brachte mich mit einem Psst zum Schweigen.

Und dann war er wieder auf mir, und mein Körper spannte sich an, war bereit für seine Lippen und für seine Hände. Eis jagte durch meine Nervenbahnen, als etwas Kaltes und Nasses zwischen meine Brüste tropfte. Ich stöhnte und widersetzte mich ein wenig, aber seine Hand hielt mich unten, während noch mehr kalte Flüssigkeit auf meine Nippel tropfte.

»Was ist das?«, murmelte ich.

»Dessert, Baby.« Und dann traf mich die Hitze, als seine Zunge über die Eiscreme glitt. Er leckte sie in langen Zügen auf, begann zwischen meinen Brüsten und kreiste dann in langsamen, gleichmäßigen Bewegungen. Seine Zunge stieß gegen meinen linken Nippel, der bereits hart war, und dann war sein ganzer Mund darauf, und er leckte und saugte mit seinen Zähnen daran. Ich keuchte auf, als das Pulsieren zwischen meinen Beinen heftiger wurde. Er ging zum anderen über, und ich stemmte mich gegen die Tücher. Ich wollte ihn zwischen meine Beine drängen, aber Liams Fesseln hielten.

»Ich bin noch nicht fertig«, sagte er. Ich zerfloss bei seinen Worten zu einer Mischung aus Erwartung und Verlangen.

Der Löffel malte eine scharfe Linie auf meinem Bauch abwärts und umkreiste meinen Nabel, und Liams Zunge folgte in einem Pfad aus Feuer. Er hielt bei meinem Nabel inne, während eine Hand meine Beine auseinanderdrängte. Ich wartete und biss mir auf die Lippe. Ich keuchte mittlerweile, aber nichts geschah.

»Hör nicht auf«, flehte ich.

»Werde ich nicht«, erwiderte er. Seine Lippen küssten mich entlang der Bikinizone. Wären meine Hände frei gewesen, hätte ich ihn nach unten gezwungen und dazu gebracht, zu Ende zu bringen, was er begonnen hatte, aber ich war seiner Gnade ausgeliefert.

Und Liam wusste das.

»Ich könnte gut den ganzen Tag so hierbleiben und dich ansehen.«

»Hör auf, Ich-Botschaften zu verwenden«, blaffte ich ihn an. »Du machst mich verrückt.«

»Gut.« In seiner Stimme klang ein Lächeln mit. Er genoss das hier. Nicht nur, dass er mich so vor sich ausgestreckt sah, sondern auch, mich warten zu lassen, wie ich ihn so lange auf mich hatte warten lassen.

»Bitte«, wimmerte ich.

»Da du so lieb bitte gesagt hast.« Sein Mund schloss sich über mir, und seine Zunge drängte sich in mich. Mit tiefen und festen Strichen liebkoste mich seine Zunge, und ich spürte, wie meine Muskeln sich anspannten. Meine Hände packten das Kopfteil, und ich klammerte mich daran, während er mich mit seinem Mund vögelte.

»Hör. Nicht. Auf«, rief ich aus. Sein Finger glitt in mich hinein, und ich schrie vor Lust, als er weiter hungrig an mir saugte. Mein Körper zersprang und setzte sich wieder zusammen, als ich an seinem Mund kam. Ich konnte ihn nicht greifen, damit er aufhörte, und der Druck baute sich immer weiter auf, die Lust raste in Wellen durch meinen Körper. Es war unerbittlich, und es sollte aufhören und niemals aufhören. Doch noch während ich versuchte, in dem Moment zu verweilen, zersprang ich erneut, während ich seinen Namen rief und meine Beine ihn umklammerten.

Liam löste meine Schenkel von seinem Kopf und legte seine Wange auf meinen nackten Bauch. Er atmete in heißen Zügen auf meine Haut, und ich wollte die Hand ausstrecken und ihn zu mir ziehen. Ihn in mich ziehen.

Ich hörte, wie er aufstand, und dann das Geräusch von Wasser im Bad. Mir war es egal, dass ich nackt war, gefesselt und bedeckt mit klebrigem Eis. Es war mir nicht egal, dass er weg war. Doch dann kam er zurück und stieg über mich hinweg ins Bett. Er löste den Knoten meiner Augenbinde und zog sie dann herunter. Ich blinzelte gegen das Licht.

»Wirst du mich losbinden?«, fragte ich ihn. Ich wollte meine Hände benutzen können, damit ich ihm die Jeans herunterreißen konnte.

»Ich denke darüber nach«, sagte er mit einem teuflischen Grinsen.

»Weniger denken, mehr tun«, drängte ich.

»Mir gefällt das. Jillian ist gefangen«, murmelte er. Er näherte sich mir mit durchtriebenem Lächeln bis auf Zentimeter, küsste mich aber nicht. Ich roch Pfefferminz in seinem Atem. Sein Körper schwebte immer noch über meinem, aber er achtete darauf, dass wir uns nicht berührten.

»Zieh einfach die verdammte Hose aus«, sagte ich.

»Damenwahl also«, sagte er. Er hockte sich vor mich, und ich sah ihm dabei zu, wie er den Reißverschluss seiner Jeans öffnete. Er schob sie bis zu den Knien herunter und lehnte sich dann an mich, ohne in mich einzudringen. Ich zog die Knie an und streifte seine Jeans mit den Füßen ganz herunter.

»Das ist nur fair«, sagte ich, als ich meine Beine um seine festen Pomuskeln schlang.

»Kondom?«, fragte er.

Ich blinzelte gegen das berauschende Gefühl an, das von seiner warmen Erektion an meinem Bauch herrührte. »Ich nehme die Pille.«

»Jillian?« Es war eine Frage.

Ich hatte das noch nie zuvor getan. Ich hatte immer doppelt vorgesorgt, aber ich dachte, ich würde verrückt, wenn er sich jetzt auch nur einen Augenblick von mir entfernte.

»Ich bin sauber, und ich vertraue dir.« Das war eine Erlaubnis.

Einer der Vorteile meiner ständigen Arztbesuche und Bluttests war es, dass ich wusste, was mit mir los war, und irgendwelche Krankheiten standen nicht auf der Liste, da ich immer vorsichtig war.

Er zögerte, und unsere Blicke begegneten sich. Mein

Herz hämmerte in meiner Brust, und ich wusste in diesem Moment, dass nach dieser Nacht nichts mehr wie vorher sein würde. Er legte seine Lippen auf meine, aber er drang nicht in mich ein. Es war ein langsamer Kuss, voller Versprechungen. Ich wusste, dass wir sie nicht halten würden, aber das war mir egal, weil dieser Kuss alles war, was ich brauchte.

»Bist du sicher?«, fragte er noch einmal, zog sich ein wenig zurück und sah mich an.

»Ja.« Es war mehr ein Atemhauch als ein Wort. Ich fragte ihn genauso, wie er mich fragte.

Er streckte die Hand aus und löste die Tücher, sodass meine Hände frei waren. Er nahm meinen Arm und hauchte Küsse darauf, während er ihn um seinen Hals schlang. Wir sahen einander mit zartem Verlangen an. Liam bewegte sich hinab und glitt ohne ein weiteres Wort in mich. Ich keuchte auf, als er sanft in mich stieß, und Tränen sammelten sich in meinen Augenwinkeln, als mir das Herz in meiner Brust zerbarst. Er wurde langsamer, und ich wusste, dass er sie sah.

»Jillian, ich …«

Ich zog seinen Mund auf meinen. Ich konnte nicht ertragen zu hören, was er sagen wollte. Nicht, wenn ich mich so sehr danach sehnte, dass er etwas sagte, das ich noch nie zuvor gehört hatte. Und nicht, wenn ich gleichzeitig so sehr wollte, dass er es niemals sagte.

Aber es war auf seinen Lippen, und ich konnte es schmecken, und ich wusste, dass es auch auf meinen lag, und so umschlangen wir einander.

Liam stieß sanft in mich, bis wir uns im gleichen Rhythmus bewegten. Er glitt niemals heraus, und ich fühlte mich angefüllt und lebendig mit ihm in mir. Er zog sich ein wenig zurück und blickte mir in die Augen, als sich die Lust in mir aufbaute. Ich ließ die Augen geöffnet, auch als sie sich beim ersten Beben, das mich durchströmte, schließen wollten. Er stöhnte, als er kam, und er flüsterte beschwörend meinen Namen, und ich begegnete seinem Flehen und flüsterte bebend seinen Namen, als mein Orgasmus in mir aufwallte und mich überrollte. Unsere Blicke ließen einander nicht los. Wir sahen nicht weg.

Kapitel 15

Die Wohnung um uns herum war still und dunkel, als wir nebeneinander unter der Decke lagen. Liams Gesicht war in meinen Nacken vergraben, und sein Arm lag locker über meinem Bauch. Wir schliefen lange Zeit nicht. Wir lagen in magischer Einsamkeit da, als wären wir die einzigen Menschen auf der Welt. Irgendwann glitt ich, in seinen Armen liegend, in meine Träume hinüber.

Als die Sonne durch mein Fenster fiel, wachte ich auf und stellte fest, dass Liams Arme mich noch immer umschlossen. Wir hatten uns im Schlaf kaum bewegt. Ich betrachtete ihn ein paar Minuten lang, versuchte das Ziehen zu entschlüsseln, das ich in mir verspürte. Seine Augen waren geschlossen, die dunkelblonden Wimpern flatterten leicht im Schlaf. Ich legte die Hand auf seine Brust und spürte den gleichmäßigen Rhythmus seines Herzens. Ich zählte die Schläge, jeder wertvoller als der vorangegangene, und ich begriff, dass ich mich gerade in ihn verliebte.

Ich schluckte, als mich diese Erkenntnis traf, und löste

mich vorsichtig aus seinen Armen. Ich schlüpfte aus dem Bett und fand sein langes Shirt. Ich zog es über den Kopf und roch sein Aftershave, das daran haftete und sich mit dem Waschmittel und noch etwas vermischte. Der Geruch – Liams Geruch – ließ meinen Puls rasen. Ich musste hier raus, also öffnete ich leise die Tür und ging ins Bad. Bevor ich dort ankam, streckte Jess den Kopf aus ihrem Zimmer und lächelte.

»Es war ruhig«, sagte sie. »Aber angesichts des Froschs auf dem Tresen und dieses Shirts gehe ich davon aus, dass wir Frühstückspläne haben.«

Ich schüttelte den Kopf, versuchte, ihn klar zu bekommen, aber ich brachte nur heraus: »Liam schläft noch.«

Sie folgte mir ins Bad und kämmte sich die Haare, während ich die Dusche anmachte. Ich merkte, dass sie Details hören wollte, aber sie würde nicht fragen, und ich war nicht sicher, ob ich schon bereit war, ihr etwas zu erzählen.

Die letzte Nacht war intimer gewesen als jede andere Nacht meines Lebens. Alles war zerbrechlich und neu, und ich war nicht sicher, ob ich etwas so Persönliches erzählen konnte, auch wenn Jess meine Freundin war. Es fühlte sich an, als gehörte dieses Erlebnis nur Liam und mir, als würde ich eine unausgesprochene Regel brechen, wenn ich darüber sprach.

Und doch wollte ich es mit ihr teilen. Ich wusste nur nicht, was ich sagen sollte.

»War dein Date schön?«, fragte sie schließlich und drehte sich zu mir um, als ich mir ein frisches Handtuch aus dem Schrank holte.

Ich nickte und wich ihrem Blick aus, während ich nach dem Shampoo suchte. Warum konnte ich Jess nicht sagen, wie ich für ihn fühlte? Warum konnte ich es *ihm* nicht sagen?

»Redest du nun mit mir?«, fragte sie. Sie lehnte sich an das Waschbecken und kreuzte die Arme.

»Ich weiß nicht, was ich sagen soll«, gab ich zu. »Ich kann nicht ganz erklären, was letzte Nacht passiert ist. Es ist noch zu frisch.«

»Shit, Jills, was habt ihr beiden gemacht?«, fragte Jess und sah ein wenig besorgt aus.

»Ich bin noch nicht bereit, darüber zu reden.« Das fühlte sich richtig an. Ich war nicht bereit. Ich musste es noch verarbeiten. Die Dusche würde mir dabei helfen, und dann konnte ich später mit Jess über Liam reden.

»Du machst mir Angst«, sagte Jess leise.

»Ich weiß nicht, wie ich es sagen soll. Es klingt kitschig«, sagte ich.

»Jills!«

»Wir haben … Liebe gemacht.«

Jess' Augenbrauen hoben sich überrascht, und ich vergrub das Gesicht in den Händen. Ich konnte nicht glauben, dass das tatsächlich aus meinem Mund kam. Es klang wie ein Satz aus einem schlechten Film. Einer, in dem die Frau stirbt oder der Mann in den Krieg zieht. Das passte so gar nicht in mein Leben … bis jetzt.

»Wow«, murmelte sie.

»Das ist alles?«

Jess schaute verwirrt drein. Ich konnte ihr das nicht vorwerfen. Liebe war nach meinem Maßstab ein schmutziges

Wort. Es passte überhaupt nicht zu meiner persönlichen Philosophie vom Jagen, Erbeuten und Wegschicken.

»Also seid ihr ein Paar?«, fragte sie.

Ich holte tief Luft, versuchte, mich gegen den Schwindel zu wappnen, der mich befiel. »Ich schätze ja.«

Jess stürzte vor und umarmte mich fest.

»Himmel. Wir haben nicht vor zu heiraten«, sagte ich, während sie mich umklammerte.

Jess trat zurück, nahm mich bei den Schultern und sah mich aus weit aufgerissenen, ernsten Augen an. »Das ist wunderbar, Jills.«

»Ich weiß.« Ich gab mir Mühe, das auch so zu sehen.

»Nein«, sagte sie. »Ich weiß, dass du durcheinander bist, aber ich habe dich gesehen. Du lächelst. Er macht dich glücklich.«

Liam machte mich wirklich glücklich. Er brachte mich zum Lachen. Doch es gab da ein Problem. »Er kennt mich kaum«, sagte ich. »Ich habe es ihm nicht erzählt.«

»Das wirst du«, sagte Jess und küsste mich auf die Wange. »Und es wird alles gut. Wenn du ihn bis jetzt nicht verschreckt hast, weiß ich nicht, was ihn verschrecken sollte.«

»Sagst du da gerade, dass ich eine Bitch war?«, fragte ich sie mit einer hochgezogenen Augenbraue.

»Ja«, sagte sie, ohne zu zögern. »Aber das weißt du auch selbst.«

Ich blickte zu Boden. »Ich muss duschen. Ich bin ein wenig klebrig.«

Jess klappte der Mund auf. »Du wirst mir wirklich nichts über letzte Nacht erzählen?«

»Nope«, sagte ich und musste dann grinsen.

»Ich werde vor Neugier sterben, Jills.« Sie schmollte, und ich schob sie aus der Badezimmertür.

Ich sah ihr nach und flüsterte. »Es war überwältigend.«

Ich schloss die Tür, und sie sagte: »Miststück!«

Ich stellte die Temperatur der Dusche ein, trat hinein und nahm die Seife. Die Überreste von dem Schokoeis klebten auf mir, und ich wusch sie ab, ließ meine Gedanken zum vergangen Abend zurückwandern. Ich war noch nie so mit einem Jungen zusammen gewesen. Nicht nur im Bett, sondern auch das Date. Liam hatte etwas an sich, das mir dabei half lockerzulassen. Ich hatte ihm meine hässliche Seite mehr als einmal gezeigt, und er kam trotzdem wieder. Ich wollte Jess glauben, wenn sie sagte, dass nichts, was ich ihm erzählte, das ändern würde. Die Tür der Dusche glitt auf, und Liam trat neben mich.

»Wolltest du mich den ganzen Morgen verschlafen lassen?«, fragte er, und wir drängten uns unter dem fließenden Wasser aneinander.

»Du sahst so friedlich aus«, sagte ich. »So satt und glücklich. Ich dachte, ich lasse dich schlafen.«

»Satt?«, fragte er und lachte.

»Nicht?«, sagte ich.

»Bis ich ohne dich aufgewacht bin, Chick«, murmelte er und strich mit den Lippen über meinen Kiefer. Mein Mund fand seinen, aber er zog sich zurück.

»Jillian, wegen letzter Nacht …«, fing er an.

»Du musst etwas wissen«, unterbrach ich ihn, und holte tief Luft. »Ich habe das mit noch niemandem gemacht.«

»Ich weiß«, sagte er leise.

»Ich will nicht, dass du denkst, ich war eine Schlampe oder so.« Die Worte kamen aus meinem Mund. Ich wusste, dass ich drauflosplapperte, aber ich konnte mich nicht zurückhalten.

»Das würde ich nie denken«, sagte er.

»Ich habe dich schließlich in der ersten Nacht mit nach Hause genommen«, sagte ich.

»Ich bin schließlich in der ersten Nacht mit zu dir gegangen«, sagte er.

Da hatte er recht.

»Aber«, fuhr er fort, »letzte Nacht war wunderbar, und obwohl ich mir ziemlich sicher bin, dass ich den Rest meines Lebens mit dir im Bett verbringen könnte, würde ich es ab jetzt lieber langsam angehen lassen.«

Ich blinzelte, als ich seine Worte hörte. »Langsam angehen?«

»Wir sind so schnell miteinander ins Bett gegangen. Ich will nicht, dass du denkst, ich will nur Sex«, sagte er ruhig.

Der Gedanke war mir bei Liam noch nie gekommen. Ich hatte jede Menge Kerle kennengelernt, die nur auf Sex aus waren. Er schien mir nicht der Typ dafür. Das Problem war, dass ich Sex mochte. Ich *liebte* den Sex mit ihm. Ich war nicht ganz überzeugt von dieser ganzen Langsam-machen-Sache oder der Begründung dafür. »Also bist du zu mir in die Dusche gestiegen, um mir zu sagen, dass du keinen Sex mit mir haben möchtest?«, fragte ich. »Ist das irgendeine Art von psychologischem Experiment?«

Liam trat einen Schritt zurück. »Tut mir leid.«

»Nein, du hast recht«, sagte ich. Je näher ich Liam kam, desto sicherer war ich, dass ich mich in ihn verliebte. Es ging alles zu schnell. Vielleicht würde es uns helfen, wenn wir den Sex für eine Weile auf Eis legten und die Dinge mit klarem Kopf betrachteten.

»Ich gehe nirgendwohin«, sagte er.

»Du gehst zurück nach Schottland«, sagte ich leise. Zum ersten Mal zuckte Panik durch mich hindurch beim bloßen Gedanken daran.

»Noch lange nicht, Chick.« Er legte die Arme um mich, und ich lehnte mich an seine Brust. Wie ich da stand, wünschte ich, auf ewig so bleiben zu können, aber Jess würde heute vielleicht irgendwann noch mal ins Bad wollen.

»Gibst du mir das Shampoo?«, fragte ich und entzog mich seinen Armen.

Liam griff hinter sich und spritzte sich ein wenig Shampoo in die Hand. »Lehn dich zurück.«

Ich hielt meine Haare unter den Wasserstrahl. Dann hob ich den Kopf wieder und begegnete Liams Blick, während seine Finger durch mein Haar fuhren und das Shampoo darin verteilten. Ich stöhnte ein wenig, als seine Hände meine Kopfhaut massierten.

»Ich hatte keine Ahnung, dass dich das so erregt«, neckte er mich.

»Ich stöhne auch beim Friseur. Bild dir nur nichts drauf ein.«

Liam führte meinen Kopf unter das Wasser und wusch das Shampoo aus meinen Haaren.

»Du bist dran«, sagte ich, als ich mich an ihm vorbeidrängte und das Shampoo nahm. Ich streckte die Hände aus und seifte sein Haar ein, bis es schäumte, dann formte ich einen Iro.

»Seh ich cool aus?«, fragte er.

»Wie ein Rockstar.«

Er beugte sich zurück und spülte sich den Schaum ab. Es gab eine seltsame Pause, also beugte ich mich vor, um das Wasser abzudrehen, aber Liam hielt mich auf.

»Ich könnte noch ein paar Minuten gebrauchen, wenn es dir nichts ausmacht.« Sein Lächeln war verlegen, und ich runzelte die Stirn.

»Bist du sicher?«, fragte ich. Ich trat vor und küsste ihn leicht, spürte, wie er sich gegen meinen Bauch drückte. »Oh.«

»Ja«, erwiderte Liam.

»Wir könnten auch morgen oder übermorgen oder nächste Woche damit anfangen, es langsamer angehen zu lassen?«, bot ich an.

»Raus hier«, sagte er mit einem Lachen und verpasste mir einen Klapps auf den Hintern.

»Dein Pech.«

»Als wüsste ich das nicht«, sagte er, als ich aus der Dusche stieg und ein Handtuch um mich wickelte. Ich lief rasch aus dem Bad, damit er ein wenig Privatsphäre hatte, und weil jeder Zentimeter von mir am liebsten wieder zu ihm unter die Dusche gestiegen wäre. Jess' Tür war geschlossen, und ich ging in mein Zimmer und zog mich an. Ich durchsuchte meinen Schrank nach dem perfekten Outfit.

Es fühlte sich an wie der erste Schultag, als ob das Semester über Nacht noch einmal von vorn angefangen hätte. Alles war neu und aufregend, wartete darauf, entdeckt zu werden.

Und das machte mir Angst.

Kapitel 16

Das Aquarium lag am Rand der Bay. Auf den ersten Blick konnte man es leicht für ein gewöhnliches Cottage halten, was einer der Gründe dafür war, dass ich es liebte. Ich war ziemlich häufig hingegangen, als ich neu in Olympic Falls gewesen war, aber dieses Jahr war ich noch nicht dort gewesen. Die Wolken hingen tief über dem Wasser und sandten Nebelstreifen über meinen Weg und hinauf durch den friedlich daliegenden Ortskern.

Ich kam mir albern vor, als ich meinen Pferdeschwanz glatt strich und Lipbalm mit Kirschgeschmack auftrug. Ich besuchte den Typen, der mein fester Freund sein könnte, und diese Tatsache sorgte dafür, dass mein Magen Saltos schlug. Ich war nicht sicher, wie ich das fand, aber als ich die Tür aufstieß, begrüßte mich ein vertrautes Lächeln. Mein Herz geriet ins Taumeln. Mich hatte es wirklich übel erwischt.

Das Mädchen, das hinter der Infotheke saß, musterte mich mit finsterem Blick von oben bis unten. »Wir haben geschlossen. Gleich kommt eine Schülergruppe.«

Liam trat zu mir und nahm mich bei der Hand. »Kate, das ist meine Freundin, Jillian. Ich habe sie eingeladen.«

Mein Herz vollführte einen Satz. Liam hatte mich als seine Freundin bezeichnet. Das sollte mich nicht überraschen, tat es aber dennoch. Noch überraschender war allerdings, wie sehr es mir gefiel, das zu hören.

»O…kay.« Kate sprach das Wort langsam aus, als suchte sie nach einer Möglichkeit, mich dazu zu bringen, wieder zu verschwinden. Ich fragte mich, ob sie auf ihn stand, doch dann sah ich mir seine schlanke, muskulöse Gestalt an und dachte an seinen rauen, starken Akzent. Natürlich stand sie auf ihn, und das konnte ich ihr absolut nicht verübeln.

»Es kommen gleich zwanzig Erstklässler her. Ich unterrichte sie über einheimische Flora und Fauna in den Gezeitentümpeln«, erklärte mir Liam, während er mich an verschiedenen Becken vorbeiführte. Er zog mich hinter ein Becken mit großen Quallen und legte die Arme um mich. Der Kuss war langsam und vorsichtig, ihm fehlte die Gier, die sich sonst immer aufbaute, wenn wir zusammen waren. Seine Lippen waren weich und bewegten sich langsam über meine, so als schmeckte er mich zum ersten Mal. Seine Hand glitt in meinen Nacken und vergrub sich in mein Haar, löste meinen Pferdeschwanz. Er nahm meine Haare und vertiefte den Kuss, drückte seinen Mund an meinen, und unsere Hüften drängten sich aneinander. Der Lärm von zwanzig unbändigen Kids riss uns jedoch auseinander, und wir beide atmeten ein wenig schwerer, als ich jetzt meine Haare in Ordnung brachte und versuchte, meine flatternde Atmung zu beruhigen.

Liam wollte es langsam angehen lassen, jetzt, da wir dateten. Ich war mir nicht so sicher, ob das möglich war.

Er trat hinter dem Becken hervor und zwinkerte mir zu, dann rief er der Gruppe einen Willkommensgruß zu. Ich ging ihm zögernd hinterher, wenig verlegen, weil ich erhitzt war, aber die Kids schienen das gar nicht zu bemerken. Sie drängten sich im Schwarm um uns herum, stellten bereits Fragen und versuchten, die Hände in die Becken zu stecken, in denen sich verschiedene Anemonen und Seesterne befanden. Ein kleines Mädchen nahm meine Hand und blickte mit großen Augen zu mir auf. Ich war unsicher, was ich mit der Hand machen sollte. Das Mädchen sah irgendwie verängstigt aus, aber ich war die Letzte, der man ein Kind anvertrauen sollte. Mir war zuzutrauen, dass ich etwas sagte, von dem sie für den Rest ihres Lebens traumatisiert wäre. Ich konnte mir ganz genau vorstellen, wie ich das F-Wort benutzte und Liam sich dann vor einem Mob wütender Eltern entschuldigen musste. Warum hatte er nicht an so was gedacht, als er mich gestern eingeladen hatte?

Ich beugte mich zu ihm und flüsterte: »Du hättest mir sagen können, dass die Kinder hier sein würden.«

»Wer ist das? Ist sie unsere Lehrerin?«, fragte ein Junge und versetzte mir einen Stoß in den Bauch. Ich warf ihm einen finsteren Blick zu, bevor mir wieder einfiel, dass er vielleicht sieben war und wahrscheinlich weniger Impulskontrolle hatte als ich, was durchaus etwas heißen wollte.

»Miss Nichols ist heute meine Assistentin. Wisst ihr, was

eine Assistentin ist?«, fragte Liam die Gruppe. Sie wurden ruhig und starrten ihn mit verwirrten Mienen an.

»Du redest komisch«, rief einer.

»Aye, ich bin aus Schottland, bonnie lass«, sagte er und rollte mit den Augen. Die meisten Kids kicherten los.

»Eine Assistentin«, meldete sich ein Junge zu Wort, »ist jemand, der jemandem hilft, weil sie selbst nichts weiß.«

Ich musste mir ein Lachen verkneifen über diese Lebensweisheit, auch wenn es in dem Fall sogar stimmte. Ich wusste in etwa so viel wie die Kinder über Gezeitentümpel. Natürlich nur, falls sie die nicht heute durchgenommen hatten, dann wusste ich sogar weniger.

»Wir lernen heute etwas über die Meereslebewesen, die ihr in einem Gezeitentümpel finden könnt. Wir fangen mit diesem Video hier an«, erklärte er, und der Lehrer forderte die Schüler auf, sich in einem Halbkreis auf den Boden zu setzen. Das Video begann und erklärte, wie die Becken während der Ebbe, gefüllt mit Wasser von der Flut, zurückblieben. Es war überraschenderweise ziemlich fesselnd, aber Liam schlich sich in der Mitte des Films an mich heran.

»Es tut mir leid, dass ich dir nichts von der Klasse erzählt habe. Ich hatte vergessen, dass sie heute Morgen kommen sollte«, gab er zu und fügte seiner Entschuldigung ein schiefes Lächeln hinzu, das ich sofort zu lieben begann.

»Ist schon gut, ich sollte gehen. Ich bin nur im Weg.«

»Blödsinn«, flüsterte er. »Vielleicht findest du deine Berufung bei den Anemonen.«

Das bezweifelte ich. Auch wenn ich mein ganzes Leben

in der Nähe des Meeres verbracht hatte, war ich nicht gerade scharf darauf, etwas anzufassen, das aussah, als würde es mir gleich die Finger wegsaugen.

Es stellte sich heraus, dass Liam eine Begabung dafür hatte, die Aufmerksamkeit von Siebenjährigen zu fesseln. Und ich war mir sehr sicher, dass ich selbst darin mies wäre. Sie hingen förmlich an seinen Lippen, als er ihnen erklärte, wie sie die unterschiedlichen Wesen in den verschiedenen Gezeitentümpelbecken anfassen konnten. Die Klasse teilte sich in Gruppen auf, und das kleine Mädchen zog an meiner Hand, damit ich sie begleitete. Auf ihrem Namensschild stand »Sarah«, und ich folgte ihr zögernd, hielt mich zurück, erstaunt darüber, wie furchtlos die Kinder jedes Tier sanft mit einem Finger berührten.

»Komm schon, Miss Nichols«, sagte Liam und packte mich am Ellbogen, um mich näher zu einem Becken zu schieben. »Du bist dran.«

Ich zögerte und schüttelte den Kopf, als ich ins Wasser sehen konnte.

»Was sind das für welche?«, fragte ich und zeigte auf eine wurmähnliche Kreatur, deren Körper mit Warzen bedeckt war.

»Seegurken!«, sagte Sarah.

Ich machte eine Grimasse und sah Liam an. »Isst man die?«

»In Asien gelten sie als Delikatesse«, sagte er und lachte ein wenig über meine Reaktion.

»Erinnere mich daran, dass ich mich von Asien fernhalte.« Ich tauchte einen Finger in das Becken und wappnete mich, aber die Seegurke fühlte sich an wie eine schwammige Lederröhre.

»Das war gar nicht so schlimm, oder?«, fragte Liam. »Los, wir klatschen alle einmal, weil Miss Nichols so mutig war.« Er klatschte in die Hände, wobei seine Arme einen weit ausholenden Kreis vollführten, und die Kids machten ihn voller Begeisterung nach. Vor ein paar Wochen hätte ich ihn dafür als den größten Trottel der Welt angesehen, doch jetzt musste ich zugeben, dass er tatsächlich ziemlich sexy dabei aussah. Das hier war immerhin der Kerl, der nackt in meiner Küche gestanden und mir Waffeln gemacht hatte. Er ließ sich garantiert nicht von etwas abhalten, nur weil es ihn in Verlegenheit bringen könnte.

Am Ende der Stunde war ich mutig genug, einen Seeigel und eine Anemone anzufassen, die träge die kleinen Tentakel um meinen Finger wand. Liam trat neben mich an das Becken und drückte vorsichtig meine Hüfte. »Nächster Schritt: Tauchen«, murmelte er und sah mich mit seinen blauen Augen an.

Ich brachte es nicht übers Herz, ihm zu sagen, dass ich keinesfalls dazu in der Lage sein würde zu tauchen, also nickte ich nur und genoss die Spannung, die zwischen uns knisterte.

Das nachdrückliche Zupfen eines Schülers an Liams T-Shirt zerriss die Verbindung zwischen uns, und ich verbrachte den Rest des Morgens damit, ihm dabei zuzusehen, wie er das Meeresleben der Küste unserer Stadt erklärte. Als die Kids endlich wieder zum Bus gingen, stieß Liam einen müden Seufzer aus.

»Die waren lebhaft«, sagte ich.

»Das sind sie immer.« Er lächelte und nahm meine Hand, verflocht unsere Finger ineinander. »Hast du noch ein Seminar, oder können wir gemeinsam zu Mittag essen?«

Ich sah auf die Uhr und stellte überrascht fest, dass es erst elf war. »Ich habe noch anderthalb Stunden.«

»Fish and Chips?«, fragte er. Es war unmöglich, seinem flehenden Blick zu widerstehen.

Die Luft draußen war immer noch so warm, dass man keine Jacke brauchte. Der Tag war untypisch klar für die verregnete Olympic-Halbinsel, und keine Wolke stand am Himmel. Das Aquarium lag gegenüber der großen Strandpromenade, die auf den Hauptbootsanleger führte. Wir schlenderten auf die Fish-and-Chips-Bude zu. Liam bestellte für uns, und binnen Minuten hielt ich unsere in Zeitungspapier gewickelte Bestellung in Händen, und wir suchten uns einen Fleck auf dem Pier zum Sitzen und ließen die Füße dicht über dem Wasser baumeln.

»Ich liebe diesen Ort«, sagte Liam, der sein Essenspaket voller Andacht aufklappte. »Sie machen es richtig. Wie zu Hause.«

Er biss in ein frittiertes Stück Fisch und stöhnte leise.

»Du machst mich noch eifersüchtig«, zog ich ihn auf, aber ich musste zugeben, dass das fettige Essen schmeckte.

»Nur zwei Dinge entlocken mir ein Stöhnen.« Er hielt den Fisch hoch und beugte sich dann zu mir her, um mich zu küssen. Es war ein öliger Kuss und absolut nicht sexy, aber die Schmetterlinge flatterten dennoch in meiner Brust.

»Was wirst du machen, wenn du wieder in Schottland bist?«, fragte ich. »Ich meine, wenn du den Abschluss hast?«

Er starrte auf das ruhige Wasser. »Ich will einen Job auf einem Forschungsschiff. In der Arktis gibt es im Moment eine Menge spannender Projekte.«

»Die Arktis?«, fragte ich. Ich konnte mir nicht vorstellen, freiwillig in die Eiswüste zu reisen.

»Ich interessiere mich für den Klimawandel«, erklärte er. »Und das ist der beste Ort, um sich damit zu beschäftigen.«

»Oh.« Es war seltsam, die ernste Seite von Liam zu sehen, der mir Waffeln gemacht und wegen dem Grüner-Tee-Eis eine Schnute gezogen hatte.

»Das ist noch Monate hin«, sagte er und zog mich an sich, »Und wer weiß schon, was zwischen jetzt und dann geschieht.«

Ich wollte nicht daran denken. Natürlich würde er wieder nach Hause gehen, Tausende Meilen entfernt, aber es gab keinen Grund, darüber zu reden. Ich war nicht einmal sicher, warum ich überhaupt damit angefangen hatte. Ich ließ mein Essen liegen und drängte mich an ihn, suchte ungeduldig seine Lippen. Seine Hände zogen mich noch näher an ihn heran, als seine Zunge in meinen Mund glitt. Ich ließ meine Hände hinab zum Bund seiner Jeans gleiten, und hakte dann meine Finger hinein.

Doch Liam zog sich zurück, die Augen ein wenig glasig. Ich kannte diesen Blick, er ließ mich vor Verlangen erbeben.

»Du hast ein Seminar«, sagte er.

»Zum Teufel mit dem Seminar«, sagte ich leise und wandte ihm wieder das Gesicht zu.

Aber er ließ sich nicht umstimmen. »Jills, ich habe das ernst gemeint mit dem langsam Machen.«

Ich drehte mich um und wandte meine Aufmerksamkeit dem Wasser unter meinen Füßen zu. »Ich weiß.«

Es hatte sich wie eine gute Idee angehört, als er es gesagt hatte. Langsam machen hieß, dass ich nicht zu tief drinsteckte. Wenn ich schon nicht die Kontrolle über meinen Körper behalten konnte, wie sollte ich dann meinen Kopf unter Kontrolle behalten?

»Hey.« Er legte einen Finger unter mein Kinn und drehte mein Gesicht zu sich, sodass unsere Blicke sich begegneten. »Es hat eine Weile gedauert, bis ich dich gefangen hatte. Jetzt würde ich dich gerne behalten.«

»Ich kann keine Beziehungen«, sagte ich langsam und versuchte, die richtigen Worte zu finden. »Wenn jemand das hier versaut, dann werde ich das sein.«

»Das ist das Schöne an Beziehungen«, sagte Liam.

»Was?«

»Es sind immer zwei Leute daran beteiligt. Wenn du es versaust, dann bin ich da, um das wieder hinzukriegen.«

Ein Lächeln glitt über mein Gesicht trotz des Drucks, den ich in meiner Brust spürte. Ich wollte ihm so gern glauben, aber ich war nicht sicher, ob das Egoismus oder Optimismus war. Ich war wohl vertraut mit dem einen Gefühl, aber nicht so sehr mit dem anderen.

»Seegurken, ja?«, sagte ich, als Liam aufstand und mir aufhalf. »Hast du mal eine gegessen?«

»Ja«, gab er zu.

»Gab es Ranch-Dressing dazu?«

»Es war mehr Sashimi-Style«, sagte er mit einem Lachen. »Auch wenn ich es den Amerikanern durchaus zutrauen würde, Ranch-Dressing auf Sushi zu kippen.«

»Ich wette, Ranch-Dressing schmeckt ganz hervorragend auf Sushi.«

»Ich mach Schluss mit dir, falls du Ranch-Dressing auf Sushi tust«, warnte er mich.

Mein iPhone piepte, und ich fluchte stumm. »Ich muss mal kurz weg.«

Ich lief rasch zur öffentlichen Toilette und war dankbar, dass ich sie nicht wirklich benutzen musste. Drinnen nahm ich meine Tablette, zählte bis dreißig und wusch mir das Öl von den Fingern. Liam lehnte an der Seite des Gebäudes, als ich wieder herauskam, und sein Körper wurde von der Sonne hinter ihm angestrahlt. Vor der Kulisse der Bay sahen die Umrisse seines muskulösen Körpers geschmeidig und einladend aus. Er war wahnsinnig sexy, und ich musste mich daran erinnern, dass wir es langsam angingen und dass ich mir wahrscheinlich irgendetwas einfinge, wenn ich in einer öffentlichen Toilette über ihn herfiele. Er streckte die Hand aus, und ich blickte mit zusammengekniffenen Augen darauf und sah zwei winzige Pillen, die in seiner Handfläche lagen. Mein Atem stockte bei dem Anblick. Hatte er meine Tasche durchwühlt? Hatte ich sie draußen gelassen?

»Chiclet?«, fragte er. »Ich hab gehört, das ist das tollste Kaugummi der Welt.«

Ich stieß ein nervöses Lachen aus, dankbar, dass mein Geheimnis für den Moment sicher war, dann nahm ich sie ihm aus der Hand. Ich warf die Chiclets in meinen Mund und entspannte mich wieder. Er ging in ein paar Monaten zurück nach Schottland, es gab keinen Grund, es ihm zu erzählen. Ich war geschickt darin geworden, die Wahrheit zu verbergen, sogar vor mir selbst.

Kapitel 17

Im Seminar zur Zwischenmenschlichen Kommunikation wurde es am nächsten Tag deutlich romantischer. Statt mit ungeschickten Unterhaltungen zu Seminaraufgaben verbrachten Liam und ich jetzt unsere Zeit damit, miteinander zu flirten. Selbst Markson schaffte es, seine bissigen Kommentare für sich zu behalten, obwohl er uns dabei erwischte, wie wir unter dem Tisch Händchen hielten. Ich fühlte mich ein bisschen, als wäre ich wieder in der Highschool – albern und ausgelassen und darauf hoffend, dass Liam mich nach der Stunde gegen einen Spind drückte und küsste. Schade, dass es keine Spinde auf dem Campus gab.

»Was machst du heute Abend?«, fragte er und verschränkte seine Finger mit meinen, als wir am Ende der Stunde aus dem Raum gingen.

»Ich habe eine kryptische Nachricht von Cassie bekommen, in der sie mich bittet, mich in einem Tattooladen mit ihr zu treffen«, sagte ich zu ihm.

»Du solltest dir genau hier eins machen lassen.« Er tätschelte mir den Hintern. »Wobei, wenn ich darüber nachdenke … verunstalte lieber diesen perfekten Hintern nicht.«

»Keine Tinte?« Ich sagte ihm nicht, dass ich mich auf keinen Fall aus freien Stücken unter eine Nadel legen würde.

»Nope. Das ist okay«; sagte er. »Vivian hat mich praktisch angefleht, heute Abend mit ihr zu essen. Sie will all die schmutzigen Details über das Wochenende erfahren.«

»Du erzählst ihr aber nicht … alles, oder?«

»Ich bin ein Gentleman«, sagte er. »Ich erzähle ihr, dass wir im Kino waren, und dass ich dich endlich geküsst habe.«

»O ja, das hast du.« Ich nickte heftig, als mir die Erinnerungen an die Küsse durch den Kopf schossen, die wir am Wochenende ausgetauscht hatten.

»Natürlich weiß sie, dass ich das ganze Wochenende über nicht zu Hause war.«

»Sag ihr, wir haben viel rumgeknutscht.«

»Das gefällt mir, weil es keine Lüge ist.«

Liam brachte mich zu meinem nächsten Kurs und blieb dann an der Tür stehen. »Ich hab einen Kurs drüben im Williams.«

»Das ist auf der anderen Seite vom Campus«, sagte ich.

»Ich renne.« Er lehnte sich zu mir herüber und küsste mich, was mich so atemlos machte, dass ich nichts mehr sagen konnte, als er sich umdrehte und davonjoggte. Ich sah ihm hinterher, klammerte mich an den Türrahmen und wünschte mir den nächsten Kuss herbei.

* * *

Die Wände des Tattoostudios waren von Zeichnungen bedeckt, die zur Wahl standen. Es gab eine Menge »Frisch geschieden«-Optionen, und viele davon waren mit zerbrochenen Fesseln verziert. Vermutlich konnte man so ziemlich jedes Lebensereignis mit einer permanenten Erinnerung daran feiern. Cassie war damit beschäftigt, die Einverständniserklärung auszufüllen, und trotz der Tatsache, dass sie gleich jemandem erlauben würde, wiederholt mit einer Nadel über ihre Haut zu kratzen, wirkte sie ruhig.

»Welches willst du, Schätzchen?«, fragte der Tattookünstler – der sich uns als Jimmy vorgestellt hatte –, während er seine Instrumente auf einem Edelstahltisch arrangierte. Sie sahen alle aus, als würden sie ordentlich wehtun.

»Ich habe was dabei.« Sie legte das Klemmbrett auf ihren Schoß und wühlte in ihrer Tasche herum. Das überraschte mich. Bisher hatte ich nicht gedacht, dass Cassie der Typ für ein Tattoo wäre, und als sie mich anrief, um mich um moralische Unterstützung zu bitten, hatte ich eigentlich erwartet, dass sie doch einen Rückzieher machen würde. Und jetzt saß sie da und hatte sogar eine Zeichnung dabei.

»Das ist schön«, sagte er. »Hast du das gemacht?«

»Nein.« Cassies Blick flackerte kurz zu mir. »Mein Freund hat das gemacht.«

»Shit, Cass, du lässt dir aber nicht seinen Namen auf den Hintern tätowieren, oder?« Ich konnte meine Irritation nicht ganz verbergen. Wegen Trevor hatte es sie wirklich heftig erwischt. Ich konnte nur hoffen, dass sie nichts tat, was sie für den Rest ihres Lebens bereute.

»Fick dich, Jills«, sagte sie in echter Cassie-Manier, was

Jimmy ein Lachen entlockte. Sie gab mir das Blatt, und ich war überrascht, als ich ein geschmackvoll gezeichnetes Bild von einem Spatzen sah mit den Worten »live free« darunter.

»Das ist hübsch«, sagte ich und gab es Jimmy.

»Sag das nicht so überrascht.« Sie füllte den Rest Papierkram aus, und legte das Klemmbrett auf den Tresen.

»Du hast keinen Alkohol getrunken?«, fragte Jimmy.

Das hätte mein erster Hinweis darauf sein müssen, dass es Cassie mit dem Tattoo ernst meinte. Ich hatte vorhin eine Runde Drinks vorgeschlagen, aber Cassie hatte abgelehnt. Sie hatte sich vorher erkundigt.

»Du bist sicher, dass du das machen willst?«, fragte ich sie. Ich konnte mir nicht vorstellen, mir etwas für die Ewigkeit in den Körper ritzen zu lassen.

»Fuck, ja.« Cassies Begeisterung sprang auf mich über. Sie hüpfte praktisch auf und ab, als sie jetzt darauf wartete, dass Jimmy sie bitten würde, sich auf den Stuhl zu setzen.

»Du weißt, dass es teuflisch wehtun wird, ja?«

»Jills, du bist scheiße in moralischer Unterstützung«, sagte sie und fügte ein Stöhnen hinzu, um ihre Feststellung zu bekräftigen.

»Jess wäre schlimmer«, sagte ich.

»Jess würde erst mal 'ne Stunde prüfen, ob hier alles anständig steril ist.«

Da hatte sie recht. Ich blickte mich in dem Raum um, in dem Jimmy seine Werkzeuge vorbereitete. Das Bild lag auf dem Tisch, und er musterte es eingehend. Ich war mehr als ein wenig verblüfft, dass er die komplizierte Zeichnung auf Cassies Haut übertragen konnte.

»Sieht gut aus für mich«, sagte ich, als hätte ich eine kurze Inspektion vollführt.

Cassie knabberte an ihren perfekt manikürten Fingernägeln herum, und da Jimmy sich Zeit ließ, begann sie, auf und ab zu laufen. Da war sie, die Nervosität, deren Fehlen mich so erstaunt hatte.

»Was ist mit dir?«, fragte Jimmy, als er uns endlich zu sich winkte.

Nie im Leben würde ich mir ein Tattoo stechen lassen. »Nein, danke. Das würde ich nicht bringen.«

»Eine Menge Mädchen in deinem Alter lassen sie sich hier machen.« Er zeigte auf seinen Hintern.

Ich unterdrückte ein Lachen. Ein Arschgeweih? Da war er bei mir wirklich an der falschen Adresse.

»Ich nehme Medikamente«, sagte ich entschuldigend. Meine Pillen würden in keinster Weise einem Tattoo in die Quere kommen, aber es schien mir eine gute Entschuldigung, um der Nadel zu entgehen.

Cassie setzte sich auf den Stuhl, und Jimmy begann, ihren Arm vorzubereiten, und stellte ihr dabei einige Fragen zur Farbe und zur Platzierung. Sie wollte es auf ihrem Handgelenk. Ich hielt mich zurück und sagte ihr nicht, dass sie es dort niemals verstecken könnte. Jimmy begann nach ein paar Minuten mit dem Umriss, und Cassie sah mich an und formte lautlos mit den Lippen ein »Fuck!«.

Ich packte ihre freie Hand und drückte sie. Das erinnerte mich auf seltsame Weise daran, bei jemandem am Krankenbett zu sitzen, nur dass Cassie sich das hier selbst zuzuschreiben hatte. Die Welt war seltsam.

»Lenk mich ab«, befahl Cassie. Sie schloss fest die Augen und murmelte eine ganze Reihe Flüche, während er begann, das Tattoo mit Farbe zu füllen.

»Hab ich dir schon erzählt, wie viel Sex ich dieser Tage habe?«, fragte ich sie.

»Vorsicht«, sagte Jimmy. »Du lenkst mich ab.«

Phantastisch, ein schmutziger alter Mann würde zuhören, aber wenn irgendetwas Cassie ablenken konnte, dann war das Sex.

»Hervorragend. Details bitte.«

Ich versuchte, ihr Sachen zu erzählen, die Jimmy nicht dazu bringen würden, aus Versehen ihren halben Arm zu tätowieren. Vor allem nette Sachen, aber es endete mit der Neuigkeit, dass Liam vorhatte, es langsam angehen zu lassen.

»Was zur Hölle heißt das?«, fragte sie mich. »Er ist doch keiner von diesen Abstinenzlern, die ihre Jungfräulichkeit im zweiten Anlauf wiederherstellen wollen?«

Es gab für Cassie keine größere Beleidigung als Kerle, die einen erst vögelten und danach so tun wollten, als wäre nie etwas geschehen. Wir alle hatten während unserer Zeit an der Olympic State schon so einen Typen gehabt. Jess versuchte uns immer zu erklären, dass so was egal war, aber ich neigte da zur gleichen Meinung wie Cassie.

»So ist es nicht«, beruhigte ich sie. Meine Hand wurde langsam taub, weil sie sie so fest drückte. »Aber wir sind schon miteinander im Bett gelandet, bevor wir auch nur den Nachnamen des anderen kannten.«

»Und was ist daran falsch?«, fragte Cassie zwischen zusammengebissenen Zähnen.

»Nichts, aber ich weiß nicht … er ist sensibel.«

»Hhhhhhmpf.« Das war nicht einmal ein Wort, aber Cassie machte dieses Geräusch immer, wenn sie etwas missbilligte. Meine Mutter seltsamerweise auch.

»Sag mir, wie lang ihr das schon durchzieht.«

»Es läuft gut«, sagte ich.

»Seit wann?«, fragte sie spitz, und ich konnte es ihr nicht verübeln, schließlich kannte sie mich.

»Ein paar Tage.«

»Ja, klar, ich geb euch eine verdammte Woche«, sagte sie.

»Na, danke für dein Vertrauen.« Wenn ich ehrlich war, gab ich uns noch weniger Zeit.

»Okay, neue Ablenkung«, flehte Cassie.

Ich machte den Fehler, in dem Moment zu ihrem Handgelenk zu blicken, in dem Jimmy eine kleine Blutlache wegwischte, die sich auf der frisch tätowierten Haut gebildet hatte. Der Magen drehte sich mir um, aber ich warf Cassie ein tapferes Lächeln zu.

»Wann hat Trevor das gemalt?«, fragte ich.

»Er hat es in ein Notizbuch gekritzelt. Ich habe ihm nicht mal erzählt, dass ich es mir machen lasse«, gestand sie. »Er mag es nicht, wenn jemand mitbekommt, dass er künstlerisch begabt ist.«

Trevor kultivierte das Bild des aufstrebenden Businesstypen besser als jeder andere, den ich kannte. Er griff sich immer als Erster die Rechnung, und er fuhr einen Lexus. Ich konnte ihn mir nicht beim Malen vorstellen.

»Es ist eine Überraschung für ihn«, sagte Cassie.

Ich unterdrückte das Stöhnen, das mir entgleiten wollte, und nickte. Zum Glück war es nicht sein Name auf ihrem Hintern.

»Du hast ein Schönes ausgesucht«, sagte ich.

»Ich versuche, ein bisschen lockerzulassen.«

»Glaubst du, Jess würde ein bisschen lockerlassen, wenn wir sie auch hierherschleppen?«

Cassie brauchte keine Erinnerung daran, frei zu leben. Sie machte das besser als jeder sonst, den ich seit meiner Ankunft in Washington kennengelernt hatte. Sie schaffte es, einen guten Notendurchschnitt zu halten, während sie gleichzeitig Öffentlichkeitsarbeit am College machte. Cassie hatte im Alleingang wenigstens zehn Konzerte auf dem Campus organisiert im letzten Jahr. Sie konnte trinken und tanzen und trotzdem gute Noten haben.

»Ist einen Versuch wert«, sagte Cassie gedankenverloren. »Sie würde sich allerdings wohl den MCAT-Studienführer auf den Arm tätowieren lassen.«

»Ich frage mich, ob das dann Spicken wäre«, sagte ich nachdenklich.

»Sie würde ihren Arm wahrscheinlich vor einem Test in Luftpolsterfolie wickeln müssen.

Und das würde sie wahrscheinlich auch tun, so wie ich Jess kannte. Sie war nicht der Typ, der es sich leicht machte, aber wenn es sich nach einer brauchbaren Lernmethode anhörte, würde sie es wohl versuchen.

»Ich habe Brett unten beim Schmuckladen gesehen«, flüsterte Cassie verschwörerisch.

»Wirklich?« Ich konnte mir nicht ganz erklären, warum

wir flüsterten. Ich bezweifelte, dass Jimmy sich für einen Shoppingtrip von Jess' Freund interessierte.

»Fast wäre ich ihm hineingefolgt, aber dann dachte ich, dass das crazy rüberkommen könnte.«

Es wäre crazy rübergekommen, aber falls es jemandem gelang, den Freund ihrer besten Freundin zu beschatten, dann wäre das Cassie

»Es ging vielleicht um ein Weihnachtsgeschenk«, sagte ich.

»Im Oktober?«, fragte Cassie spöttisch.

»Brett scheint mir der Typ zu sein, der gerne vorausplant.«

Das war die Untertreibung des Jahrhunderts. Brett war nur zwei Volvos davon entfernt, in die Midlife-Crisis zu kommen. Natürlich hatte Jess vermutlich schon für sie beide einen Fünfjahresplan erarbeitet.

»Jess auch«, sagte Cassie, als würde sie meine Gedanken lesen. »Erinnerst du dich an den ersten Fünfjahresplan, den wir in unserem ersten Semester machen mussten?«

»Als Jess ausgeflippt ist, weil wir keine ernsthaften Kurse belegten?« Wie sollte ich das vergessen? Ich hatte schließlich eingewilligt, nur um sie zu beruhigen. Gott sei Dank war Jess seither ein bisschen lockerer geworden.

»Und dein ganzer Plan hatte sich darum gedreht, einundzwanzig zu werden?«, erinnerte sich Cassie und kicherte dann so heftig, dass Jimmy uns einen warnenden Blick zuwarf.

»Du bekommst einen schiefen Vogel, wenn du weiter so lachst«, sagte er zu ihr.

»Sorry.« Cassies Stimme war einschmeichelnd, und Jimmy antwortete ihr mit einem widerwilligen Lächeln.

»Es ist wirklich bergab gegangen seit der Einundzwanzig. Ich glaube, das hatte ich damals klar erkannt.«

»Egal! Du hast jetzt einen Freund.« Cassie klimperte mit den Wimpern und machte einen Kussmund.

»Du siehst aus wie ein Fisch, wenn du das machst.«

»Ein sexy Fisch.« Sie sog ihre Wangen noch mehr ein und riss die Augen weiter auf.

»Ich bin sicher, du angelst dir bald einen richtigen Fischer«, versicherte ich ihr.

»Ich habe es nicht nötig, mir jemanden zu angeln. Ich hab Trevor, und du hast Liam, und Jess hat Brett. Die Angelzeiten liegen hinter uns!«

Ich war nicht sicher, ob mir das gefiel. War Cassie so in Trevor verknallt? So wie es sich anhörte, hätte sie mich genauso gut mitschleppen können, um das Kleid zu kaufen. Und zwischen Brett und Jess war es nicht so ernst. Jess konnte nicht wirklich mit Brett enden. Er würde sie zu Tode langweilen. Und was Liam und mich anbetraf …

»Warum runzelst du die Stirn?«, fragte Cassie. »Du magst Trevor nicht.«

Das war ein fairer Vorwurf, aber die Wahrheit war, dass ich Trevor nicht einmal nicht mochte. Ich nichtste ihn, aber das konnte ich Cassie nicht sagen. »Du bist ein bisschen paranoid, Süße. Ich hab nur nachgedacht.«

»Du bist fertig«, sagte Jimmy da.

Gerettet vom stämmigen Tattookünstler.

Er fing an, ihr etwas über die Tattoopflege zu erzählen,

und ich sah auf mein Telefon. Liam hatte mir getextet, dass er rüberkommen wollte – das war vor einer Stunde gewesen. Mein Daumen schwebte über dem Löschen-Knopf, als Cassie ihren Arm ausstreckte, damit ich es loben konnte.

»Das sieht umwerfend aus«, sagte ich und bewunderte die schwarzen, sauberen Linien des Kunstwerks. »Tut es weh?«

»Nicht wirklich. Fühlt sich an, als hätte ich mir den Arm wiederholt an der gleichen Stelle aufgekratzt.«

»Das klingt gar nicht übel«, zog ich sie auf und drückte auf den Sleep-Knopf an meinem Telefon.

»Komm schon.« Cassie hakte sich mit dem unberührten Arm bei mir unter. »Jetzt bist du dran.«

»Vielleicht ein Nasenring? Oder ein paar Lippenpiercings?«, schlug ich vor.

»Die kann ich machen«, rief Jimmy vom Tresen her.

Cassie konnte kaum ihr Grinsen unterdrücken. »Lass uns zusehen, dass wir hier rauskommen«, flüsterte sie. »Bye, Jimmy!«

Er grunzte einen Abschied. Er sah nicht allzu verärgert aus, weil ich mir heute keine Metallstäbe durch den Körper stechen ließ. Man konnte nicht immer gewinnen, das wusste er wohl. Die Klingel an der Tür bimmelte, als wir sie hinter uns schlossen.

»Das war ein Abenteuer«, sagte ich zu Cassie, als wir durch die nebelverhangene Dämmerung schlenderten. Es war zu früh am Abend, als dass die Nachteulen und Barbesucher schon draußen waren, aber bereits weit nach dem Abendessen, deshalb kamen nur wenige Leute an uns vorbei. Die meisten Läden hatten bereits zugemacht, also sahen wir in die Schaufenster. Ich war lieber zu dieser Tageszeit hier, da ich nur wenig Geld hatte. Es machte viel mehr Spaß nur zu schauen, statt immer in die Läden zu gehen und diese dann mit leeren Händen wieder zu verlassen.

»Was glaubst du, wird Trevor sagen?«, fragte sie, als ich ein Paar kniehohe Wildlederstiefel durchs Schaufenster bewunderte.

»Worüber?«

»Das Tattoo«, sagte Cassie mit einem Seufzer.

Ich drehte mich wieder zu ihr um und zuckte mit den Schultern. »Ich schätze, ich würde mich geschmeichelt fühlen, aber ich schlaf nicht mit dir. Er wird es entweder heiß finden oder glauben, dass du einen auf ›Eine verhängnisvolle Affäre‹ mit ihm machst.«

»Danke!« Cassie presste die Lippen zu einer schmalen Linie zusammen.

»Ich bin sicher, dass er es heiß findet.«

»Das hoffe ich.« Sie zog ihr Telefon aus der Tasche und lächelte, als sie eine Nachricht las. »Wo wir gerade von ihm reden …«

»Vom Teufel?«, fragte ich. Sie hatte einen Booty-Call von Trevor erhalten. Darauf hätte ich mein Geld verwettet.

Cassie zwinkerte mir zu, als sie eine rasche Antwort tippte. »So in der Art. Trevor fragt, ob ich zu ihm komme.«

»Okay.« Ich versuchte, gleichgültig zu klingen, aber mein Herz wurde schwer. Ich hatte keinen ganzen Abend mehr mit Cassie verbracht, seit sie im letzten Mai angefangen hatte, sich mit Trevor zu treffen.

»Du solltest Liam anrufen.« Cassie bewegte ihre Hüften anzüglich.

»Vielleicht«, sagte ich und tat es mit einem Lachen ab. »Aber ich habe sowieso noch einiges zu tun.«

»Sicher, dass es dir nichts ausmacht?«, fragte Cassie, und ihr Blick klebte immer noch an ihrem Telefon.

»Absolut.«

Sie warf die Arme um meinen Hals. »Danke, dass du mich begleitet hast. Und wünsch mir Glück, wenn ich das jetzt Trevor vorführe.«

»Er wird es lieben«, rief ich ihr hinterher, als sie praktisch den Bürgersteig Richtung Elm Street hinunterhüpfte.

Mein iPhone blieb in meiner Tasche, auch als ich spürte, dass es vibrierte. Bedeutete in einer Beziehung sein, dass ich ständig meine Freundinnen für meinen festen Freund stehen ließ? Jess war nicht annähernd so schlimm wie Cassie, aber sie beide hatten so etwas wiederholt in den letzten Monaten gemacht. Das war keine große Sache, wenn wir irgendwo in der Nähe vom Garretts waren, aber Cassie hatte erst einen Aufstand gemacht, damit wir heute Abend Zeit miteinander verbrachten, nur um nun abzuhauen, sobald sie was von Trevor hörte. Liebe war wie eine Krankheit, die in sie hineinkroch und sie veränderte. Sie verbrachte ein wenig Zeit mit jemandem, dann mehr und mehr, bis sie ihre Freunde nicht mehr außerhalb des College traf – aber vielleicht war das nur die Bitterkeit, die da aus mir sprach. Es war Cassies Leben, und ich musste das respektieren. Außerdem würde Trevor nicht ihr Auserwählter sein, egal was Cassie im Moment dazu dachte. Er hatte keine Klebekraft, wie meine Großmutter sagen würde. Laut meiner Großmutter musste jemand Klebekraft haben, damit eine Beziehung funktionierte, da die Liebe nicht nur aus Picknicks und Blowjobs bestand. Das hatte sie so wirklich gesagt. Ich liebte Großmutter, trotz ihres fragwürdigen Geschmacks, was Häkeldeko anbetraf, weil ihr Rat niemals hochtrabend oder herablassend war.

Ich würde nicht so sein, versprach ich mir selbst. Wenn Großmutter recht hatte mit Beziehungen, dann hieß das, es sollte gewisse Grenzen geben. Und Zeit mit meinen Freunden zu verbringen, war eine Sache, die ich nicht aufgeben würde, nicht mal für Liam und seine Waffeln. Ich zog mein iPhone heraus und antwortete Liam rasch: »Bin mit Freunden unterwegs.«

Er antwortete blitzschnell, und ich spürte einen kleinen Stich. Saß er herum und hoffte, dass ich ihn anrief? Ich hoffte doch nicht. Aber die Nachricht lautete: »Cool. Vielleicht morgen?«

Auf Morgen konnte ich mich festlegen.

Kapitel 18

Mein Telefon klingelte, sobald ich die Wohnung betrat. Jess sah von ihrem Lehrbuch auf und machte ein Kussgesicht, aber als ich es aus der Tasche zog, war die Nummer darauf nicht Liams. Ich hatte den Tag auf Wolke sieben verbracht, da konnte man darauf vertrauen, dass Tara das aus Hunderten von Meilen Entfernung spürte und meine Hochstimmung ruinierte. Ich dachte darüber nach, nicht ranzugehen, aber ich hatte in den letzten Wochen die meisten ihrer Anrufe ignoriert, was bedeutete, dass ich irgendwann nachgeben musste, sonst riskierte ich ihren Zorn.

»Hi, Mom«, sagte ich, ging mit dem Telefon in mein Zimmer und schloss die Tür.

»Du gehst ran! Ein Wunder!« Der Tonfall sagte etwas ganz anderes.

»Ich war mit den Zwischenprüfungen beschäftigt«, erklärte ich, was zum größten Teil stimmte. Abgesehen davon war ich auch mit einer beträchtlichen Menge außerschulischer Aktivitäten beschäftigt gewesen.

»Deshalb rufe ich an. Dein Vater und ich kommen Samstag um Punkt elf an«, sagte sie. »Also sieh zu, dass du deine Hausaufgaben bis dahin erledigt hast.«

»Samstag?«, fragte ich.

Ein lang gezogenes Seufzen erklang am anderen Ende der Leitung. »Elternwochenende.«

Wie hatte ich vergessen können, dass das anstand? Mein Vater bestand darauf, jedes Jahr für die Footballspiele und die anderen Feierlichkeiten in die Stadt zu kommen, die dazu gedacht waren, die Alumni und elterlichen Spendengeber an die Schule zu holen. Normalerweise war es nicht so übel.

»Bring den Jungen mit, den du triffst«, wies Tara mich an.

Ich erstarrte, dankbar, dass wir telefonierten und sie meine Reaktion nicht sehen konnte. »Welchen Jungen?«

»Du weißt ganz genau, welchen Jungen«, sagte sie. »Jess hat ihn erwähnt.«

»Hat sie das, ja?« Ich wurde rot.

»Denk dran, Punkt elf. Und zieh dich nicht an wie eine Schlampe.«

Ich legte auf, sonst hätte ich Tara vor Wut noch gefragt, wie sich eine Schlampe ihrer Meinung nach kleidete, nur damit ich es richtig machte. Ich knallte die Tür hinter mir zu und stampfte ins Wohnzimmer. Jess blickte zu mir auf.

»Deine Mom hat mich angerufen«, gestand sie. »Ich hatte keine Gelegenheit, dich vorzuwarnen.«

»Und du hast ihr von Liam erzählt?«, fragte ich und stemmte meine Fäuste in die Hüften, während ich den wütenden Blick, mit dem ich sie ansah, noch verstärkte.

»Ich habe aus Versehen gesagt: ›Ich glaube, sie ist mit Liam unterwegs.‹« Jess kaute auf ihrer Lippe. Ich wusste, dass es ihr leidtat, aber sie hatte mein Leben damit gewiss nicht einfacher gemacht.

»Tatsächlich war ich mit Cassie unterwegs, ein Tattoo machen lassen«, sagte ich. Ich ließ mich neben ihr auf das Sofa fallen und zog die Knie an die Brust.

»Moment mal«, sagte Jess. »Du hast dir ein Tattoo machen lassen?«

»Ja, ich habe mir ein fettes ›Reden ist Silber, Schweigen ist Gold‹ auf meinen Arsch tätowieren lassen«, erwiderte ich.

Jess gab mir einen Klaps auf den Arm. »Es tut mir leid, ja?«

»Cassie hat sich ein Tattoo stechen lassen. Ein Bild, das Trevor gemalt hat.«

»Ach, da geht ihre Beziehung hin«, sagte Jess und schüttelte den Kopf.

»Meine wird am Wochenende vorbei sein.«

»Was? Warum?«

»Elternwochenende«, sagte ich. Jess' Eltern machten sich nie die Mühe herzukommen, also hatte sie im letzten Jahr vier Stunden die beiden liebsten Aktivitäten der Nichols' über sich ergehen lassen müssen: Folter und Befragung. Tara sollte für den Geheimdienst arbeiten – sie konnte jeden zermürben.

»Oh.« Ihre Antwort klang ziemlich kleinlaut, womit sie meinen Verdacht bestätigte, dass es im letzten Jahr so schlimm gewesen war, wie ich es in Erinnerung hatte.

»Und sie will, dass ich Liam mitbringe«, fügte ich hinzu.

»Vielleicht könnte er die Pest bekommen oder so was?«, schlug Jess vor.

»Hast du Zugang zu Pestbakterien? Er muss wahrscheinlich unter Quarantäne stehen, damit Tara ihm fernbleibt.«

»Da ist was dran. Ich habe keinen Zugang zu irgendwelchen Epidemien«, sagte sie. »Vielleicht wird es ja gut gehen.«

Diesen letzten Teil sagte Jess mir zuliebe, denn ich wusste, dass sie es nicht glaubte. Ich war Tausende von Meilen entfernt auf dem College, um von Tara wegzukommen. Und dafür gab es einen verdammt guten Grund.

* * *

Seit Taras Anruf mit der Erinnerung, dass sie zum Elterntag kamen, fühlte ich mich, als wären meine Medikamente nutzlos. Meine Hände waren schwach, und ich ertappte mich mehrere Male dabei, dass ich zitterte. Ich war geübt darin, mich selbst zu beruhigen, sodass ich normalerweise damit klarkam, aber der Gedanke an meine Mutter versetzte meine Nerven in Aufruhr. Und dank Jess erwartete sie auch noch, Liam kennenzulernen. Er hielt sich wirklich tapfer, klang sogar ein wenig begeistert, und anscheinend konnte ihn keine Vorwarnung davon abbringen, wirklich mitzukommen.

Sollte es einen Menschen auf dieser Welt geben, der eine Beziehung noch mehr missbilligen würde als mich selbst sowieso schon, so war das meine Mutter. Ich verbrachte den ganzen Freitagabend mit Saubermachen und Aufräumen unserer Wohnung. Dank Jess' zwangsneurotischen Tendenzen wurde es nie wirklich schlimm, aber das bedeutete nicht, dass ich nicht dafür sorgte, dass nichts Brisantes herumlag. Ich ging sicher, dass mein Kondomvorrat und meine Pille sicher unter ein paar Uniarbeiten in meinem Nachttisch vergraben waren, weil ich wusste, dass Tara die Schublade öffnen würde, sobald ich nur eine Sekunde wegsah. Sie war eine selbst ernannte Schnüfflerin, eine Angewohnheit, die sie mir zuschrieb. Da ich mich angeblich weigerte, ihr etwas über mein Leben zu erzählen, hatte sie offensichtlich das Recht dazu, mein Zimmer in einen Tatort aus CSI zu verwandeln.

Im Wohnzimmer entsorgte ich eine Ausgabe vom Playgirl, ein witziges Geschenk von Cassie zum Geburtstag, das in einer Cosmopolitan steckte. Ich wischte sogar den Tresen und wusch meine Bettlaken, da ich sicher war, dass sie den Sex überall riechen würde. Ich stellte meine Medikamente in einer Reihe im Badezimmerschrank auf. Tara würde dort nachsehen, um sicherzugehen, dass ich sie nahm. Ihr wäre jeder Vorwand recht, um mich von der Olympic State zu holen und mich mit nach Hause nach Kalifornien zu nehmen.

Liam blieb meiner Anweisung gemäß weg, aber als ich am Samstagmorgen die Tür öffnete, stand er dort und hielt einen Strauß Tausendschön in der Hand. Tara und Dad würden jede Minute kommen, aber wie er da vor mir stand, in einem weißen Hemd und mit sorgfältig gekämmtem Haar, verspürte ich den heftigen Drang, ihn zu Boden zu werfen und alles anständig in Unordnung zu bringen.

»Danke«, sagte ich und streckte die Hand nach den Blumen aus, wobei ich versuchte, mich zusammenzureißen. Es erforderte deutlich mehr Anstrengung, als ich erwartet hatte.

Liam schlang die Arme um meine Taille und küsste mich behutsam. »Die sind eigentlich für deine Mutter.«

»Meine Mutter hasst Tausendschön«, sagte ich, ohne nachzudenken,

»Oh.« Liam machte ein langes Gesicht und sah auf die Blumen hinab.

»Sie ist allergisch«, log ich. Ich konnte diesen Blick an ihm nicht ertragen. Ich hasste Tara ein wenig für ihre dummen Vorurteile, was Blumen anbetraf. *Nimm nur teure Blumen von Männern an, sonst denken sie, dass du billig bist, Jillian.* Solche Ratschläge erteilte sie mir, wenn es um Dates ging. »Aber ich finde sie toll. Kann ich sie ins Wasser stellen?«

»Natürlich, Chick.« Doch bevor ich sie auch nur in die Küche bringen konnte, fanden seine Lippen meine erneut. Ich fuhr mit den Fingern über seine Brust und hakte sie dann in seinen Gürtel, an dem ich spielerisch zog.

»Wir haben vielleicht ein paar Minuten«, flüsterte ich.

»Und führe mich nicht in Versuchung«, sagte er mit einem Stöhnen. »Ich würde gerne einen guten Eindruck auf deine Eltern machen, und«, fügte er mit leiser Stimme hinzu, »wenn ich dich das nächste Mal ins Bett bekomme, möchte ich mich nicht beeilen müssen.«

Mir blieb kurz der Atem weg. Liam war sehr vorsichtig um den Sex herumgetänzelt, seit wir uns darauf geeinigt hatten, langsamer zu machen. »Ist es zu spät, meinen Eltern abzusagen?«

Ein Klopfen an der Tür beantwortete meine Frage. Ich jammerte leise auf. Die Liste mit Aktivitäten, die ich einem Elterntag mit meinen eigenen Eltern vorzog, beinhaltete geköpft zu werden, über Kohlen zu laufen und von eintausend Bienen gestochen zu werden. Der Tag würde schrecklich werden, das wusste ich.

Liam ließ mich los und drückte meine Schulter, als ich mich umdrehte, um die Tür zu öffnen. Ich riss sie weit auf und sah meine Eltern an, die beide wirkten, als hätten sie Verdauungsbeschwerden.

»Ta… Mom«, sagte ich. Obwohl ich mich sofort korrigiert hatte, sah ich am verärgerten Aufblitzen in ihren Augen, dass sie es gehört hatte.

»Mom, Dad.«

Wir umarmten uns ungeschickt mit schlaffen Armen und zu viel Platz zwischen uns. Sobald sie eingetreten war, blieb meine Mutter stehen und musterte Liam von oben bis unten. Er hielt immer noch die unwürdigen Tausendschön in der Hand, und als meine Eltern beide nichts sagten, legte Liam die Blumen auf den Tresen und streckte die Hand aus.

»Mr. und Mrs. Nichols, es ist schön, Sie kennenzulernen.« Mein Vater schüttelte seine Hand und murmelte etwas Ähnliches, aber meine Mutter starrte ihn nur an.

»Das hier ist Liam, Mom«, sagte ich und hoffte, damit ihr eisiges Starren zu unterbrechen.

»Er ist Schotte«, sagte sie. »Du hast uns nicht erzählt, dass er Schotte ist.«

Sie hätte genauso gut sagen können: *Er ist ein Aussätziger. Du hast uns nicht erzählt, dass er ein Aussätziger ist.*

»Liam studiert dieses Jahr in Amerika«, erklärte ich.

»Und wie habt ihr euch kennengelernt?«

Offensichtlich begann die Befragung sofort. Ich hatte gehofft, dass sie warteten, bis wir im Stadion oder im Klub waren. Mit anderen Worten, bis wir irgendwo in der Öffentlichkeit waren. Ich war mir nämlich halbwegs sicher, dass ich sie nicht unbedingt in der Öffentlichkeit umbringen würde.

»In einem Seminar«, sagte Liam. Die Lüge klang geschmeidig. Es war mir nicht einmal in den Sinn gekommen, dass Lügen eine Option war, aber das war eine perfekte Geschichte. Wir hätten uns in einem Seminar kennenlernen können. Wir hätten uns in einem Seminar kennengelernt. Es gab keinen Grund zu erwähnen, dass wir uns eigentlich am Abend davor in einer Bar kennengelernt hatten.

»Es ist schön, dich kennenzulernen, Liam.« Meine Mutter hörte sich an, als würde es ihr körperliche Schmerzen bereiten, diese Worte auszusprechen. Dann sah sie kurz davon ab, Liam über sein Leben und seine Motive zu befragen, und wandte sich mir zu.

»Du siehst müde aus, und deine Haare sitzen nicht. Wir sollten dir einen Termin beim Friseur machen. Hast du mal daran gedacht, sie schneiden zu lassen?« Sie sprach so schnell und bombardierte mich mit so vielen Gedanken, dass sich mir bereits der Kopf drehte. Ich tat einen unsicheren Schritt nach vorn, um die Blumen in eine Vase zu stellen, aber ich stolperte. Liam fing mich auf und stützte mich.

»Alles klar, Chick?«, flüsterte er. Ich warf ihm einen verärgerten Blick zu, aber die Besorgnis schwand nicht von seinem Gesicht.

Tara folgte mir in die Küche. »Hast du deine Medikamente genommen?«

»Ja«, zischte ich. Ihr Blick flog zu Liam und dann wieder zu mir, und ihre Augen verengten sich.

Großartig, jetzt wusste sie, dass ich noch nichts gesagt hatte. Es wäre typisch für sie, wenn sie ihm alles brühwarm erzählte, bevor das Wochenende rum war. Ich spürte, wie das vertraute Brennen von Tränen in meinem Hals aufstieg, aber ich drängte sie zurück. Ich würde mich von ihr nicht zum Weinen bringen lassen. Als ich jedoch keine Vase fand, fühlte ich mich nur noch schlimmer.

Liam redete mit meinem Dad über Football und schien nicht mitzubekommen, dass Tara mich in die Mangel nahm.

»Wir müssen über diesen Jungen reden«, sagte sie zu mir.

»Nicht jetzt, Tara«, erwiderte ich und schob die Tausendschön so grob in einen alten Plastikbecher, dass einige Stiele brachen.

»Mom«, verbesserte sie mich.

»Ladys, wir sollten gehen«, rief mein Vater uns zu.

Tara richtete sich gerade auf und strich sich über das zurückgegelte Haar. Es war dunkler als sonst, fast schwarz, also war sie wohl verzweifelt und hatte das Grau überdecken wollen. Ansonsten sah sie aus wie die Essenz der oberen Mittelklasse in ihrem sorgfältig zusammengestellten Outfit von Talbots mitsamt Perlenohrringen. Neben mir in meinem Jeansrock und dem Olympic-State-Hoody sah sie aus, als wollte sie sich ein Poloturnier im Country Club ansehen. Nicht, dass wir jemals einem Country Club angehört hätten. Der Stil meiner Mutter wurde schwer von etwas beeinflusst, das ich als Wunschdenken bezeichnete. Sie stammte aus einer Familie mit Geld ab. Was meinen Dad so stresste, dass er den größten Teil ihres Geldes in eine lebenslängliche Treuhandverwaltung gesteckt hatte und sie so dazu zwang, eine Mittelklasseexistenz zu fristen. Ich hatte mir noch nie die Mühe gemacht zu fragen, ob ich die Begünstigte war, da ich ihr Geld nicht wollte, abgesehen von dem, was sie fürs College bezahlten.

»Wir sollten wirklich was wegen deinem Haar machen«, sagte meine Mutter, als Liam uns die Tür aufhielt.

Ich drehte mich um und schloss ab. Liams Hand tätschelte mir sanft den Hintern, und er beugte sich zu mir, während meine Mutter an meinem Vater weiterkrittelte. »Du siehst so heiß aus, Chick.«

Ich musste einfach lächeln, und da meine Eltern uns den Rücken zuwandten, küsste ich ihn kurz. Den Bruchteil einer Sekunde dachte ich daran, einfach mit Liam zurück in die Wohnung zu schlüpfen, meine Eltern auszusperren. Irgendwann würden sie nach Hause fahren müssen. Liam legte die Hand unter mein Kinn und hob eine Augenbraue, als er herauszufinden versuchte, was mir da durch den Kopf ging.

Ein Husten ließ uns auseinanderfahren, und seine Hand löste sich von meinem Gesicht. Meine Eltern sahen uns beide an. Dad wirkte amüsiert, Tara war unlesbar.

»Kommt ihr?«, fragte sie. »Wir kriegen keinen Parkplatz, wenn ihr beiden nicht mit dem Geknutsche aufhört.«

Ich versuchte so sehr, das Lachen zu unterdrücken, dass ich stattdessen schnaubte.

»Wir kommen«, sagte ich. Ich machte einen Schritt vorwärts, und Liam nahm meine Hand. Seine starke, warme Hand schickte ein Knistern durch meinen Arm, und mein Herz zerschmolz.

Die Autofahrt dauerte fünf peinliche Minuten, in denen Mom versuchte, einen »anständigen« Radiosender zu finden, bevor sie es sein ließ und stattdessen eine Tirade von sich gab, weil der Mietwagen kein Satellitenradio hatte. Liams Finger strichen langsam und geistesabwesend über meinen Oberschenkel. Seine Berührung beruhigte mich so weit, dass ich in der Lage war, Moms verrückten Ausfall zu ignorieren.

Da mein Dad auch an der Olympic State gewesen war, hatten wir Zugang zum Alumni-Bereich, von wo aus wir das Spiel standesgemäß ansehen konnten. Was bedeutete, dass es immerhin Alkohol geben würde.

Mein Dad hatte eine Box reserviert, von da aus konnte man das Spiel am besten verfolgen, wenn man so wie ich Football eigentlich hasste, denn man konnte dabei essen und trinken. Außerdem gab es entweder eine Klimaanlage oder eine Heizung, je nach Wetter. Es war allerdings das erste Jahr, in dem ich einen Jungen dabeihatte. Cassie und Jess hatten mir beide schon die Ehre erwiesen, am unangenehmsten Lunch des Jahres teilzunehmen, aber meine Mutter hatte darauf bestanden, dass ich in diesem Jahr Liam mitbrachte.

Trotz ihrer Beharrlichkeit, dass ich ihn mitbringen sollte, schien sie darauf aus, uns beide für seine Anwesenheit zu bestrafen.

Es begann mit den Drinks. Sobald ich bestellt hatte, warf sie mir einen missbilligenden Blick zu.

»Jillian, Liebes, du solltest kein Bier trinken. Findest du nicht auch, dass das keine gute Idee ist, Liam?«, fragte Tara ihn.

»Jillian entscheidet das gewiss richtig für sich«, sagte Liam besonders charmant, fast als wäre es ihm gelungen, seinen Akzent noch mehr hervorzuheben und noch schottischer zu klingen, was sie mit Sicherheit noch mehr verärgerte.

Als mein Bier kam, ließ ich es auf dem Tisch stehen. Tara würde nicht aufhören, und ich wusste es. Es war dumm von mir gewesen, in ihrem Beisein Alkohol zu bestellen.

Unser Tisch stand so, dass wir das Spiel während des Essens beobachten konnten, aber das Restaurant war wegen des Elterntags wahnsinnig voll. Die Konversation zwischen Tara und mir verlief schleppend, während mein Vater und Liam sich über die heutige Aufstellung unterhielten, aber sobald die Salate kamen, schlug Tara ihre Klauen in Liam.

»Was studierst du?«, fragte sie, als er einen Bissen zum Mund führte.

Liam legte die Gabel ab und faltete die Hände auf dem Tisch, als wüsste er, dass er das Essen jetzt auch einfach aufgeben könnte. »In diesem Jahr belege ich ganz verschiedene Grundseminare. Es ging mir bei diesem Aufenthalt mehr um das Sammeln von Erfahrung.«

Sein Blick huschte kurz zu mir, als er das Wort *Erfahrung* sagte.

»Das scheint mir Zeitverschwendung zu sein, oder?« Es war nicht wirklich eine Frage. Tara sagte einfach, was sie dachte.

»Mom!«

»Nein, ist schon in Ordnung.« Liam lächelte mich schief an. »Je allgemeiner die Seminare gehalten sind, desto größer sind die Chancen, dass die Punkte später an der Universität in Edinburgh gelten. Ich wusste, dass ich herkommen wollte, wenn ich mit dem College anfange, also habe ich in den ersten zwei Jahren an der Uni dort mehr Zeit in meinen Studienbereich investiert. Ich sollte kein Problem damit bekommen, innerhalb von vier Jahren den Abschluss zu machen.«

»Und was studierst du, Sohn?«, fragte mein Dad.

Ich entspannte mich ein wenig und spießte ein Salatblatt auf meine Gabel. Mein Dad war wirklich an Liam interessiert, anders als Tara.

»Ich möchte Ozeanograf werden. Das ist einer der Gründe, aus denen ich die Olympic State ausgewählt habe.«

»Er arbeitet als Freiwilliger im Aquarium unten in der Stadt«, sagte ich.

»Nur zum Spaß. Es hat nicht wirklich mit meinem Interessengebiet zu tun«, sagte Liam und sah ein wenig verlegen aus.

»Was ist dein Interessengebiet?«, fragte Tara. Ich wusste ganz sicher, dass meine Mutter sich so viel für Ozeanografie interessierte wie für Sport, doch das würde sie nicht davon abhalten zu versuchen, Liam festzunageln.

»Der Klimawandel«, sagte er ohne zu zögern.

»Bist du einer von diesen Greenpeace-Typen?«

»Na ja, zumindest glaube ich an Ökologie und Frieden«, sagte er und lächelte dabei immer noch. Ich fragte mich, wie lange es dauern würde, bis ihm dieses Lächeln entglitt.

»So wie du, Mom«, sagte ich warnend.

»Gut.« Tara streckte die Hand nach ihrem Weinglas aus und nahm einen Schluck. »Wenigstens hast du ein Hauptfach. Jillian ist vollkommen ziellos. Da kannst du sie genauso gut in eins deiner Boote verfrachten und raus auf die See fahren.«

Das Lächeln verschwand von Liams Gesicht, und ich sah, wie sein Kiefer sich anspannte.

Ich schämte mich so, dass ich nicht wusste, was ich sagen sollte. »Ich habe Sachen ausprobiert. Ich will keinen Fehler machen.«

»Der Fehler war, dich überhaupt aufs College zu schicken, Jillian. Wofür ich die Verantwortung übernehme.« Tara legte sich die Hand an die Brust, als ob die große *Verantwortung* ihr Tod sein könnte.

»Mom«, sagte ich. »Darüber wollte ich später noch mit dir reden. Ich hatte in diesem Jahr schon einige tolle Seminare.«

»Sie macht sich wirklich gut in Kommunikation«, sagte Liam.

»Ein Seminar ist keine Zukunft«, sagte Tara. Neben ihr spielte mein Dad mit seiner Serviette und wandte seine

Aufmerksamkeit dem Spiel zu. Ich konnte mich immer darauf verlassen, dass er Taras Spitzen ignorierte.

»Ein Seminar kann ausreichen, um einem zu zeigen, in welche Richtung man gehen möchte. Ich hatte eine Bioklasse in der Mittelschule, mit der wir ein Labor für Ozeanografie besucht haben. Das hat gereicht.« Liams Stimme war ruhig und fest, aber sein Kiefer war immer noch angespannt, als er sprach. Er würde Tara nicht erlauben, mich runterzumachen, aber anders als ich begegnete er ihr mit Logik.

»Jillian war noch nie akademisch interessiert, und als sie dann ...«

Ich stand so schnell auf, dass mein Stuhl hinter mir zu Boden fiel, bevor sie Liam mein größtes Geheimnis verraten konnte. »Entschuldigt mich«, sagte ich und schluckte ein Aufschluchzen hinunter. Ich lief aus dem Restaurant und in die Lounge, die glücklicherweise leer war. Alle anderen im Alumni Club waren damit beschäftigt, sich das Spiel anzusehen. Sie hatten keine schrecklichen Mütter, die sie vor ihren Freunden runterputzten.

Ich fand eine Nische in der Nähe der Damentoilette und setzte mich, dann ließ ich meinen Tränen endlich freien Lauf. Ich mochte es, dass Liam einen Plan hatte. Er war wunderbar im Aquarium. Ich dachte, dass es ihn zu einem interessanteren Freund machte. Doch Tara hatte mich erfolgreich daran erinnert, dass ich seine Ambitionen oder den Tiefgang nicht teilte. Und so machte sie das immer, sie saugte jegliche Freude aus meinem Leben.

»Hey.« Liam tauchte neben mir auf und legte einen Arm

um mich. Ich weinte an seiner Schulter, hatte Angst, ihn anzusehen, hatte Angst, dass er sah, was meine Mutter versucht hatte, ihm über mich zu zeigen. Weil ein Teil von mir wusste, dass sie recht hatte.

Kapitel 19

»Ich hoffe, du nimmst mir das jetzt nicht übel, aber deine Mutter ist eine Bitch.«

Ich nickte, das Gesicht immer noch in seinem Hemd vergraben.

»Es ist in Ordnung, dass du noch nicht weißt, was du tun willst«, flüsterte er. »Drei meiner älteren Schwestern sind zur Uni gegangen und haben sich ein Fachgebiet ausgesucht, weil sie es mussten. Und keine arbeitet jetzt in einem Job, den sie mag.«

Seine Worte sorgten dafür, dass ich mich besser fühlte, und dann aber auch wieder schlechter. Ich steckte anscheinend in einer No-win-Situation fest. Wählte ich ein Hauptfach, könnte ich unglücklich werden, aber wenn ich es nicht tat, würde Tara mich deshalb noch in den Wahnsinn treiben. Ganz zu schweigen davon, dass ich absolut nicht wusste, was ich tun wollte. Ich richtete mich auf, um ihn anzusehen, und erblickte die Abdrücke meines Mascaras auf seinem Hemd.

»Shit«, sagte ich. »Los, komm, wir müssen das auswaschen.« Ich zog ihn zur Toilette.

»Ich kann mich selbst darum kümmern, Chick.«

»Ich kann noch nicht zurück«, sagte ich leise. »Lass mich dir helfen. Dann fühle ich mich weniger nutzlos.«

Liam nahm mein Gesicht zwischen seine Hände. »Du bist nicht nutzlos.«

Der Kuss hatte zahm sein sollen, aber die ganze Wut und Hoffnungslosigkeit fielen von mir ab, als seine Lippen auf meine trafen. Sein Mund verzehrte mich wie ein Feuer, das langsam aber sicher außer Kontrolle geriet. Der Schmerz in meinem Inneren entfernte sich immer mehr, während wir gegen die Tür der Toilette stolperten und hineinstürzten. Sie war glücklicherweise leer.

Wir küssten uns, als hingen unsere Leben davon ab. Liams Körper drückte mich gegen die Wand, aber er behielt die Hände in meinen Haaren oder auf meinen Schultern, während meine die Muskeln nachfuhren, die unter seinem Hemd verborgen waren.

»Berühr mich«, flüsterte ich.

»Jillian.« Seine Stimme verriet mir, wie sehr er mit sich rang.

»Ich brauche dich.«

Ich schob ihn in das leere Abteil für Behinderte und zog ihn an mich. Liam öffnete zwischen den Küssen den Reißverschluss meines Hoodys und zog mein Tanktop nach unten, um mit den Lippen über meine Brüste zu streichen. Er blieb nicht dort, sondern kam wieder nach oben, berührte meinen Mund. Er strich mir eine Haarsträhne aus dem Gesicht und küsste mich heftiger. Ich streckte die Hand nach dem Knopf an seiner Jeans aus, aber er machte einen Schritt zurück.

»Ich muss etwas anderes fühlen«, sagte ich leise zu ihm. »Ich muss mich gewollt fühlen.«

»O Baby, du wirst so was von gewollt.« Er brauchte keine weitere Aufforderung. Liam hob mich hoch und legte meine Beine um seine Hüften, wobei er meinen Jeansrock hochschob. Es war schwierig mit der Hose und der Unterwäsche, aber dann glitt er in mich, und ich keuchte auf, als das Gefühl seiner Wärme mich erfüllte.

»Ich habe das hier vermisst«, flüsterte ich ihm ins Ohr, während ich mich an ihn drängte. »Ich habe es vermisst, mit dir Liebe zu machen.«

»Jillian«, hauchte er, als wir uns langsam zusammen bewegten. »Ich habe dich auch vermisst.«

»Also dieses ganze Ding, von wegen wir lassen es langsam angehen …« Meine Worte verloren sich in einem atemlosen Aufstöhnen.

»Mieseste Idee aller Zeiten«, flüsterte er.

Ich vergrub mein Gesicht an seinem Hals und konzentrierte mich ganz darauf, bei ihm zu sein. Das Gefühl seiner Hände, die meine Hüften hielten, und seine Lippen an meiner Wange. Ich brauchte Liam. Ich ertrug es nicht, mich zurückzuhalten, wenn ich bei ihm war. Mein Körper zitterte an seinem, bäumte sich der Erlösung entgegen. Sie bebte durch mich hindurch, breitete sich in meinen Gliedern aus und ergoss sich dann in meinen Adern. Ich packte seine Schultern, meine Nägel vergruben sich in seinem

Hemd, als ich aufschrie. Mein Name war einen Augenblick später auf seinen Lippen, und Wärme durchströmte mich.

»Wir können das hier, oder?«, sagte er und drückte mich immer noch gegen die Wand. »Wir bekommen das hier hin?«

»Ja.« Ich presste meine Lippen auf seine. Ich wusste in diesem Moment, dass ich bereit war, alles zu tun, damit es mit ihm funktionierte. Nicht wegen dem hier – nicht wegen dem Sex –, sondern wegen allem anderen. Alles war einfach mit Liam. Zum ersten Mal hatte ich einen Mann getroffen, der so mühelos in mein Leben passte wie meine besten Freundinnen.

»Wir müssen zurück«, sagte er leise. »Auch wenn du nicht willst.«

Ich öffnete den Mund, um ihm zu sagen, dass ich nach Hause wollte. Ich würde nicht zurück zu meiner Mutter gehen, damit sie mich weiter runtermachte, aber das Geräusch der Tür, die aufgestoßen wurde, hielt mich davon ab, und wir erstarrten. Wahrscheinlich konnte man Liams Beine von draußen unter der Tür sehen.

»Jillian?« Mein Magen machte einen Salto bei der Stimme meiner Mutter. »Bist du da drin?«

Liams entsetzter Blick spiegelte meinen wider. Wir bewegten uns nicht, aber dann hörten wir, wie sie versuchte, die Kabinentür zu öffnen.

»Ich weiß, dass du da drin bist. Hör auf, dich wie ein Kind zu benehmen, und komm raus. Dein Essen wartete auf dich«, befahl sie. Ich hörte, wie sie gegen die Tür sank.

Ich löste meine Beine von Liams Hüften und schob meinen Rock zurecht. Er trat beiseite und zog leise seine Hose hoch. Unsere Bewegungen verrieten Tara allerdings, dass sie nicht allein in der Toilette war.

»Was macht ihr beiden da drin?«, zischte sie.

Ich holte tief Luft und schloss meinen Hoody. Ich drehte mich um, um zu sehen, dass Liam angezogen war, und er schenkte mir ein kleines, aufmunterndes Lächeln, als ich die Tür aufschloss. Es wirkte sehr bemüht.

Ich öffnete die Tür, trat hinaus und versuchte, vollkommen sorglos zu wirken, aber ich war mir ziemlich sicher, dass ich darin versagte, so auszusehen, als wäre es mir scheißegal, was Tara dachte. Liam folgte mir nach draußen, die Hände in den Taschen seiner Jeans vergraben.

Taras Augen wurden schmal und weiteten sich dann, als sie begriff. »Habt ihr es in der Toilette des Alumni Clubs getrieben?«

Ich bezweifelte sehr, dass es Tara lieber gewesen wäre, uns in meinem Zimmer zu erwischen. Sie hatte mir die Wichtigkeit von Abstinenz eingebläut, seit ich zum ersten Mal meine Periode bekommen hatte. Es war absurd, ich war erwachsen, aber dennoch spürte ich, wie ich rot wurde, weil ich von ihr ertappt worden war. Nicht nur weil es beschämend war, sondern auch weil das hier Einfluss darauf haben würde, wie sie Liam sah. Sie würde es meinem Dad erzählen, und dann würde zwischen uns allen vieren peinliche Verlegenheit herrschen. Es war ein schwacher Trost, dass Liam am Ende des Schuljahres nach Schottland zurückkehren würde.

»Wir sollten wieder zum Tisch gehen«, schlug Liam vor. Er nahm sanft meine Hand und zog mich nach draußen.

Ich hatte keine Ahnung, wie er so ruhig sein konnte, nachdem meine Mutter uns erwischt hatte.

»Es tut mir leid«, murmelte ich ihm zu.

»Nicht deine Schuld, Chick. Dafür braucht es zwei, weißt du.«

»Nein, ich meine, weil es jetzt umso schlimmer sein wird«, erklärte ich.

»Solange du da bist, wird es nicht schlimmer. Wir können eines Tages unseren Enkelkindern von unseren verrückten Eskapaden erzählen«, flüsterte er, als Tara uns eingeholt hatte.

Ich hob eine Augenbraue angesichts der nicht gerade subtilen Bemerkung über eine Zukunft, von der wir beide wussten, dass wir sie nie haben würden. Doch selbst während ich versuchte, verärgert auszusehen, klopfte mein Herz, als sei das mehr als ein bedeutungsloser Scherz gewesen.

Sei nicht dumm, sagte ich mir. Liam würde gehen, und ich würde niemanden einer Ehe mit mir aussetzen, von Kindern ganz zu schweigen.

Wir nahmen unsere Plätze am Tisch wieder ein, und keiner sagte ein Wort. Mein Dad sah jeden von uns an, aber Tara schüttelte den Kopf, um ihm zu signalisieren, dass jetzt nicht der richtige Zeitpunkt war. Wenigstens würde sie nicht unser Essen ruinieren. Nicht dass ich noch etwas essen konnte.

Mein Dad informierte Liam über den Spielstand und ein

paar Details, und sie unterhielten sich wieder so zwanglos wie zuvor. Tara bedachte mich derweil quer über den Tisch hinweg mit bösen Blicken. Das war fast schon eine Verbesserung gegenüber ihrer vorherigen Standpauke. Ich wandte meine Aufmerksamkeit dem Spielfeld zu und ließ meine Gedanken zu Liam wandern. Ich stellte mir die letzten Male vor, die wir zusammen gewesen waren. Nicht nur im Bett, sondern im Aquarium und bei der Übung, die wir in dieser Woche im Kommunikationsseminar gemacht hatten.

»Ich weiß, woran du denkst«, flüsterte Tara vorwurfsvoll. »Du wirst ganz rot. Hör auf damit.«

»Was war, Liebes?«, fragte mein Dad und sah sie an.

»Nichts. Wir reden später darüber«, erwiderte sie knapp.

Ich hatte einen kurzen Augenblick lang gehofft, dass sie vielleicht so entsetzt über mein Verhalten war, dass sie darauf bestand, uns einfach nur abzusetzen. Ich war in ihren Augen ganz offensichtlich ein hoffnungsloser Fall. Ich entsprach nicht nur nicht ihren Erwartungen, ich gab mir auch nicht genug Mühe, es wenigstens zu versuchen. Merkwürdigerweise brachte mich das nicht dazu, losheulen zu wollen. Es machte mich wütend.

Sie war diejenige, die mich an meine Grenze gebracht hatte. Ich hätte den Tisch nicht verlassen, hätte sie sich nicht wie die herzallerliebste Mutter des Jahres auf Crack verhalten. Die Wut stieg in mir hoch, und ich ballte die Hände zu Fäusten, spürte, wie das vertraute Prickeln, das vom Stress herrührte, meinen Körper übernahm.

Wir schwiegen beide für den Rest der Zeit im Stadion.

Liam warf mir besorgte Blicke zu, und ich tat mein Bestes, ihn hin und wieder beruhigend anzulächeln, aber ich wusste genau, dass ich damit niemanden täuschen konnte. Am wenigsten die Person, mit der ich die intimste Beziehung meines Lebens hatte. Das Spiel endete mit einer Niederlage, und die Männer ertränkten ihren Kummer mit einem letzten Bier, bevor mein Dad die Rechnung verlangte. An diesem Punkt spürte ich bereits, wie meine Muskeln vom Stress des Nachmittags steif wurden. Ich musste nach Hause und von Tara weg, bevor es schlimmer wurde.

Ich wollte nur noch weg, als wir vor der Wohnanlage hielten, aber mein Dad parkte den Wagen, und ich sah mit Entsetzen, wie sie beide ausstiegen.

»Wir müssen reden«, sagte meine Mutter mit dünner Stimme.

Das Herz rutschte mir in die Hose. So viel zu der Hoffnung, dass sie es gut sein lassen würde.

Sie folgten uns in meine Wohnung. Jess saß am Tresen und lernte, und sie schenkte uns ein breites Lächeln.

»Wie war das Spiel?«, fragte sie.

»Großartig!«, sagte mein Dad. So viel Begeisterung hatte mein Dad in den letzten drei Jahren am Elternwochenende nicht gezeigt, und diesmal hatten wir nicht einmal gewonnen.

»Interessant«, sagte ich vorsichtig. Jess' Miene blieb gelassen, doch ich merkte, dass sie die Anspannung, die in der Luft lag, spürte. Ich hatte noch nie jemanden kennengelernt, der in jeder Situation so ruhig bleiben konnte.

Meine Mutter nahm mich am Ellbogen und schob mich zu meinem Zimmer. »Ich muss mit dir reden.«

Ich wollte ihr sagen, dass jeder im Wohnzimmer alles mitbekam, selbst wenn wir die papierdünne Tür meines Zimmers schlossen, doch das war nicht der richtige Zeitpunkt, um Tara mit Logik zu kommen. Darüber waren wir weit hinaus.

Sie knallte die Tür hinter uns zu und fuhr zu mir herum.

»Was hast du zu deiner Verteidigung vorzubringen?«, fragte sie.

Ich schwieg kurz und dachte über die Frage nach, aber ich konnte mich nicht bremsen und sagte das Erste, was mir durch den Kopf schoss. »Wenigstens weiß ich, warum Schotten Kilts tragen.«

»Soll das ein Witz sein?«, fragte sie, und das Entsetzen stand ihr ins Gesicht geschrieben. »Machst du in dieser Situation wirklich einen schmutzigen Witz?«

Genau das tat ich, aber ich hatte den Eindruck, dass Tara den nicht hören wollte.

»Unsere Familie hat einen Ruf, dem sie gerecht werden muss. Dein Vater ist in diesen heiligen Hallen zur Schule gegangen, und du fickst einen Jungen in einer Toilette?«

Das hier war ernster, als ich befürchtet hatte. Tara, die das F-Wort aussprach, war das Äquivalent zum Präsidenten, über den roten Knopf gebeugt.

»Niemand hat es gesehen.« Mein Einwand war schwach, aber ich wusste, dass dies ein stichhaltiges Argument war. Tara hatte kein Recht zu verurteilen, was Liam und ich hinter verschlossenen Türen taten – selbst wenn es die Toilettentür war.

»Ich habe euch gesehen! Anständige Mädchen benehmen sich nicht so, Jillian. Glaubst du, ich will wissen, dass mein kleines Mädchen von ihrem festen Freund gevögelt wird?«

»Ich bin einundzwanzig, Mom. Ich bin kaum dein kleines Mädchen«, sagte ich und verschränkte die Arme vor der Brust.

»Du wirst immer mein kleines Mädchen sein.« Die Worte klangen sanft, und ich sah Tränen in ihren Augen glänzen.

Das verwirrte mich. Tara war nicht der sentimentale Typ. Das war sie nie gewesen, selbst als ich tatsächlich ein kleines Mädchen gewesen war. Ich hatte angenommen, ihr ginge es nur darum, ihr Gesicht zu wahren und sonst nichts.

»Passt ihr auf?«, fragte sie. »Mal abgesehen von den Krankheiten, die du dir in dieser Toilette holen kannst.«

»Das würde jetzt wohl kaum noch etwas ausmachen, oder? Mein Körper ist doch schon am Arsch.«

Tara sah aus, als hätte ich ihr eine Ohrfeige verpasst. »Es macht etwas aus. Dieser Junge geht zurück nach Schottland, Jillian. Was ist, wenn du schwanger wirst?«

»Ich nehme die Pille.«

»Verdreh nicht so die Augen«, sagte sie und wedelte mir mit einem Finger vor dem Gesicht herum. »Die Pille? Du glaubst, das reicht aus? Ich bin trotz Pille schwanger geworden.«

»Und wir alle wissen, was für ein verfickter Fehler das war!«, schrie ich sie an. »Was für ein Fehler ich bin!«

»Das habe ich nie zu dir gesagt«, erwiderte sie.

»Findest du nicht, dass es ziemlich deutlich ist, mir jedes Mal, wenn wir über Sex reden, zu sagen, dass du trotz Pille schwanger geworden bist?« Ich konnte nicht fassen, dass sie mich zu dieser vollkommen beschissenen Unterhaltung zwang.

»Du hast ihm nicht einmal was von deinem Zustand erzählt«, warf sie mir vor.

»Das weißt du nicht.«

»Glaubst du wirklich, dieser Junge würde bei dir bleiben, wenn er wüsste, dass du irgendwann von ihm abhängig sein wirst?«, fragte sie, aber dann wurde ihre Stimme leise vor Entsetzen. »Versuchst du, schwanger zu werden? Versuchst du, ihn so zu halten?«

Etwas zerbrach in mir. Ich stürmte auf die Tür zu und riss sie auf. »Raus! Raus hier!«

Sie wusste nichts über mich. Niemand hatte mich besser auf das eingeschworen, was sie mir jetzt unterstellte, als sie selbst, mit ihren beständigen Erinnerungen daran, dass niemand mich jemals wollen würde. Die Botschaft war nur zu deutlich: Ich war beschädigte Ware. Nicht ganz in Ordnung. Wenn nicht einmal meine eigene Mutter glaubte, dass mich jemals jemand wollen konnte, welche Chance hatte ich dann auf ein normales Leben?

Tara flog förmlich hinter mir durch die Tür, und im Wohnzimmer waren jetzt alle still.

»Frag deine Tochter …«, das Wort spuckte sie förmlich aus, »… was sie in der Toilette gemacht hat!«

Mein Dad trat unruhig vom einen Fuß auf den anderen und sah zu Liam hinüber. »Tara, sie sind im College.«

»Ich kann nicht glauben, dass du sie entschuldigst«, sagte sie mit einem dramatischen Seufzer.

»Wir haben es verstanden, Mom. Ich bin eine Schlampe.« Jess legte den Arm um meine Taille, aber ich stieß sie weg. Ich hatte diesen Augenblick völlig unter Kontrolle. Ich hob den Arm und zeigte auf die Tür, bevor ich die Schwerfälligkeit spürte, die meine Beine hinaufkroch, aber Jess begriff es sofort und packte mich an den Schultern, als meine Muskeln sich versteiften.

Ich sah, wie Liam mich entsetzt anstarrte.

»Geht. Bitte, geht.« Ich konnte mich nicht bewegen, konnte keinen Schritt machen. Hätte Jess mich nicht festgehalten, dann wäre ich einfach umgekippt.

Tara tauchte mit meinen Pillen auf. Ich wollte den Kopf schütteln, aber dann würde ich riskieren, das Gleichgewicht zu verlieren. Die Pillen halfen mir nicht bei einer solchen Episode, in der ich einfach versteinerte.

»Du musst sie nehmen«, flüsterte Jess. »Sie helfen dir danach.«

Verfluchte Jess und ihre pseudomedizinische Studentenmeinung. Liam musste gehen, das war wichtig für mich. Meine Eltern mussten gehen. Jess und ich schafften das hier. Das hatten wir schon durch.

»Kannst du gehen?«, fragte Jess.

»Sag ihm, er soll gehen«, sagte ich leise zu ihr. »Ich will nicht, dass er das hier sieht.«

Jess sah zu Liam auf. Er kam näher, aber sie schüttelte den Kopf. »Sie ist aufgebracht. Sie muss sich beruhigen, damit ich ihr helfen kann, es durchzustehen.«

Liam begriff nicht. »Ich bleibe. Ich möchte sie so nicht alleine lassen.«

Er wusste nicht, was vor sich ging, aber etwas zerbrach in mir. Seit Tag eins war diese Situation unvermeidlich gewesen. Vielleicht wäre es nicht geschehen, wenn ich es ihm früher erzählt hätte. Verdammt, wahrscheinlich wäre er dann gar nicht lange genug bei mir geblieben, um einen solchen Anfall zu erleben.

»Bitte, geh«, sagte ich. Ich konnte mich kaum bewegen, um ihn anzusehen, aber ich sah den Schmerz in seinem Blick.

Mein Dad legte ihm eine Hand auf die Schulter und führte ihn zur Tür. Liam blickte zu mir her, und mein Herz zersprang. Sie wechselten leise ein paar Worte, und dann ging Liam aus der Tür.

Ich wusste, dass er niemals mehr wiederkommen würde. Ich würde ihn das nicht noch einmal durchmachen lassen. Das war es nicht wert.

Mein Körper begann zu zittern, und ich wusste, dass es nicht daran lag, dass sich die Versteinerung löste. Ich war wütend. Auf Tara. Auf mich selbst. Auf Liam, weil er es herausgefunden hatte. Auf Liam, weil er überhaupt dageblieben war.

»Jills«, flüsterte Jess. »Da ist eine Linie auf dem Boden. Stell sie dir vor. Beweg dich darauf zu.«

Ich versuchte es, aber ich konnte meine Muskeln nicht dazu zwingen zu reagieren. Zornige Tränen rollten über meine Wangen. Ich war kaputt. »Hör auf zu versuchen, mich wieder ganz zu machen!«

»Ich werde dich nicht ganz machen«, versprach Jess. »Wir machen jetzt einen Schritt. Zusammen. Erinnere dich daran, wie du den Fuß hebst.«

Ich schloss die Augen, und Jess' Hände stützten mich. Ich stellte mir die Muskeln in meinem Oberschenkel vor. Ich stellte mir vor, wie ich sie bewegte. Mein linker Fuß hob sich vom Boden.

»Gut. Und jetzt stell ihn wieder ab«, redete Jess mir gut zu.

Ich sagte meinem Bein, dass es sich vorwärtsbewegen sollte. Ich stellte mir meine Beine vor, die marschierten. Mein Kopf gab den Takt vor, und mein Fuß torkelte los. Ein weiterer Schritt war schon leichter. Mit Jess' Hilfe schaffte ich es auf das Sofa. Ich hatte Angst, mich zu setzen. Ich wollte dort nicht versteinern.

»Du kannst die Medikamente nicht so lange aussetzen«, sagte Tara, die jetzt über mir aufragte. »Hast du heute Nachmittag welche genommen?«

Es hatte keinen Zweck, ihr zu sagen, dass ich meine Medikamente am Morgen genommen hatte, oder dass dieser Schub vermutlich von unserem Streit ausgelöst worden war. Bei diesem Thema war Tara herausragend, und sie vermittelte mir unweigerlich das Gefühl, dass ich vollkommen unfähig war, mich um mich selbst zu kümmern.

»Parkinson-Anfälle können auftreten, wenn sich ein Patient aufregt«, belehrte Jess sie.

»Erdreiste dich nicht, mir etwas über diese Krankheit zu erzählen.«

»Dann wissen Sie ja genau, dass Jillian sich jetzt beruhigen muss, damit das hier vorübergehen kann.« Jess klang kühl und überlegt. Obwohl sie mir schon in den letzten zwei Jahren geholfen hatte, war es das erste Mal, dass sie mit der Anwesenheit von jemand anderem als Cassie umgehen musste. Ich war unwillkürlich beeindruckt davon, wie glatt und ruhig sie mit Tara fertig wurde. Sie würde eine wunderbare Ärztin werden.

»Wir sollten Jillian die Gelegenheit geben, sich auszuruhen«, schlug mein Dad vor.

»Ich lasse meine Tochter so nicht alleine!«

»Ich habe alles unter Kontrolle«, sagte Jess. Sie wusste, es war absolut notwendig, dass sie gingen, wenn ich mich von diesem Zwischenfall erholen sollte.

»Sie braucht einen Arzt«, sagte Tara. Sie rührte sich nicht, nicht einmal, als mein Vater sie an der Hand zog.

»Ich mache morgen einen Termin, Mom«, versprach ich ihr. Ich hätte ihr alles versprochen, damit sie ging, und das wusste sie wahrscheinlich.

»Ich bringe sie hin, Tara.«

Tara zögerte, aber sie ließ es zu, dass mein Dad sie zur Tür brachte.

»Ruf mich an.«

Es gelang mir zu nicken. Ich würde sie keinesfalls anrufen. Nicht, nachdem sie mich praktisch eine Schlampe genannt hatte, vor Liam. Mein Herz stolperte, und eine Sekunde lang dachte ich, es würde einfach aussetzen. Ich versuchte, den Ausdruck auf Liams Gesicht aus meinem Gedächtnis zu löschen, aber das konnte ich nicht. Er wusste jetzt, dass etwas mit mir nicht stimmte. Das hier konnte ich nicht abtun. Er hatte ignoriert, dass ich versuchte, meine Medikamente vor ihm zu verbergen, aber jetzt würde es nicht lange dauern, bis er herausfand, dass ich krank war.

Kaum dass die Tür sich hinter ihnen schloss, weinte ich wieder.

»Ist okay, Jills«, sagte Jess und legte ihren Kopf auf meine Schulter und rieb mir in langsamen, festen Kreisen über den Rücken.

»Er weiß es«, krächzte ich unter Tränen.

»Und er wird damit klarkommen. Ihr werdet gemeinsam damit fertig«, sagte sie.

Nein, das würden wir nicht. Das sagte ich Jess allerdings nicht. Ich hatte ihr eine Menge über Liam und meine Beziehung verschwiegen. Sie mochte erkannt haben, dass ich ihn liebte. Aber irgendwie war die Entscheidung, ihn gehen zu lassen, noch persönlicher. Das konnte ich ihr nicht sagen. In diesem Moment war das meine ganz eigene Folter, und bald schon würde es seine sein, sobald ich den Mut fand, ihm zu sagen, dass es vorbei war.

Innerhalb einer Stunde entspannte sich mein Körper wieder so weit, dass ich aufstehen konnte.

»Willst du reden? Einen Film ansehen?«

Ich schüttelte den Kopf. »Ich will schlafen.«

Jess folgte mir in mein Zimmer und bestand darauf, mir ins Bett zu helfen.

»Kannst du mir mein Telefon geben?«, fragte ich sie.

Jess gab es mir. »Tara?«

»Ja«, log ich.

Sobald sie die Tür zu gemacht hatte, schrieb ich Liam. Die Nachricht war kurz:

SORRY. BYE.

Dann schaltete ich das Telefon aus und weinte mich in den Schlaf.

Kapitel 20

Tara stand vor unserer Tür, nachdem ich mein Handy an sieben aufeinanderfolgenden Tagen nicht angeschaltet hatte. Sie stand so dicht davor, dass ich durch den Spion nur zwei Augen und eine vergrößerte Nase erkennen konnte. Die Letzte, mit der ich mich jetzt auseinandersetzen wollte, war meine Mutter, die diesen ganzen Schlamassel überhaupt erst ausgelöst hatte. Ich war dafür, nicht aufzumachen, aber Jess bestand darauf, sie hereinzulassen.

Sie trat in die Wohnung und schnüffelte kurz, so als erwartete sie, dass ein übler Geruch von mir ausging. Es war wahrscheinlich der Gestank meiner Unzulänglichkeit, oder vielleicht war ihr Gesicht auch einfach in einer Maske der permanenten Enttäuschung erstarrt. Sie taxierte mich, die Augen immer noch zusammengekniffen und die Nase in der Luft.

»Ich hatte erwartet, eine Leiche hier drin zu finden«, rief sie mit der mütterlichsten Stimme aus, die sie aufbringen konnte – die, die sie für die traumatischen Gelegenheiten herauskramte.

»Das erklärt dann ja dein Gesicht«, sagte ich, bevor ich mich bremsen konnte.

Tara warf mir einen frostigen Blick zu, der den Panzer nicht durchdringen konnte, den ich mir über die letzten Tage hinweg zugelegt hatte. »Jillian, bei deinem Telefon geht seit über einer Woche die Voicemail ran.«

Es waren nur sieben Tage gewesen, aber wer zählte das schon.

»Ich muss es wohl mal aufladen«, sagte ich und zuckte mit den Schultern, als wäre es keine große Sache.

»Du hattest mir versprochen, mich anzurufen, wenn deine Medikamente wirken. Das war vor über einer Woche!« Ein Zittern schwang in ihrer Stimme mit, aber ich hielt das für Theater.

»Ich habe es vergessen. Alles wieder gut.«

»Nichts ist gut. Zuerst erwische ich dich mit diesem Jungen.« Ich zuckte zusammen wegen des puren Abscheus, der bei den Worten mitschwang. »Dann schreist du mich an!«, fuhr sie fort. »Und das löst einen Anfall aus.«

Wie immer regte sich Tara mehr über meinen mangelnden Respekt als über meinen Zustand auf. Sie dachte wahrscheinlich, dass mein Parkinson durch gutes Benehmen geheilt werden konnte. Hätte ich sie erst gar nicht angeschrien, wäre es nie zu diesem Anfall gekommen, laut Dr. Tara.

»Ich denke, dass dieser Junge einen schlechten Einfluss auf dich hat«, sagte Tara.

Am anderen Ende des Zimmers erstarrte Jess mitten in der Bewegung. Sie war schon die ganze Woche um das Thema Liam herumgeschlichen. Sie hatte mich nicht einmal gefragt, ob ich ihn angerufen hatte, und sie wusste verdammt gut, dass ich die Wohnung nicht verlassen hatte. Ich setzte auf die Mitleidskarte, wenn es um die Seminare ging. Nicht dass es mich kümmerte. Doch als Tara jetzt darauf beharrte, über Liam zu sprechen, versetzte das meinem sorgfältig mit einer Diät aus miesem Take-away-Essen und Reality TV – den beiden erschütterndsten Dingen in meinem aktuellen Leben – errichteten Panzer einen Riss. Ich ging an ihr vorbei in die Küche und nahm mir ein Glas Wasser. Ich trank zwei große Schlucke und konzentrierte mich auf die besänftigende Kühle, die den Klumpen hinunterspülte, der in meinem Hals steckte.

»Ich habe ein Seminar«, log ich, als ich das Glas auf den Tresen stellte. Ich hatte nicht vor, in ein Seminar zu gehen, aber das brauchte sie nicht zu wissen. Hinter ihr schüttelte Jess den Kopf.

»Netter Versuch, Jillian. Es ist Sonntag.«

Shit, das war das Problem, wenn man aufgezeichnete Sendungen sah. Ich wusste nicht mehr, welcher Wochentag heute war.

»Und da ich vermutet hatte, dass du zu beschäftigt damit bist, deinen Hintern auf die Couch zu pflanzen, statt in die Seminare zu gehen oder zum Arzt«, fuhr sie fort, »schlafe ich eine Woche lang auf eurem Sofa.«

Ich kniff mir fest in den Arm. Es tat so weh, dass mir Tränen in die Augen stiegen.

»Was machst du da? Hast du einen Anfall?«, fragte sie panisch.

»Ich dachte, ich bin vielleicht in einem Albtraum gefangen.«

Tara blickte mich wütend an und streckte die Hand aus. »Schlüssel?«

»Schlüssel?«, wiederholte ich. »Warum?«

»Weil ich zum Auto gehe, meine Tasche holen, und ich traue dir durchaus zu, dass du mich aussperrst und Jess als Geisel nimmst«, sagte sie tonlos.

Das wäre ein hervorragender Plan gewesen, wenn er mir zuerst eingefallen wäre, und wenn sie ihn nicht bereits durchschaut hätte. Ein weiterer Beweis dafür, dass Tara ein böser Geist war, der es auf meine vollständige Vernichtung abgesehen hatte.

Sobald sie draußen war, drehte ich mich zu Jess um. »Sag ihr, dass sie nicht bleiben kann.«

»Sie ist deine Mom, und außerdem …« Jess verstummte.

»Außerdem?«, hakte ich nach.

»Du kannst nicht für immer auf dem Sofa bleiben.«

Jess' Betrug versetzte mir einen Schock. Sie hatte mir Eis gebracht und mindestens vier Folgen »Vampire Diaries« mit mir angeschaut, und jetzt schlug sie sich auf Taras Seite.

»Fein.« Ich stampfte wütend in mein Zimmer. Als ich wieder herauskam, gekleidet in Jeans und T-Shirt, reihte Tara bereits ihre Kosmetik- und Hautpflegeprodukte im Bad auf.

»Ich gehe mal raus«, sagte ich und hielt auf die Tür zu.

»Warte, ich komme mit«, sagte Tara.

Ich eilte hinaus und rannte die Stufen hinunter, bevor sie

mich einholen konnte. Tara hatte nicht die Olympic State besucht, also nahm ich einen Schleichweg zum Campus, den sie nicht kennen konnte.

Der Winter war in Rekordzeit über die kleine Stadt gekommen. Letzte Woche war es noch frisch gewesen, doch heute fehlte dem grauen Himmel die Sonne völlig. Man konnte den Winter hier spüren wie den Schmerz, bevor sich ein blauer Fleck bildete. Es wurde nie schrecklich kalt, aber die Tage wurden kürzer, und die Dunkelheit dauerte länger an, und dann war da noch der Regen, der beinahe ständig fiel. Ich zog den Hoody über meinen Kopf und schob die Hände in die Taschen, als der Nebel meine Haut traf. Ich machte mir nicht die Mühe, ihn wegzuwischen, und er sammelte sich als dünne Schicht kühlender Feuchtigkeit darauf. Ein Teil von mir hoffte, dass die Feuchtigkeit, die an meinem Gesicht klebte, die Wut und die Bitterkeit wegwusch, die auf meiner Brust hockten.

Der Campus war verlassen bis auf ein paar Studenten, die in die Bibliothek gingen oder sie verließen. Ich entschied, dass eine Tasse Kaffee das Risiko wert war, einem Professor über den Weg zu laufen, also folgte ich meinen berucksackten Kommilitonen nach drinnen und gesellte mich in die Schlange der Studenten, die auf ihren Koffeinkick warteten. Die Schlange bewegte sich kaum vorwärts, und ich tappte nervös mit dem Fuß auf den Boden.

Wie lange würde Tara bleiben? Sicher konnte ich Dad dazu bringen, sie zurück nach Kalifornien zu beordern, aber meine Mutter war stur. Ihre Anwesenheit bedeutete, dass es keine langen Fernsehabende oder Ausflüge zu Garretts geben würde. Sie würde darüber wachen, was ich aß, und ständig meine Pillenflaschen prüfen. Es gab einen Grund dafür, dass ich letzten Sommer nicht zu Hause gewesen war, und stattdessen lieber in einem Café in der Stadt gearbeitet hatte. Zu Hause war es wie in einem dystopischen Roman, und ich argwöhnte, dass das Ende der Geschichte beinhaltete, dass ich die Zivilisation auslöschte.

Tara und ich brauchten ein paar Hundert Meilen zwischen uns, aber das begriff sie nicht.

»Jillian!«

Ich sah auf und erblickte Trevor, der zwei Becher Kaffee in den Händen hielt. Wir starrten einander an, versuchten herauszufinden, was wir zueinander sagen sollten.

»Hey!« Ich versuchte, begeistert zu klingen, aber es klang völlig falsch. Zu schrill. Zu laut. Ich hatte vergessen, wie ich mit dem Rest meiner Spezies kommunizieren sollte.

»Ich habe gelernt«, sagte er. Er sah sich kurz um, wer in der Nähe stand, als wäre diese Information total geheim.

»Die Bibliothek ist dafür super.« Und jetzt stellte ich völlig offensichtliche Fakten fest, obwohl Trevor damit angefangen hatte, um mal fair zu sein. »Ist Cassie hier?«, fragte ich und zeigte auf die beiden Becher.

Trevor schüttelte rasch den Kopf. »Nein, äh, Lerngruppe.«

Ich sah ihn mit hochgezogenen Augenbrauen an. Er benahm sich, als hätte er zum ersten Mal die Bibliothek betreten. »Na dann, weitermachen.«

Meine Stimme klang selbst beim Scherzen missmutig.

»Ich seh dich dann später?« Irgendwie schaffte er es, den Abschied in eine Frage zu verwandeln.

»Sicher.« Ich sah ihm nach, als er davonging. Cassie hatte einen seltsamen Geschmack – sie mochte Jungs, deren Aufmerksamkeit sich in materieller Zuneigung ausdrückte. Etwas, das mir nie wirklich behagt hatte. Sie war keine Goldgräberin. Sie schien eher die Sicherheit zu brauchen, dass sie sich um sie sorgten, und die Geschenke fand sie beruhigend. Trevor entsprach diesen Anforderungen so sehr, dass sie ihn aus ihrer kleinen Schatztruhe voller Jungs, die sie angesammelt hatte, praktisch über Nacht als ihren festen Freund auserkoren hatte.

Trevor war gar nicht so übel, auch wenn er sich gerade wirklich merkwürdig verhalten hatte. Ein unangenehmer Gedanke kam mir, und ich verließ sofort die Schlange und ging in die Richtung, die er genommen hatte. Etwa ein Dutzend kleine Studierzimmer, die man reservieren musste, gingen von einem Gang mit Bücherregalen ab, und ich blickte in jedes hinein auf der Suche nach seinem gelockten blonden Haar. Als ich den letzten Raum erreicht hatte, sank ich dort gegen die Wand. Offensichtlich war ich nicht nur gefühlsmäßig tot, sondern auch paranoid.

Die Bibliothek war groß, und sie umfasste zwei Stockwerke, die sich über den Kolleghof erstreckten. Er konnte hier überall sein. Außerdem hatte er Lerngruppe, nicht Studierzimmer gesagt. Vielleicht war ich nur ein schrecklicher Mensch, der das glückliche Ende anderer Leute ruinieren wollte.

* * *

Als ich wieder in der Wohnung ankam – weil mir kein Ort mehr einfiel, an den ich gehen konnte –, war ich unterkoffeiniert und unleidlich. Tara saß am Tresen in der Küche und hatte ein volles Glas Weißwein vor sich stehen.

»Es tut mir leid«, murmelte ich, als ihr scharfer Blick meinem begegnete.

»Ich bin nicht hier, um dein Leben zu ruinieren«, sagte sie und nahm einen kleinen Schluck. »Ich werde dich auf dem Campus nicht eskortieren und sichergehen, dass du in die Seminare gehst.«

Ich beäugte sie misstrauisch und fragte mich, ob Jess wohl auf sie eingewirkt hatte. Tara hatte noch vor ein paar Stunden ganz anders geklungen. »Warum bist du dann hier?«

»Weil ich mir Sorgen um meine Tochter gemacht habe«, gab Tara mit leiser Stimme zurück. »Seit du die Diagnose erhalten hast, hast du dich von mir ferngehalten.«

Meine Mutter ging mit einem Kranken um, wie jemand aus *Game of Thrones* es vermutlich tun würde. Als Kind war ich immer in die Schule gegangen, auch wenn ich mich krank fühlte, weil die Schulkrankenschwester mir die Stirn gestreichelt und mir Saft gegeben hatte, was meine Mutter einfach nicht fertiggebracht hatte. »Ich habe es unter Kontrolle.«

Sie sah mich an und schüttelte den Kopf. »Vielleicht hast du das, und vielleicht reagiere ich über. Der letzte Sonntag war … schwer für uns alle. Aber du hast mir wirklich Angst gemacht.«

Ich hatte noch niemals gehört, dass sie zugab, dass sie

Angst gehabt hatte. Ich hatte angenommen, dass diese Emotion unter ihrer Würde war, aber als ihr Blick weiter auf mir ruhte, konnte ich die Panik in ihren Augen sehen. Ich hatte mich seit meiner Diagnose einer früh ausgebrochenen Parkinson-Krankheit von zu Hause ferngehalten, weil ich ihr nicht zur Last hatte fallen wollen, aber ich hatte niemals vermutet, dass es für sie wirken musste, als hätte ich sie einfach aus meinem Leben gestrichen.

Und tatsächlich hatte ich genau das auf eine gewisse Art getan. Sie hatte mir von klein auf beigebracht, mich nie auf jemanden zu verlassen, und so hatte ich angenommen, dass ich mich nicht auf sie verlassen konnte.

»Das geschieht nur selten«, sagte ich. »Ich habe meine Pillen nicht pünktlich genommen, und ich war wirklich gestresst.«

Ich ließ unerwähnt, dass unser Streit die Aufregung verursacht hatte. Das hier kam einer Unterhaltung so nahe wie schon sehr lange nichts mehr, und das wollte ich nicht verderben.

»Du lässt dich von diesem Jungen ablenken.« Der Abscheu war aus ihrer Stimme verschwunden, und stattdessen glänzten ihre Augen ein wenig, als wollte sie mich dazu auffordern, über meine Beziehung mit Liam zu reden.

Ich schluckte gegen den Kloß in meinem Hals an. »Das ist kein Problem mehr.«

»Das ist meine Schuld«, sagte Tara und tippte gegen ihr Weinglas. »Er war nett, aber ich bin ausgeflippt, als ich euch in der Toilette erwischt habe. Ich schätze, manchmal sehe ich in dir immer noch mein kleines Mädchen, aber trotzdem hätte ich dich nicht so in Verlegenheit bringen sollen.«

»Ich habe mich selbst in Verlegenheit gebracht«, gab ich zu.

Tara beugte sich vor und flüsterte verschwörerisch: »Dein Vater und ich haben es auch in Toiletten getrieben.«

Ich hielt mir die Ohren zu und schüttelte den Kopf. »Vielleicht sollten wir eine Grenze ziehen, wenn es um unser Sexleben geht?«, schlug ich vor.

»In Ordnung.« Sie trank den letzten Schluck ihres Chardonnay. »Aber das Liebesleben ist etwas anderes.«

»Ich habe kein Liebesleben«, sagte ich mit einem Schulterzucken. »Hatte ich noch nie.«

Tara schnaubte und stand auf. »Ich habe gesehen, wie er dich angesehen hat.«

»Und wie hat er mich angesehen?«, fragte ich, nicht sicher, ob ich die Antwort hören wollte.

»Also ob du das Tollste überhaupt bist.«

Ich verdrehte die Augen, aber sie lächelte nur und ging ins Bad, um mit ihrem Pflegeritual zu beginnen, das eine Stunde dauern konnte. Mich ließ sie mit der Erinnerung an Liams Blick auf meiner Haut zurück.

* * *

Der Fachbereich für Kommunikation war wie ausgestorben, als ich mich am Montag über den Campus schleppte, um mich Markson zu stellen. Ich hatte mich den größten Teil der letzten Woche in meiner Wohnung vergraben, aber jetzt musste ich mich um diese Sache kümmern. Meine Schritte hallten in dem leeren Gang wider, und einen Augenblick war ich überzeugt, dass sich ein Insasse im Todestrakt genauso fühlen müsste. Letzter Gang, das konnte man laut sagen. Ich brauchte Marksons Kurs, um den Vollzeitstatus am College zu behalten. Aber ich konnte keinesfalls mit Liam zusammenarbeiten nach dem, was letztes Wochenende geschehen war.

Marksons Tür stand offen, also steckte ich den Kopf rein und hoffte ein wenig, dass er nicht da sein würde. Ich hatte kein Glück. Sein Büro war eher eine Besenkammer, in die ein kleiner Schreibtisch gestopft worden war. Obwohl: Eine Besenkammer war wahrscheinlich größer als dieser Raum. Er bat mich herein und klappte seinen Laptop zu, dann setzte er sich erwartungsvoll in seinem Stuhl zurecht.

Der einzige persönliche Gegenstand in dem Zimmer war ein Foto von einer großen Familie, auf dem alle lächelten, an einem zu perfekten Strand. Ich sah genauer hin, bis ich ihn erkannte. Jeder auf dem Bild hatte Marksons dunkelbraune Augen und das dichte, glänzende schwarze Haar. Er war allerdings deutlich weniger braun gebrannt als der Rest der Familie.

»Meine Familie«, sagte er.

»Das ist nicht in Olympic Falls«, bemerkte ich. Die Strände hier in der Gegend waren zerklüftet, voller Treibholz und Felsen. Der Strand auf Marksons Foto erstreckte sich meilenweit, weißer Sand und klares Wasser.

»Sie leben in Puerto Vallerta«, erklärte er. »Mütterlicherseits. Mein Vater ist in Montana aufgewachsen.«

»Das klingt nach einer guten Geschichte«, sagte ich.

»In der Tat.« Er bot allerdings nicht an, sie mir zu erzählen. »Womit kann ich Ihnen helfen, Miss Nichols?«

Ich holte tief Luft, bereit, ihm die hundert Gründe darzulegen, aus denen er meinen Kurspartner austauschen musste. »Ich habe eine Frage.«

»Ich höre.« Markson verschränkte die Hände hinter dem Kopf und wartete.

Es war seltsam, dass jemand, der nur ein paar Jahre älter war als ich, eine solche Autorität ausstrahlen konnte. Ich hatte von Jess den Eindruck bekommen, dass er lockerer war, sogar witzig. Andererseits konnten genug schlechte Bewertungen Einfluss darauf nehmen, wie ein Professor mit seinen Studenten umging.

Ich musste es einfach loswerden. »Ich möchte einen neuen Partner.«

»Ärger im Paradies?«, fragte er und hob eine Augenbraue.

Hitze stieg mir in die Wangen, aber es gelang mir zu nicken. »So in etwa.«

»Ich will ehrlich sein.« Markson beugte sich vor und sah mir in die Augen. »Es sind nicht genug Studenten im Seminar, um Sie mit jemand anderem zusammenarbeiten zu lassen, und das, worum Sie mich da bitten, könnte die Noten der anderen Studenten beeinträchtigen. Halten Sie es für fair den anderen Gruppen gegenüber, sie an diesem Zeitpunkt des Seminars um einen Tausch zu bitten?«

Ein Kloß bildete sich in meinem Hals. Ich brachte kein Wort mehr heraus, aber ich schüttelte den Kopf. Er hatte vollkommen recht.

»Unglücklicherweise«, fuhr Markson fort, »ist das eines der Risiken, wenn man sich auf eine romantische Beziehung mit einem Seminarteilnehmer einlässt.«

Ich hätte gerne so getan, als wäre es Wut, was da durch meine Adern rauschte, aber es fühlte sich deutlich mehr nach Scham an. Ich hatte gewusst, dass es niemals klappen würde mit Liam, und ich hatte es dennoch zugelassen. Jetzt würde ich mit meinem Notendurchschnitt den Preis dafür zahlen.

»Deshalb rät man Kollegen, nichts miteinander anzufangen«, sagte er.

»Sie haben mich dazu gedrängt, ihn zu daten«, warf ich ihm vor, bevor ich mich zurückhalten konnte. »Sie haben uns praktisch aufgetragen, auf ein Date zu gehen.«

»Mehrere Studenten haben an diesem Projekt teilgenommen. Ich schätze, dass die meisten davon nicht miteinander im Bett gelandet sind.«

Ich schnappte bei seinen Worten nach Luft, ein Krächzen entfuhr mir, keinesfalls war ich in der Lage so zu tun, als zerrte das Gesagte nicht an meiner sorgfältig errichteten Gleichgültigkeit. Ich hatte eine Show abgezogen für Markson, aber jetzt wurde schmerzhaft offensichtlich, dass es mir schlecht ging. Entsetzen glitt über sein Gesicht, als ihm klar wurde, was er da gerade gesagt hatte.

So viel also zum coolen Professor Markson. Ich konnte nicht erwarten, Jess zu erzählen, was ich von ihrem heißgeliebten Lehrer hielt. Er hatte eine Grenze überschritten, und wir beide wussten das.

»Es tut mir leid«, sagte er fast sofort. »Das war unpassend.«

»Dann denken Sie über meine Bitte nach?«, fragte ich, nicht um ein wenig emotionale Erpressung verlegen, wenn ich so bekommen würde, was ich brauchte.

»Meine Begründung steht weiterhin. Ich kann Ihnen keinen anderen Partner zuteilen, ohne die anderen Studenten zu beeinträchtigen. Ich schlage vor, dass Sie darüber nachdenken, den Kurs abzugeben.« Sein Vorschlag klang schwach, und ihm fehlte die Überzeugung, die er zur Schau gestellt hatte, als ich hereingekommen war. Er war so erschüttert von unserer Begegnung wie ich.

»Das kann ich nicht«, kriegte ich trotz meiner trockenen Zunge heraus. Ich musste hier schnellstens weg, da ich spürte, wie mir langsam übel wurde. Zuerst der trockene Mund. Dann der wässrige Mund. Und schließlich würde ich mich übergeben, auf seinen Schreibtisch, was mir wirklich nicht helfen würde.

»Der Rest der Aufgaben wird im Seminar erledigt. Können Sie sich noch ein paar Stunden die Woche Ihrem Partner gegenüber höflich verhalten?«

Es war nicht so, als wollte ich Liams Feind sein. Ich wollte ihn nicht sehen. Wie viele Male würde ich diesen demütigenden Abend noch durchleiden müssen? Ich konnte das Mitleid in Liams Augen schon sehen, wenn er mir bei den Aufgaben half. Mein Mund wurde feucht.

»Meinetwegen«, sagte ich, schlang mir die Tasche über die Schulter und ging rasch aus seinem Büro. Um es rechtzeitig auf die Toilette zu schaffen, ignorierte ich, dass Markson mir hinterherrief. Ich schaffte es kaum über das Becken, als ich auch schon mein kleines Frühstück von mir gab.

Ich würgte ein paarmal, bis mein Körper von den Nachbeben des Erbrechens zitterte. Ich umklammerte die Toilette, während die Kabine vor meinem Blick verschwamm, und versuchte, nicht daran zu denken, wie ich wieder mit Liam im Kurs sitzen würde. Stattdessen konzentrierte ich mich auf andere Dinge, zum Beispiel darauf, wie schmutzig die Toilette vermutlich war. Und es hieß schon etwas, dass dieser Gedanke eine Verbesserung gegenüber den Gedanken daran war, dass ich morgen in Marksons Seminar sitzen würde.

Aber als ich mich endlich aufrappelte und mich hinaus in die kühle Luft des Pazifischen Nordwestens schleppte, beruhigte mich die salzige Meeresluft so weit, dass ich erkannte, dass ich nicht zurückgehen musste, und dass ich es auch nicht tun würde.

Kapitel 21

Mein Zimmer sah aus, als wäre ein Hurrikan hindurchgerast. Schals und Schuhe bedeckten den Boden, und Jess steckte halb in meinem Schrank und durchwühlte ihn. Sie und Cassie suchten beide etwas, das sie im Garretts tragen konnten, da es unser erster Mädelsabend seit Wochen war. Tara besuchte ihre Schwester in Spokane, sichere drei Stunden entfernt, also waren wir vor der Kohlenhydrattyrannei meiner Mutter sicher.

»Ich habe Trevor gesagt, dass er heute Abend nicht erwünscht ist und sein verdammtes Gesicht besser nicht blicken lassen sollte.« Nur Cassie schaffte es, eine solche Drohung gleichzeitig liebevoll klingen zu lassen.

»Brett lernt sowieso«, sagte Jess.

Ich wusste, dass sie versuchten, nett zu sein, aber die Erwähnung ihrer festen Freunde sorgte nur dafür, dass ich Liams Abwesenheit noch mehr spürte. Jess warf mir ein dünnes blaues Kleid zu.

»Darin siehst du heiß aus«, sagte sie.

Ich hielt es hoch und runzelte die Stirn wegen der Spaghettiträger und des kurzen Saums. »Es ist November«, rief ich ihnen in Erinnerung. »Ich habe das nicht mehr getragen, seit ich das letzte Mal in Kalifornien war.«

Cassie winkte meine Besorgnis beiseite. »Dazu die hier.« Sie hielt ein Paar braune Wildlederboots hoch.

»Strumpfhosen«, sagte Jess und reichte mir ein Paar.

Ich streifte die Yogahose ab und begann, sie anzuziehen, aber Cassie nahm meinen Arm.

»Sexy Unterwäsche?«, schlug sie vor. Tangas waren seit unserem ersten Semester ein fester Bestandteil meiner Angeluniform.

»Ich nehme niemanden mit nach Hause«, sagte ich und zog mich weiter an. Heute Abend war der Plan, mit meinen besten Freundinnen unterwegs zu sein, und nicht, mir einen Jungen zu angeln. Der bloße Gedanke daran sorgte dafür, dass sich mein Magen zusammenzog.

»Darum geht es nicht«, sagte Cassie. »Es geht darum, wie du dich fühlst.«

»Ich möchte mich bequem fühlen«, murmelte ich, als ich in die Boots stieg.

Cassie hielt ergeben die Hände hoch. Ich strich das Kleid über meinen Hüften glatt und stand dann da, damit sie mich begutachten konnten. Cassie schlang einen erdfarbenen Schal um meinen Hals und band ihn fachkundig zu, dann vervollständigte sie das Outfit mit einer kurzen weißen Lederjacke, die Jess gehörte.

»Du siehst so heiß aus«, sagte Jess, als ich mich im Spiegel betrachtete. Ich hatte mich vor lauter Arztbesuchen und

Seminararbeiten seit Wochen nicht mehr schick gemacht. Jess bearbeitete meine Haare und machte einen kunstvoll unordentlich gedrehten Pferdeschwanz daraus, der mir über den Rücken fiel. Meine Hände spielten noch immer verrückt, deshalb trug Cassie für mich den Eyeliner auf.

Eine Stunde später waren wir bereit fürs Garretts, aber Jess hielt mich an der Tür auf und gab mir eine Simenet, eine der vielen neuen Tabletten, die ich verschrieben bekommen hatte.

Sie biss sich auf die Lippe, rang sichtlich mit sich, ob sie es sagen sollte. »Pass mit den Drinks auf heute Abend, ja?«

»Einer«, versprach ich. Ich würde den Mädelsabend nicht ruinieren, indem ich die Medikamente aus meinem System spülte, denn das war der sichere Weg für einen Anfall.

* * *

Die Party war bereits in vollem Gang, als wir im Garretts eintrafen. Auf der Bühne sang jemand unter den begeisterten Pfiffen einer Gruppe Freunde hingebungsvoll einen heißen Song. Ich entspannte mich und fühlte mich sofort zu Hause, was irgendwie traurig war, bedachte man, dass es eine Bar war.

»Seht mal, eine Nische«, sagte Cassie und schob mich darauf zu. Eine Nische an einem Freitagabend im Garretts war ein echter Glücksfall. Die meiste Zeit wurden sie von den Stammgästen belegt, die dann beschäftigt damit waren, den neuen Studenten böse Blicke zuzuwerfen, die die Bar für sich entdeckten.

»Wir sollten zuerst Drinks holen«, schlug ich vor. Es würde ewig dauern, bis eine Kellnerin sich durch diese Menschenmenge zu uns durchgeschlagen hatte.

»Wir holen sie«, sagte Jess mit merkwürdig heiterer Stimme. Würden sie wirklich den ganzen Abend über so verdammt fröhlich sein? Es war ja fast, als wachten sie über mich, weil sie mich für selbstmordgefährdet hielten. Trotz der Tatsache, dass es mir gut ging, warfen sie einander besorgte Blicke zu, wann immer sie dachten, dass ich es nicht mitbekam.

Cassie ließ sich auf den Platz fallen, der der Bühne zugewandt war, bevor ich mich auch nur hinsetzen konnte, und Jess zog mich auf die andere Seite.

»Was möchtest du als deinen total besonderen, nur einen einzigen Drink haben?«, fragte Jess. »Wähle weise.«

Ich wusste, dass sie sofort ihr Veto einlegen würde, wenn ich etwas Hartes bestellte, also entschied ich mich für ein Bier. Ich mochte Bier nicht einmal, also würde ich keine Lust auf ein zweites bekommen.

»Ich muss mal zur Toilette«, sagte ich, als Jess aufstand und zur Bar ging.

»Du hattest doch noch gar nichts zu trinken!«

»Das ist das Witzige am menschlichen Körper«, sagte ich, »manchmal muss man pinkeln, ohne dass man vorher Alkohol getrunken hat.«

»Ich komme mit«, bot Cassie an.

»Dann verlieren wir die Nische«, sagte ich. »Warum benehmt ihr euch denn so komisch?«

»Scheiße, wir benehmen uns nicht komisch«, sagte Cassie.

»Das hier ist ein Mädelsabend«, sagte Jess und legte den Arm um meine Schulter. »Wir möchten Zeit mit dir verbringen.«

»Na, ihr könnt aber nicht für mich pinkeln gehen, also …« Ich ging an ihr vorbei und Richtung Toiletten. Und plötzlich war mir klar, warum sie so ausflippten. Liam stand mit einer Gruppe Jungs da. Korrektur: Liam war mit ein paar Jungs da, aber er redete mit einem Mädchen. Einem wirklich hübschen Mädchen in einem wirklich kurzen Rock.

Taubheit kroch über meine Brust aufwärts, fror meinen Blick ein. Die Musik dröhnte in meinen Schläfen, als ich versuchte, meinen Blick loszureißen, aber es war wie bei einem Autounfall. Ich wollte es nicht sehen, aber ich konnte nicht aufhören hinzuschauen. Die Blonde sagte etwas, und Liam warf lachend den Kopf zurück. Er streckte die Hand aus und drückte ihre Schulter, deutete auf die leeren Gläser vor ihnen.

Na und? Er würde einem Mädchen einen Drink spendieren. Ich hatte keinen Anspruch auf ihn. Ich wollte ihn nicht mehr auf diese Art. Das war nur, weil ich ihn zum ersten Mal seit Wochen wiedersah. Es war eine Überraschung. Aber eine Überraschung erklärte nicht den Kloß in meinem Hals, der zu Tränen anschwoll.

»Lass uns gehen«, sagte Jess.

»Nein, mir geht's gut.« Ich schüttelte ihre Hand von meinem Arm. »Aber ich muss immer noch zur Toilette.«

»Dann komme ich mit«, bettelte Cassie.

»O mein Gott, ich kann allein zum Klo gehen und zurückkommen. Ich werde mich schon nicht verlaufen.« Ich griff mir den Stapel Untersetzer vom Tisch und hielt ihn hoch. »Ich kann die hier hinter mir abwerfen, damit ich den Weg zu euch zurückfinde.«

»Wir wollen nur ein wenig Spaß haben«, sagte Jess.

»Dann hol mir endlich mein Bier!« Ich schenkte ihnen mein breitestes Lächeln und ging dann Richtung Toilette, bevor sie mich aufhalten konnten.

Die Tränen kamen, als ich die Kabinentür schloss. Genau wie das Übergeben war das keine neue Erfahrung für mich im Garretts. Es war allerdings das erste Mal, dass ich alleine weinte. Ein Anruf von Tara plus ein Drink waren für gewöhnlich der Katalysator, der das auslöste, und diese Momente teilte ich bereitwillig, da ich dann hören wollte, dass Tara eine Bitch war. Dass Liam ein Arsch war, wollte ich aber nicht hören, weil er eben keiner war. Ich konnte der Wahrheit nicht entkommen: Liam war da draußen und redete mit einer anderen, weil ich ihn von mir gestoßen hatte.

Was das Richtige gewesen war.

Ein paar Meter Toilettenpapier später war mein Gesicht wieder trocken, ohne dass mein Make-up zu viel Schaden erlitten hatte. Ich holte tief Luft und ging zurück nach draußen. Ein Tequlia-Shot würde mir dabei helfen, die mitleidigen Blicke meiner Freundinnen zu überleben. Die Regel kein Alk zu Medikamenten galt nicht unter so drastischen Umständen. Ich schob mich durch die Menge und rief Frank meine Bestellung zu, der mir augenblicklich den Shot zuschob mit dem Blick eines Mannes, der genug

Drama in seiner Bar gesehen hatte, um zu wissen, wann ein Mädchen einen Drink brauchte.

Ich stürzte ihn hinunter, als die ersten Takte von irgendwas von Taylor Swift durch das Garretts hallten. Ich sah auf und erstarrte. Liam ging auf die Bühne. Ich hatte schon eine Menge Kerle gesehen, die sich bei der Karaokenacht zum Deppen machten, aber das hier war die Krönung. Quer durch die Bar trafen sich unsere Blicke, und er umklammerte das Mikro. In dem Moment wusste ich, dass es eine Nachricht an mich war. Ich kannte diesen Song.

Liam versuchte, mir etwas zu sagen, und die Botschaft war nicht nett. Obwohl er ziemlich gut singen konnte. Mein Innerstes zog sich bei dem Gedanken an seine Lippen und die Worte, die er mir im Dunkeln zugeflüstert hatte, zusammen. Ich konnte nicht glauben, dass er mir das antat. Mir wäre es weniger unangenehm gewesen, hätte er ein Bild von meinen Titten auf Facebook gepostet.

Er lenkte die Aufmerksamkeit auf mich. Auf uns. Die eine Sache, die meiner Meinung nach unverzeihlich war.

»Singt Liam da gerade einen Song von Taylor Swift?«, fragte Jess, die sie sich auf einen Barhocker neben mir fallen ließ.

»Unglücklicherweise.« Ich lehnte mich mit dem Rücken an die Bar und sah zu, wie Liam auf der Bühne einen Finger drohend erhob.

»Singt er dich an?«

»Jup.«

»Autsch«, sagte Jess und nahm einen Schluck von ihrem Long Island Iced Tea. Sie lauschte auf die Worte, dann verzog sie das Gesicht. »Das ist nicht der schmeichelhafteste Song.«

»Sind irgendwelche Songs von Taylor Swift schmeichelhaft?«, fragte ich und versuchte, mir nicht anmerken zu lassen, wie sehr Liams Auftritt meine Gefühle verletzte.

»Möchtest du gehen?«, fragte sie.

»Auf keinen Fall.« Der Tequila wärmte meinen Bauch, und ich warf ihr einen verschmitzten Blick zu. Eine Sekunde später zog ich sie auf die Tanzfläche.

Falls Liam glaubte, dass er mich so zu einer Reaktion provozieren konnte – das Spiel beherrschte ich genauso gut. Ich nahm Jess' Hände, und wir tanzten. Wie der Teufel es wollte, waren zwei heiße Mädels mehr als genug, um ein paar Kerle anzuziehen. Ich wagte es aufzublicken, aber Liam hatte die Bühne bereits verlassen. Jemandes Hände legten sich um meine Hüften, und mein Herz hämmerte. Ich zog seine Arme um mich und rieb meinen Hintern an ihm. Ich wusste, dass ich das nicht tun sollte, aber ich konnte nicht anders. Ich wollte mich nicht von Liam fernhalten. Nicht, während er genau hier bei mir war.

Und wäre es so falsch, ihn noch einmal mit nach Hause zu nehmen?

Die Menge wogte, und ich sah Liam, der auf der anderen Seite stand und mich beobachtete. Ich ließ mich glauben, dass er mit mir tanzte – dass er mich trotz allem irgendwie immer noch wollte. Selbst quer durch den Raum sah ich die Traurigkeit, die sich mit Wut in seinem Blick mischte, bevor er den Kopf ein wenig schief legte, als wollte er sagen: *Mach doch, was du willst.* Ich riss mich von dem Kerl los, der hinter mir tanzte, und schob mich durch die Menge.

Meine Lunge hatte aufgehört zu funktionieren, war ein Bleigewicht, das mir nur noch kurze, verzweifelte Atemzüge erlaubte. Ich bekam in diesem Gedränge keine Luft, also zwang ich mich durch die Menge auf den Notausgang zu. Die Nachtluft traf mich, und ich atmete tief ein, versuchte, mich zu fangen. Ich hatte die Kontrolle verloren. Ich konnte mich darüber nicht einmal mehr selbst belügen. Ich lehnte mich an die Fassade vom Garretts und zählte meine Atemzüge. Ein alter Physiotherapietrick, der immer funktionierte, selbst wenn ich es nur mit einer Panikattacke zu tun hatte.

Ich suchte mein Telefon in der Jackentasche und textete Jess, dass ich draußen war. Sie hatte recht, ich musste hier weg. Schnell. Liam wollte mich nicht. Er hatte diesen Song gesungen, um mir eine Botschaft zu schicken.

Mit uns war es vorbei. Er wusste, dass ich Ärger bedeutete. Genau das, was ich ihm seit Monaten versucht hatte zu sagen. Ich würde nicht wieder hineingehen. Es dauerte ein paar Minuten, aber dann schwang die Tür des Notausgangs auf, und diesmal war ich bereit dazu, weinend in Jess' Arme zu sinken. So zu tun, als wäre mein Herz nicht gebrochen, würde es nie heilen lassen. Ich war mit Liam zu weit gegangen. Und davon würde ich mich nicht alleine erholen.

Doch es war Liam, der da in den Schatten stand, die die Flutlichter vom Garretts warfen. Ich dachte nicht nach, ich lief einfach los. Ich hörte, dass er mir folgte, und ich zwang meinen Körper, schneller zu rennen, aber mein Absatz verfing sich in einem Loch im Bürgersteig, und ich stürzte auf die Knie.

»Himmel, Jillian«, sagte Liam, der mich nur Augenblicke später erreichte. Er versuchte, mir aufzuhelfen, aber ich schob seine Hände weg.

»So soll das jetzt laufen?«, fragte er. Das Lodern in seinen Augen brannte durch mich hindurch, als ich aufstand und das Stechen in meinen Knien zu ignorieren versuchte. Ich lehnte mich an eine Straßenlaterne und hoffte, dass ich trotz meines demütigenden Fluchtversuchs lässig aussah.

»Ich will nicht mit dir reden«, sagte ich. Ich hielt den Blick auf das Garretts gerichtet. Jess würde mich jeden Moment retten, aber je länger ich zur Tür blickte, desto weniger wollte ich, dass sie kam. Die Verwirrung drehte mir den Magen um wie eine üble Nacht mit zu vielen Drinks. Ich wollte, dass Liam ging. Ich wollte, dass Liam blieb.

»Das hast du deutlich gemacht«, sagte Liam verletzt. »Ich schätze mal, es ist dir dabei völlig egal, was ich will.«

»Es hätte niemals funktioniert.« Ich begann mit der Rede, die ich für diesen Moment geprobt hatte. Die, in der ich seinen Herzschmerz und meinen einfach mit einem Lachen abtat und ihn daran erinnerte, dass wir als Techtelmechtel angefangen hatten. Ich hatte es ein Dutzend Mal vor dem Spiegel zu mir selbst gesagt, aber als ich es jetzt versuchte, klangen meine Worte flach.

»Warum? Nenn mir einen Grund, warum es nicht funktionieren sollte.«

»Du gehst zurück nach Schottland«, sagte ich. Der

Grund war genauso gut wie alle anderen auch, die mir durch den Kopf gingen.

»Wir haben das einundzwanzigste Jahrhundert, Jillian.« Er machte einen Schritt auf mich zu, und ich drückte mich gegen das kühle Metall des Laternenpfahls. »Man braucht nicht mehr die Titanic, um den Atlantik zu überqueren.«

»Ich habe zugesehen, wie Cassie das mit einem Jungen von Zuhause versucht hat. Weißt du, was deutlich näher an Washington ist als Schottland? Texas. Weißt du, wie lange das zwischen ihnen gehalten hat? Zwei Wochen.«

»Du hast einen Reinfall mitbekommen, und das war's?« Liam wandte sich von mir ab und stieß ein hohl klingendes Lachen aus. »Ich weiß, dass es nicht daran liegt. Was verschweigst du mir?«

»Ich bin ein totaler Loser, Liam. Möchtest du das von mir hören?«, fuhr ich ihn an und zwang ihn so, mich anzusehen. »Ich baue immer nur Mist.«

»Du verbirgst etwas vor mir, Jillian, und das tut weh.« Seine Stimme senkte sich, und er kam auf mich zu, sein Körper nur noch Zentimeter von meinem entfernt. »Das tut weh, weil ich alles an dir will. Den sexy Teil und den lustigen und besonders den, der Mist baut.«

Sein Körper zog mich an. Der Sog, den er auf mich ausübte, war magnetisch, unwiderstehlich. Ich packte die Straßenlaterne hinter meinem Rücken, um nicht gegen ihn zu sinken. Er trat noch näher und senkte den Kopf, sodass sein Gesicht meinem ganz nahe war. Sein Atem war heiß und roch nach Whiskey. Ich holte tief Luft und sagte dann: »Das ist verrückt.«

Er sah mich an, als hätte ich ihm eine Ohrfeige verpasst. »Das ist Liebe.«

Der Druck in meiner Brust zerbarst, ein Zittern durchfuhr meinen Körper. Meine Knie gaben nach, und ich klammerte mich an den Pfahl, um unter dem Gewicht seiner Worte nicht zusammenzubrechen. Er hielt meinen Blick fest, und ich konnte nicht wegsehen.

»Du hast es doch gesehen. Ich bin krank.«

»Ich habe die Pillen gesehen. Man kann so etwas nicht mit Chiclets überspielen, Jillian. Aber das ist mir egal.« Die Worte kamen so leicht von seinen Lippen, seinen perfekten Lippen, die zum Küssen einluden.

»Du kannst mich nicht heil machen, Liam. Ich habe Parkinson im Frühstadium. Noch ein paar Jahre, dann wird er schlimmer werden.«

»Und du glaubst, ich gehe deshalb einfach weg?«, fragte er.

»Ja, wenn du klug bist, gehst du jetzt. Die Erinnerung wird besser sein als jede Zukunft, die wir miteinander teilen könnten«, sagte ich durch den Nebel, den seine Nähe in mir auslöste.

»Ich habe dir nicht versprochen, dass das mit uns für immer sein wird, Jillian. Und ich bitte dich auch nicht darum, mir das zu versprechen. Ich möchte nur eine Chance – eine richtige.«

Ich schmolz unter seinem Blick dahin und versuchte, meine Hände davon abzuhalten, ihn an mich zu ziehen.

»Ich kann dir keine Chance geben«, flüsterte ich.

Er machte einen Schritt von mir weg, und ich vermisste sofort seine Körperwärme, seine Nähe.

»Willst du die Wahrheit wissen? Ich hatte in der Sekunde gewusst, in der ich dich sah, dass ich besser gehen sollte. Ich wusste, dass du mich zerfetzen würdest, aber ich hatte mich nicht von dir fernhalten können. Wenn du das kannst, bist du vielleicht stärker als ich.« Er schwieg und fuhr sich mit einer Hand durchs Haar. Eine Erinnerung daran, wie ich meine Finger darin vergraben hatte, blitzte durch meinen Kopf, und mir wurde warm, und ich betete, dass er mich umstimmen würde. Er musste an mir festhalten.

»Ich glaube aber nicht, dass du stark bist, nicht mehr«, fuhr er fort, und seine Stimme wurde fester. »Ich glaube, dass du Angst hast, und ich verdiene mehr als das, und du auch.«

Kies knirschte in der Nähe, und wir wandten uns um und sahen Jess, die sich uns vorsichtig näherte. Sie hielt das Telefon in der Hand und sah uns beide an, wartete darauf, dass wir ihr ein Signal gaben, stehen zu bleiben. Ich rannte auf sie zu.

»Frag sie«, rief Liam mir zu. »Frag sie, was sie davon hält, dass du vor deinen Problemen davonläufst.«

Jess fing mich auf und drückte mich an sich.

»Hör auf, Liam«, befahl sie grimmig. Ich wusste, dass Jess ihm recht gab, aber meine beste Freundin würde sich niemals auf seine Seite stellen, selbst wenn sie wusste, dass er recht hatte.

»Ich möchte nach Hause«, sagte ich leise. Sie rieb meinen Arm und führte mich weg.

Liam folgte uns nicht, aber er rief mir etwas hinterher, als wir davongingen: »Leb wohl, Jillian.«

Mein Name erstarb auf seinen Lippen, und ein Teil von mir starb in diesem Moment ebenfalls. So hatte ich es mir tief in der Nacht vorgestellt. In diesen Träumen machten wir aber erst Liebe, und dann stieg er in ein Flugzeug. In diesen Träumen gab es Gelächter und Neckereien und Küsse. So wollte ich ihn in Erinnerung behalten, aber jetzt würde ich für den Rest meines Lebens diese letzten Worte hören.

Kapitel 22

Die Welt war grau, und das Gewicht meiner Fehler drückte mich nieder. Erinnerungen stürmten auf mich ein, und ich konnte sie nicht auslöschen. Jegliche Farbe war aus meinem Leben gesaugt worden, als ich in meinem Zimmer stand und versuchte, meine Gefühle einzuordnen und zu begreifen. Die Sache mit Liam war am schlimmsten, denn das wollte ich nicht fühlen. Nicht, wenn das Leben bereits so kompliziert war. Wir waren beide besser ohne einander dran. Aber selbst als ich das dachte, ergab es keinen Sinn. Es ergab alles keinen Sinn ohne ihn. Und doch konnte sein Leben auch niemals einen Sinn ergeben, wenn ich darin vorkam.

Eine Schwärze kroch in mein Inneres, höhlte mich aus und ließ mich so leer zurück, dass ich kaum noch aufrecht stehen konnte.

Mein Bett war kalt, und ich konnte mich nicht dazu überwinden, mich hineinzulegen. Es stand da, und die Erinnerungen an nackte Haut und unsere Leiber blitzten in meinem Kopf auf. Schloss ich die Augen, spürte ich seine Lippen auf meinem Hals und meinem Bauch und meinen Brüsten, aber wenn ich sie öffnete, war ich allein, und meine Seele war wund und nackt.

Ich wollte schlafen und vergessen, hoffte, dass die Sonne am Morgen wieder da sein würde. Aber ich konnte mich darauf nicht mehr verlassen, und die bequeme Lüge, die ich mir selbst so lange eingeredet hatte, bis sie wahr zu sein schien, drohte mich zu lähmen.

Ich schlug mich, immer wieder, und konzentrierte mich auf das Stechen, das meine Handfläche hinterließ. Ich war dumm. Ich war wertlos. Kaputt. Ich spürte den Hass durch meine Adern strömen wie ein langsam fließendes Gift, und das war besser als die betäubende Kälte, die mich zu überwältigen drohte.

Es gab Dinge, vor denen ich nicht davonlaufen konnte. Ich konnte vor Liam davonlaufen, aber mein eigener Körper war mein schlimmster Feind, und der wandte sich gegen mich. Das Prickeln begann in meinen Händen und wanderte in meinen Armen hinauf, als ich ins Bad stürzte. Mit jedem Schritt wurde ich langsamer, bis ich gegen das Waschbecken sank und nach meinen Medikamenten griff, die die Versteinerung aufhalten konnten, die sich in meinen Gliedern ausbreitete. Ich konnte sie jedoch kaum greifen, ganz abgesehen davon, dass ich die Deckel mit Kindersicherung nicht öffnen konnte. Ich schrie auf und schleuderte sie gegen die Wand, als der Tremor meinen Körper erfasste und ich zu Boden fiel. Ich war ein Erdbeben. Unkontrollierbar. Unaufhaltbar.

»Jills!« Jess tauchte in der Tür auf und kniete sich neben mich, hielt mich fest.

Ich hörte die Flüche, die aus mir herausplatzten, aber ich konnte sie genauso wenig aufhalten wie den Anfall, der das Kommando über meinen Körper übernommen hatte. Meine Finger waren verkrümmt und steif. Ich war versteinert, meine Gliedmaßen angespannt und knorrig wie die Äste eines toten Baumes. Jess presste ihre Finger auf meine Handgelenke und prüfte meine Augen.

Sie sprang auf und holte die Medizinflaschen aus dem Regal. Sie schob mir eine Pille in den Mund, aber ich konnte nicht schlucken. Mein Körper gab auf. Das wurde aber auch verdammt noch mal Zeit. Ich hatte schon vor Langem aufgegeben.

»Jills, komm, du musst das hier runterkriegen«, flehte sie, aber ich konnte mich nicht genug entspannen.

»Wo sind deine Injektionen?«

Ich antwortete ihr, aber die Worte waren ein Mischmasch aus Konsonanten und Vokalen.

Jess hatte gelernt, mir eine Spritze zu setzen, als wir zusammengezogen waren. Mein Arzt hatte gesagt, es wäre nur eine Vorsichtsmaßnahme, aber Tara hatte darauf bestanden. Sie hatte mich unter gar keinen Umständen alleine leben lassen wollen, wenn es niemanden in meiner Nähe gab, der mit einem Worst-Case-Szenario klarkam, also hatte sie Jess dafür eingespannt. Denn Jess war gut, und auf sie war Verlass, und sie war alles, was ich selbst nicht war.

Das hier hätte sie aber niemals tun sollen. Eine Einundzwanzigjährige sollte keine solchen Anfälle bekommen. Das geschah in Taras Paranoia und nicht in meiner Realität. Ich wünschte mir, Liam wäre in diesem Moment da, dass er mich so sehen würde, denn dann würde er mir kein Versprechen mehr abnehmen wollen. Während mein Körper jetzt seinen Dienst verweigerte, dachte ich daran, dass ich ihn genau hiervor bewahrte. Daran klammerte ich mich, als ich meine Arme dazu zwang, sich zu bewegen. Ich versuchte, mich daran zu erinnern, wie ich meine Finger strecken musste, um mich am Waschbecken hochzuziehen, aber mein Gehirn kämpfte gegen mich an und hielt mich am Boden.

»Ich gebe dir eine Spritze«, sagte Jess leise und beruhigend, aber ich hörte das Zittern in ihrer Stimme. Sie blinzelte eine Träne zurück, dann legte sich eine unbewegte Ruhe über ihr Gesicht. Das hier war Dr. Jess, das Mädchen, das eine Zukunft hatte, wie ich sie nie haben würde, und sie verdiente sie, denn ich vertraute niemand anderem, mich so zu sehen und mich immer noch zu lieben. Es war der Segen unserer Freundschaft und zugleich unser größter Fluch. Ich fragte mich einen Augenblick, ob sie überhaupt Medizin studieren würde, wenn sie nicht dazu gezwungen worden wäre, aber ich brachte es nicht über mich, sie zu bemitleiden. Sie lebte, und ihr Leben war selbstbestimmt.

Als die Spritze in ihrer Hand auftauchte, heulte eine Sirene in meinem Kopf los. Jess ließ sich neben mir zu Boden fallen und schnippte mit dem Finger gegen die Spritze. Jess blinzelte eine weitere Träne zurück und setzte die Nadel an meinen Arm. Weder mein Mund noch mein Körper gehorchten mir, aber mein Geist funktionierte, und ich wusste, dass Jess ernsthaft besorgt sein musste, wenn sie so weit ging. Ich versuchte, ihre Hand wegzustoßen, aber ich konnte meine Arme nicht bewegen. Eine Injektion war die letzte Zuflucht, da wir beide wussten, wie sie mit den Medikamenten zusammenwirken würde, die ich gerade nahm. Ich schrie wieder, als sie das Medikament vorsichtig in meine Vene spritzte und es schwarz um mich wurde.

Kapitel 23

Ein hartnäckiges Piepsen drängte sich in meine Träume und weckte mich, und ich blickte auf schlammgrüne Wände. Ich blinzelte, als ein Klemmbrett in mein Sichtfeld schwamm mit einem Pflegeplan darauf. Ich versuchte, mich aufzusetzen, aber ein Wirrwarr aus Infusionsschläuchen fesselte mich ans Bett. Ich brauchte noch eine Sekunde länger, bis ich erkannte, dass ich im Krankenhaus war. Jess hatte sich auf dem Sofa neben mir zusammengerollt und schlief. Ich öffnete den Mund und stellte fest, dass er staubtrocken war und dass ich so nicht sprechen konnte. Ich tastete nach dem roten Rufknopf, der an der Seite meines Bettes war, drückte darauf und wartete.

Eine Krankenschwester im Hello-Kitty-Kittel kam ein paar Minuten später geschäftig ins Zimmer gelaufen. Sie wirkte nicht viel älter als ich, aber als sie sich über mich beugte, um den Rufknopf abzustellen, wehte mir der Geruch nach kaltem Kaffee und Zigaretten entgegen, der zu den Ringen unter ihren Augen passte.

»Miss Nichols, wie geht es Ihnen?« Sie blätterte durch meine Unterlagen und warf mir dabei flüchtige Blicke zu.

Jess bewegte sich und setzte sich auf, rieb sich den Schlaf aus den Augen. Es dauerte nur ein paar Sekunden, bis sie ganz wach war und neben mir stand.

»Geht es dir gut, Jills?« Jess strich mir die Haare aus dem Gesicht und blickte besorgt auf mich herab.

»Wasser«, flüsterte ich lautlos.

»Ich hole einen Krug«, sagte die Krankenschwester abwesend, während sie etwas auf dem Klemmbrett abhakte.

Jess verschwand und tauchte eine Sekunde später mit einem Becher wieder auf. Die Krankenschwester sah sie mit einem Stirnrunzeln an, fuhr dann aber damit fort, meine Werte zu überprüfen, während Jess mir den Becher an den Mund hielt. Das Wasser tat unendlich wohl.

»Hilfst du mir, mich aufzusetzen?«, fragte ich Jess.

»Natürlich.« Sie legte einen Arm um meine Schultern und schob dann ein Kissen hinter meinen Rücken.

»Wie lange war ich weg?«

»Nur ein paar Stunden«, versicherte Jess mir und stopfte noch ein Kissen unter meinen Kopf.

Ich musste nicht fragen, warum ich hier war. Die Ereignisse der vergangenen Nacht – wenn auch verschwommen wie der Nebel über der Bay – standen mir deutlich vor Augen. Ich erinnerte mich an den lähmenden Schmerz, der sich in meinem Körper ausgebreitet und meine Glieder hatte versteinern lassen. Was zu Jess' Injektion geführt hatte, war lebendig, doch die greifbarste Erinnerung an den vergangenen Abend war die magnetische Anziehungskraft zwischen Liam und mir, als er mir gegenüber gestanden hatte. Ich konnte mich allerdings an nichts erinnern, nachdem Jess mir die Spritze gegeben hatte.

»Bitte sag mir, dass du Tara nicht angerufen hast.«

»Hab ich nicht.« Jess biss sich auf die Lippe wie immer, wenn sie schlechte Neuigkeiten hatte. »Aber das Krankenhaus hat angerufen, als wir dich hergebracht haben.«

Die Krankenschwester gab mir einen Becher voller Pillen. Es waren deutlich mehr als sonst.

»Sie müssen die hier nehmen«, sagte sie.

»Was ist das?« Ich war nicht gerade scharf darauf, mehr Tabletten zu schlucken, als ich sonst schon nahm, aber ich war auch nicht erfreut über die Aussicht, in diesem Krankenhausbett bleiben zu müssen.

»Der Rufarzt hat Ihnen etwas gegen Panikattacken verordnet«, sagte die Krankenschwester.

»Ist das sicher?«, stieß ich hervor. Ich hatte schon mehrfach Medikamente probiert, um besser mit dem Stress umzugehen und meine Angst in den Griff zu bekommen. Aber es hatte nichts gebracht. Ich war immer noch ein Anfänger, wenn es darum ging, mich gegen Gefühle abzuschotten, gegen meine eigenen und die der Menschen um mich herum.

»Sicherer als ein weiterer Anfall«, sagte die Krankenschwester.

Ich schluckte die Pillen, eine nach der anderen, mit großen Schlucken Wasser dazwischen. Es war so lange her, dass ich Wasser gebraucht hatte, um meine Medikamente zu schlucken, dass ich ein paar fast wieder ausspuckte. Die

Krankenschwester schien von meiner Bereitwilligkeit, die Medikamente zu nehmen, besänftigt zu sein, denn sie verschwand auf dem Flur und ließ Jess und mich alleine.

Jess hielt mir mein Telefon hin. »Ruf ihn an.«

Ich schüttelte den Kopf. So ein Mädchen würde ich nicht sein. Ich wollte keine von denen sein, die beim ersten Anzeichen von Schwierigkeiten ihren Ex anrief. Das war zu beziehungsmäßig.

»Er wird es herausfinden, Jills. Und er sollte es von dir hören.« Jess saß auf der Kante meines Bettes und streckte mir immer noch das Telefon entgegen.

»Wie soll er es herausfinden? Das hier landet wohl kaum als Statusbericht auf Facebook.« Ich würde ihn auf gar keinen Fall anrufen, und Jess konnte mich nicht dazu zwingen.

»Weil ich es ihm erzähle, wenn du es nicht tust«, sagte Jess fest.

Ich zuckte vor ihr zurück. Jess war meine beste Freundin. Wir waren praktisch Schwestern. »Du hast kein Recht, ihm das zu erzählen.«

»Liam liebt dich, und er hat Angst. Du kannst nicht weiter so tun, als wäre das egal. Sieh doch nur, wohin dich das gebracht hat.«

»Das ist nicht wegen Liam passiert.« Ich wusste genau, dass es eine Lüge war. »Und mal abgesehen davon ist er über mich hinweg.«

»Ich habe euch beide letzte Nacht gesehen. Er ist nicht über dich hinweg«, sagte Jess. Sie begann, durch meine Kontakte zu klicken.

»Sag es ihm nicht«, sagte ich. »Vielleicht hast du recht, aber ich kann mich ihm jetzt nicht stellen.«

»Du kannst nicht vor dem Leben davonlaufen.« Was Jess da sagte, spiegelte Liams Worte vom vergangenen Abend wider. Warum konnten sie nicht sehen, dass ich nicht davonlief, sondern mich nur schützte? Und sie schützte ich auch.

»Ich will ihn nicht hier haben.« Ich hatte die Worte heftig hervorgestoßen, und Jess sah mich überrascht an.

»Vielleicht hast du recht. Du vertraust ihm nicht«, sagte sie dann. »Vielleicht verdient Liam mehr.«

Sie hätte mir eine Ohrfeige verpassen können, und es hätte weniger wehgetan. Ich versuchte, meine Miene reglos zu halten, aber ich wusste, dass ich versagte. Heiße Tränen brannten in meinen Augen, und ich blinzelte gegen sie an.

»Nicht jetzt«, sagte ich schließlich.

»Falls dir die Information nützt, Cassie stimmt mir zu.«

Ich stöhnte. »Du hast Cassie erzählt, dass ich hier bin.«

»Was glaubst du, wie ich dich ins Krankenhaus bekommen habe? Du warst bewusstlos, Jills.«

»Übrigens, miesester Mädelsabend überhaupt«, sagte ich und wechselte das Thema, bevor die Panik sich in meiner Brust festsetzen konnte.

»Bei Weitem nicht«, widersprach Jess. »Erinnerst du dich nicht an den Teufelstequila?«

Wir lachten beide los, als wir uns an die Nacht in unserem ersten Semester erinnerten, in der Cassie und ich uns eine ganze Flasche Jose Cuervo geteilt hatten. Die arme Jess hatte die gesamte Nacht damit verbracht, uns die Haare aus dem

Gesicht zu halten und unsere Rücken zu tätscheln, während wir über der Toilette hingen. Das restliche Jahr hatte die Flasche bei uns herumgestanden, auf deren Etikett wir »666 – Flasche des Teufels« gekritzelt hatten. Ich war mir ziemlich sicher, dass ich sie noch irgendwo haben musste. Das war tatsächlich in unserer gemeinsamen Geschichte die einzige Nacht, die schlimmer gewesen war.

»Hast du Hunger?«, fragte Jess. »Du solltest vielleicht etwas essen wegen der ganzen Medikamente.«

Bei ihren Worten wurde mir klar, dass gähnende Leere in meinem Magen herrschte. Ich nickte begeistert.

»Ich gehe runter in die Cafeteria und hole dir was.« Jess beugte sich zu mir und gab mir einen Kuss auf die Stirn.

»Hol Pudding. Aber nicht den ekligen.«

Jess blieb kurz in der Tür stehen. »Oh, und falls jemand fragt, sag, dass wir Schwestern sind. Deshalb darf ich bei dir bleiben. Besuchszeit ist schon seit Stunden rum.«

»Verstanden.« Wer auch immer es der schlanken, superblonden Jess abgekauft hatte, dass sie meine Schwester war, musste blind sein, aber ich war dennoch dankbar. Ich konnte mir niemanden vorstellen, den ich lieber hier bei mir haben wollte. Tatsächlich gab es niemanden, der mich jemals so sehen sollte. Jess hatte mich schon in viel schlimmeren Situationen erlebt.

Sie war in Rekordzeit zurück, aber als ich aufsah, stand nicht Tess vor mir, sondern Tara. Ihre Haare waren zu einem strengen Pferdeschwanz gebunden, und sie trug kein Make-up. Sie sah ungewöhnlich lässig aus in Jeans und Pulli, gar nicht wie die Tara, die in meiner Wohnung aufgetaucht war, um sich bei uns einzunisten. Dann begriff ich, dass das Haus meiner Tante drei Stunden entfernt in Spokane war. Meine Mutter musste sofort ins Auto gesprungen sein. Schuldgefühle überrollten mich. Zuerst hatte Jess mit dieser Situation fertig werden müssen und jetzt meine Mutter. Sie blieb am Fußende meines Bettes stehen und musterte mich mit Tränen in den Augen, zumindest sah es so aus, aber das war unmöglich. Tara war keine Heulsuse. Dann stürzte sie auf mich zu und umarmte mich, wobei sie sich in den Schläuchen verhedderte.

»Autsch!«, jaulte ich auf.

Tara trat einen Schritt zurück und löste sich aus den Schläuchen. »Ich wusste, dass ich nicht hätte wegfahren sollen.«

»Es ist nicht deine Aufgabe, hier herumzusitzen und den Babysitter für mich zu machen«, sagte ich sauer.

»Ich bin deine Mutter. Genau das ist meine Aufgabe.« Tara setzte sich neben mich und nahm meine Hand. »Was ist passiert, Jills?«

»Nur eine üble Reaktion auf die Medikamente.« Ich ließ den Streit mit Liam aus und den Tequila und das Gefühl grenzenloser Hoffnungslosigkeit, das mich sogar jetzt noch runterzog.

»Du solltest nach Hause kommen. Dein Vater wird die Schule anrufen und das veranlassen. Du kannst nach San Diego wechseln. Das sind nur zehn Minuten …«

Ich hielt die Hand hoch, um sie zu unterbrechen. »Mein Leben ist hier.«

»Welches Leben?« Das war absolut typisch für Tara, aber

selbst sie schaute jetzt betreten drein wegen ihres gedankenlosen Kommentars. Statt zurückzurudern, machte sie weiter. »Du hast kein Hauptfach. Du hast mit diesem Jungen Schluss gemacht. Du besuchst kaum noch Seminare. Du hast keinen Job.«

Jetzt, als sie es so sagte, klang ich wirklich ziellos, und trotzdem fühlte ich mich nicht so. Denn als sie mich so zwang, der Realität ins Auge zu blicken, erkannte ich, dass ich sehr wohl ein Leben hatte.

»Ich habe Freunde, Mom«, sagte ich. »Ich mag das College, selbst wenn ich nicht viele Seminare mache. Sobald sie meine Medikamente richtig eingestellt haben, mache ich mich ernsthaft an die Arbeit. Ich habe sogar ein Hauptfach ausgesucht.«

Tara hob eine Augenbraue. »Und das wäre?«

»Psychologie. Ich schätze, ich kann mit Kindern arbeiten, die mit einer schweren Krankheit zurechtkommen müssen.« Die Antwort kam einfach so aus meinem Mund und überraschte mich selbst. Hatte ich wirklich darüber nachgedacht? Es war nicht nur eine perfekte Antwort, es war tatsächlich das perfekte Hauptfach für mich. Ich war nicht sicher, wann mir diese Idee gekommen war.

»Das ist wunderbar, Liebling«, sagte Tara. In ihrer Stimme klang wirklich so etwas wie Stolz mit, aber ich war nicht ganz sicher, denn so etwas hatte ich noch nie von ihr gehört.

Tara zögerte und zupfte an einem losen Faden an meinem Krankenhauskittel.

»Spuck es schon aus«, drängte ich.

»Und dieser Junge?«

»Liam?«, fragte ich. »Was ist mit ihm?«

»Wo passt der in dieses Bild?«

»Das tut er nicht«, sagte ich mit fester Stimme. »Du brauchst dich seinetwegen nicht zu sorgen.«

»Ich sorge mich eigentlich deinetwegen. Ich war wirklich wütend wegen des Zwischenfalls in der Toilette, aber dein Vater hat mich erkennen lassen, dass er gut für dich ist. Ambitioniert, höflich.«

»Zwei Dinge, die ich nicht bin«, sagte ich tonlos. Zuerst hatte Jess mich verraten, und jetzt stellte sich sogar Tara auf Liams Seite.

»Das sage ich nicht, Jillian«, sagte Tara. »Du hast Jungs benutzt wie Taschentücher, seit du an der Schule bist. Das ist nicht gut.«

Ich starrte meine Mutter an. Wie konnte sie darüber Bescheid wissen?

»Du hast dich letztes Frühjahr nicht von deinem Facebook-Account abgemeldet, als du bei uns warst. Ich habe reingeschaut«, gab sie zu.

Ich sollte ihr böse sein. Um genau zu sein, sollte ich auf hundertachtzig sein. Aber es war meine eigene verdammte Schuld, ich hatte Tara dabei erwischt, wie sie mein Tagebuch gelesen hatte, als ich elf war. Daraufhin hatte ich ausgehöhlte Bücher für Schmuggelware wie Kondome in meinem Regal platziert, und schon in der Highschool hatte ich aufgehört, Dinge auf Papier zu schreiben, und stattdessen einen anonymen Blog genutzt. Als ich meinen Facebook-Account eingerichtet hatte, war ich sehr vorsichtig bei den Einstellungen gewesen, und doch hatte sie mein

Leben monatelang sehen können. Ich zuckte zusammen und dachte an die Sachen, die sie den Sommer über gelesen hatte.

»Du solltest diesen Account wirklich löschen, bevor du dich nächstes Jahr nach einem Job umsiehst«, riet sie mir.

Jetzt gab meine Mutter mir Ratschläge für Social Media.

»Das mache ich«, versprach ich. »Aber ich will an der Olympic State bleiben.«

Jess kam ins Zimmer gehüpft und hielt triumphierend Becher mit Pudding über den Kopf, doch sie kam schlitternd zum Stehen, als sie Tara sah.

»Wir reden später darüber«, sagte Tara leise.

»Mrs. Nichols, schön Sie zu sehen«, sagte Jess. »Ich kann noch mehr Pudding holen gehen.«

»Nicht nötig«, sagte Tara und winkte sie herein. »Danke, dass du mich angerufen hast, Jessica.«

Ich warf Jess einen betroffenen Blick zu und formte hinter dem Rücken meiner Mutter die Worte *Spinnst du*? Jess biss sich auf die Lippe und zog die Schultern hoch. Anscheinend würde sie sich nicht entschuldigen. Sie stellte die Puddingbecher auf das Tablett, das man über das Bett schieben konnte.

»Ich sollte nach Hause gehen. Hab morgen Unterricht«, sagte sie.

»Vergiss nicht, deine Facebook-Timeline upzudaten, damit alle Welt weiß, dass ich hier bin«, sagte ich.

»Jills.« Jess seufzte.

Ich versuchte, wütend zu bleiben, aber da Schokopudding auf mich wartete und weil Jess die eine Person war, von der ich wusste, dass sie mich während meines Krankenhausaufenthalts vor Tara retten würde, beschloss ich, es gut sein zu lassen. »Kommst du morgen wieder?«

»Natürlich«, sagte sie, warf sich die Haare über die Schulter und nahm ihre Tasche.

»Kannst du fahren, Jessica?«, fragte Tara sie. »Du warst die ganze Nacht hier.«

»Ich habe auf der Couch geschlafen. Ich hatte ein wenig Schlaf im Austausch gegen einen steifen Nacken.« Jess rieb sich die Schulter.

»Vielleicht könnten sie noch ein Bett hier reinstellen?«, sagte Tara, nachdem Jess weg war. »Das wäre wie eine Pyjamaparty!«

»Super!« Ich versuchte, begeistert zu klingen, und zu meiner Überraschung war der Gedanke daran, Tara da zu haben, während ich hier festsaß, gar nicht so schlimm. Vielleicht hatte Jess ja irgendwie recht. Das würde ich ihr nur niemals sagen können.

Kapitel 24

Tara bestand darauf, dass ich so lange im Krankenhaus blieb, bis ein Spezialist sich meinen Fall angesehen hatte, was bedeutete, dass ich die ganze Woche ans Bett gefesselt war und die kleine Auswahl an Programmen durchzappte, die auf dem Fernseher im Krankenzimmer zur Verfügung standen. Ich fragte mich die ganze Zeit, warum sie nicht für HBO bezahlen konnten. Ich hatte genug Krankenhausrechnungen gesehen, um zu wissen, dass sie es sich leisten konnten. Acht Mäuse für eine Dosis Ibuprofen? Ich fand, da konnten sie ruhig einen Zugang zu *Game of Thrones* springen lassen. Cassie schmuggelte heimlich Essen rein, so oft es ging, damit ich mich nicht die ganze Zeit von wässriger Götterspeise und zerkochtem Hühnchen ernähren musste.

Meine Mutter weigerte sich, das Krankenhaus zu verlassen, nicht einmal kurz einkaufen ging sie. Sie hatte sich so überstürzt auf den Weg zu mir gemacht, dass sie ohne einen Koffer gefahren war, deshalb brachte Jess ihr Jeans und T-Shirts. Es war traurig, dass ich meine Mutter noch nie im T-Shirt gesehen hatte, außer bei einem unserer missglückten Ausflüge nach Disneyland, als ich sieben gewesen war. Tara wich nur von meiner Seite, um kurz zu »promenieren«, was sie alt und britisch klingen ließ, aber mir ein paar wertvolle Minuten Zeit für mich selbst verschaffte.

Heute sah ich ständig auf die Uhr und wartete auf fünf vor zwei, weil Tara dann aufstehen und sich strecken und ankündigen würde, dass sie kurz über die Flure gehen würde. Sobald sie aufstand, setzte ich mich im Bett auf.

»Gehst du spazieren?«, fragte ich sie. Ich konnte mich nicht dazu überwinden, promenieren zu sagen.

Tara hielt inne und musterte mich. »Heißes Date?«

Ich zuckte zusammen und schüttelte den Kopf.

Ein schuldbewusster Ausdruck legte sich sofort auf ihre Miene. »Ich gehe jetzt mal promenieren.«

Sobald sie aus der Tür war, eilte ich ins Bad und schnappte mir dort einen der Schokoriegel, die Cassie mitgebracht hatte. Ich hatte sie in meinen Toilettenbeutel gestopft, da Tara raffinierten Zucker als eine der drei größten Bedrohungen für die bestehende Unabhängigkeit Amerikas ansah. Allem Anschein nach würden Kohlenhydrate das Land auf den Weg der Maya schicken. Ich hatte etwa zwanzig Minuten zum Naschen, aber als ich wieder aus dem Bad kam, war ich nicht allein in meinem Zimmer.

Liam saß auf meiner Bettkante, er hatte einen Teller mit selbst gebackenen Waffeln und eine Packung Chiclets auf den Tisch gelegt.

»Waffeln zum Mittag«, sagte er. Er saß nicht lässig und

entspannt da. Er fühlte sich hier sichtlich unbehaglich, und seine Hände lagen verkrampft in seinem Schoß.

»Hat Jess dir gesagt, dass ich hier bin?«, fragte ich.

»Ist das wichtig? Ich gehe, wenn du möchtest, aber …«

Ich kreuzte die Arme vor der Brust und war mir meines papierdünnen, erbsensuppengrünen Krankenhauskittels sehr bewusst, dann wartete ich darauf, dass ihm der Rest des Satzes wieder einfiel.

»Aber?«, fragte ich schließlich nach.

»Aber ich will nicht gehen.«

»Liam, du bist ein süßer Kerl. Glaub mir, ich tue dir einen Gefallen«, sagte ich und hoffte, dass er nicht sah, wie meine Unterlippe zitterte. Er musste hier raus, bevor ich anfing zu weinen. Liam hier bei mir zu haben, verletzte eine Grenze, die ich nicht bereit war zu überschreiten. Das Krankenhaus war der Ort, an dem die Kranken blieben. Hier gab es nur Tod und Krankheit und den grässlich beißenden Geruch nach Bleiche. Liam gehörte in die Welt mit Vanille und Küssen im Regen.

Er stand auf und bedeutete mir, dass ich wieder ins Bett gehen sollte, aber ich zögerte, was ihm die falsche Botschaft vermittelte. Als ich nicht wieder ins Bett stieg, zog er mich an sich und legte die Hand in meinen Nacken.

»Ich brauche keine Gefallen«, flüsterte er. »Ich brauche nur dich.«

Ich leckte mir über meine plötzlich trockenen Lippen und schüttelte den Kopf. »Es gibt kein Heilmittel für Parkinson, und es wird schlimmer werden. In ein paar Jahren …«

»Glaubst du, ich hätte nicht schon jedes gottverdammte Buch über Parkinson gelesen, das in der Ellis Bibliothek steht?«, unterbrach er mich. »Und ich habe mit Jess geredet.«

Ich verengte die Augen. »Das war nicht ihre Sache.«

»Sei nicht böse auf Jess. Ich habe sie nach dem Anfall im Wohnzimmer darauf angesprochen.«

»Du wusstest es?«

Liam nickte. »Es hat eine Weile gedauert, bis ich es verstanden hatte. Ich war nicht sicher, ob ich damit klarkomme.«

Er hatte es die ganze Zeit gewusst, und er hatte sich von mir ferngehalten. Ich wusste nicht, was mehr wehtat: Jess' Betrug oder dass er gerade meine größte Angst bestätigt hatte. »Na ja, es wird schlimmer, also hoffe ich, dass du mit deinen zukünftigen Freundinnen mehr Glück hast.«

»Ich sagte, ich *war* nicht sicher. Vergangenheitsform. Du warst es, die nicht mit mir reden wollte, Chick.«

Ich schmolz dahin, als er mich so nannte. Es fühlte sich so richtig an, nachdem so viel falsch gelaufen war.

»Und dann habe ich begriffen, dass ich damit nicht klarkommen muss«, sagte er. »Mein Job ist es, dir zu helfen, damit klarzukommen.«

»Ich brauche keine Hilfe«, sagte ich stur. Ich wand mich aus seinen Armen und ließ mich außerhalb seiner Reichweite aufs Bett fallen. »Ich will kein Mitleid.«

»Gut, weil ich dir nämlich auch keins anbiete.« Liam ragte über mir auf, und eine Vielzahl an Gefühlen glitt über seine Miene. Er wusste genauso wenig, was er fühlen sollte, wie ich selbst.

»Warum bist du dann hier?«, fragte ich.

»Um dir die verdammten Waffeln zu bringen und dir zu sagen, dass ich dich liebe!«

Es war die wahrscheinlich wütendste Liebeserklärung der Geschichte, und es war völlig egal, weil mein Herz bei seinen Worten schon wieder in tausend Stücke zersprang, und eine kleine, selbstzufriedene Stimme tief in mir drin sagte: *Ich hab es dir doch gesagt.*

Aber ich konnte seine Liebeserklärung ums Verrecken nicht erwidern. Nicht hier. Nicht so. Wir waren in einer Umgebung, die ich von diesem winzigen Küken der Liebe um jeden Preis fernhalten wollte. Liam wartete, und ich suchte nach etwas, das ich erwidern konnte, etwas, das die unangenehme Stille in dem Zimmer auflösen würde.

»Du hast mir auch Chiclets mitgebracht«, sagte ich schließlich.

»Ich kann dir doch deine Chiclets nicht vorenthalten.« Liam grinste ein wenig, dann wurde sein Gesicht wieder ernst. »Ich verstehe, wenn du nicht …«

Ich hielt eine Hand hoch, damit er schwieg. »Das ist es nicht. Es ist dieser Ort hier.« Ich machte eine Geste, die das anonyme Krankenhauszimmer erfasste, in dem wir waren. »Die Menschen kommen ins Krankenhaus, um zu sterben. Wenn wir eine zweite Chance haben, dann sollte es nicht hier sein.«

»Du vergisst dabei, dass im Krankenhaus auch Menschen geboren werden. Hier kommen die Leute her, um geheilt zu werden. Ich weiß, dass du da eine andere Perspektive hast als ich, aber in Krankenhäusern geht es ums Leben.

Du solltest nicht nur die beängstigenden Dinge sehen. Wenn du das tust, übersiehst du das Wunderbare daran.« Er setzte sich auf meine Bettkante, nahm mein Fußgelenk und begann, es vorsichtig zu massieren. Meine Haut kribbelte an der Stelle, an der er mich berührte, und ich begriff, wie sehr ich ihn vermisst hatte.

Ich wackelte mit meinem Zeigefinger und winkte ihn näher. Er rutschte zu mir und beugte sich vorsichtig über mich.

»Ja, Chick?«, flüsterte er.

»Danke für die Waffeln.«

»Ich mache dir jederzeit Waffeln«, versprach er mir. Das feierliche Versprechen legte sich wie eine warme Decke um mich.

»Ich muss hier schnell wieder raus, damit du das Versprechen einlösen kannst.« Ich zerzauste ihm die Haare und legte ihm dann die Hand unter das Kinn, zog ihn näher zu mir heran. Sein Atem war heiß auf meiner Haut, als er seine Lippen auf meine senkte. Freudige Erwartung strömte durch meinen Körper und setzte jeden Nerv unter Strom, bis ich vor Verlangen bebte. Als er mich endlich küsste, war der Kuss sanft und lieb. Er hielt sich mit den Armen über mir aufgestützt, aber sie waren so dicht an meinen Seiten, dass sie mich an ihn drängten. Als er seine Zunge in meinen Mund schob, versuchte ich, den Abstand zwischen uns zu überwinden.

»Vorsichtig, Chick«, warnte er mich leise. »Ich musste die Krankenschwester ziemlich überreden, damit sie mich hier reinlässt. Wenn wir deinen Herzmonitor auslösen, werfen sie mich raus.«

»Ich habe ihn rausgezogen, als ich ins Bad gegangen bin. Es steht dir frei, mich anzufallen.«

Liam grinste über die Wahl meiner Worte. »Das hättest du gerne?«

»Ich meine, na ja …« Ich errötete. Das hätte ich wohl gerne, ja.«

»Wann darfst du hier raus?« Er spielte mit der Kordel meines Krankenhauskittels.

»Weiß nicht genau«, sagte ich, »aber jetzt sind wir alleine.«

»Ich mache nicht Liebe mit dir in einem Krankenhausbett«, sagte er und schüttelte den Kopf. »Dafür brauche ich dich in einem viel größeren Bett. Vorzugsweise bald.«

Das Pulsieren in meinem Körper wurde zu einem ausgewachsenen Beben, und ich stützte mich auf die Ellbogen, damit ich mich an ihn pressen konnte, als wir uns jetzt erneut küssten. Durch den dünnen Baumwollstoff, der uns trennte, spürte ich, dass sein Herz raste. Es war der schönste Rhythmus der Welt – der Schlag seines Herzens –, und ihn einfach nur zu spüren, ließ mich ihn mit verzweifelter, hungriger Leidenschaft küssen. Wie konnte ich mich nur dem hier verweigert haben? Es war aussichtslos, mich von ihm fernhalten zu wollen, und ich hatte nicht länger vor, das zu versuchen.

»Du solltest etwas essen«, flüsterte er und zog sich ein wenig zurück.

Ich umklammerte seinen Nacken und zog ihn wieder zu mir. »Ich will kein Essen.«

»Also, entschuldigt mal«, sagte da eine verärgerte Stimme, und wir fuhren auseinander.

Tara stand in der Tür und hatte die Arme vor der Brust gekreuzt, ihre Fingernägel gruben sich in ihre Oberarme. Trotz des Verständnisses, das sie gezeigt hatte, als wir über Liam gesprochen hatten, sah sie jetzt nicht allzu begeistert aus.

»Mrs. Nichols, schön, Sie zu sehen.« Liam sprang vom Bett, aber ich nahm seine Hand, damit er nicht zu weit wegging.

»Hat einer von euch schon mal was von der passenden Zeit und dem passenden Ort gehört?«, fragte sie.

Meine Augen wurden schmal. »Soweit ich weiß, ist das hier mein Zimmer.«

Tara blickte uns finster an, bis Liam seine Hand aus meiner löste und sich auf die Couch setzte. Er versuchte, meiner Mutter zu gefallen, aber diese Geste hinterließ eine kalte Leere in meiner Brust, und sie sorgte auch nicht dafür, dass die Wut aus Taras Miene wich.

»Ich bin auf dem Flur der Krankenschwester begegnet«, sagte sie und beachtete Liam nicht weiter. »Sie sagte, der Spezialist ist heute Nachmittag da und wird sich dich ansehen.«

»Endlich«, sagte ich mit einem Seufzen und ließ mich im Bett zurücksinken. »Vielleicht kann ich dann hier raus.«

Ich warf Liam einen raschen Blick zu, aber Tara sah es und schüttelte den Kopf.

»Jillian, deine Priorität muss es sein, diese Krankheit in den Griff zu bekommen. Ich bin sicher, dass Liam selbst einiges zu tun hat. Vielleicht ist es für den Moment am besten, wenn ihr beide euch auf eure eigenen Bedürfnisse konzentriert, unabhängig voneinander«, schlug sie vor. Sie wandte sich Liam zu, als würde sie auf seine Unterstützung hoffen.

»Ich weiß, womit Jillian es zu tun hat …«, begann Liam.

»Tust du das, ja?«, schnitt Tara ihm das Wort ab. »Dann weißt du also, dass sie in einem Krankenhausbett liegt, weil ihr euch gestritten habt, und doch hast du so lange gebraucht, um sie zu besuchen? Ich dachte, du wärst gut für sie, aber …«

»Ich wollte nicht, dass er herkommt«, sagte ich, damit sie aufhörte. »Jess musste mir versprechen, dass sie ihm nicht erzählt, dass ich hier bin.«

»Und jetzt ist es Zeit, dass er geht«, sagte sie. »Der Arzt ist auf dem Weg.«

»Ich möchte nicht, dass er geht.« Liam hatte recht. Ich stand dieser Krankheit nicht länger allein gegenüber. Tara in der Nähe zu haben, war kein besonders beruhigender Gedanke. Sie war immer ganz praktisch veranlagt, wenn es um meinen Parkinson ging. Ich hatte die letzten zwei Jahre damit verbracht, mit den Veränderungen in meinem Körper zurechtzukommen, während Tara die Fragen über die Kosten stellte und immer sehr betonte, dass es besser für mich wäre, wenn ich die Schule verließ.

»Ich bin so lange hier, wie du mich hierhaben willst«, sagte Liam mit sanfter Stimme. Er beugte sich vor und streckte mir die Hand entgegen.

»Für immer«, murmelte ich.

»Das hier ist eine Familienangelegenheit«, sagte Tara. Sie hielt ihren Blick auf mich gerichtet und tat so, als wäre

Liam gar nicht da. »Kann ich dich eine Minute iang allein sprechen?«

»Was immer du mir sagen willst, das kannst du auch vor ihm sagen«, informierte ich sie. Das verwirrende Gefühl eines Déjà-vu schwappte über mich hinweg. Ich hatte diesen Satz wenigstens einhundert Mal in meinem Leben in Filmen und Serien gehört, und jetzt sagte ich ihn selbst. Das alles hier war ein wenig absurd.

»Du bist dramatisch«, sagte sie.

»Du bist eine Bitch«, sagte ich. Liam drückte meine Hand, was entweder eine Warnung oder moralische Unterstützung war.

»Ich bin deine Mutter«, sagte sie, »und ich verdiene ...«

Ihre Rede wurde von einem älteren Mann in einem Laborkittel unterbrochen, auf den der Name Dr. Fales gestickt war.

»Ich kann später wiederkommen.« Er deutete auf die Tür, aber ich schüttelte den Kopf. Auf gar keinen Fall würde ich länger auf Informationen warten, selbst wenn Tara dadurch ein Aneurysma bekam.

»Dr. Fales.« Tara streckte ihm die Hand entgegen. »Ich bin Tara Nichols, Jillians Mutter, und das hier ist Jillian.«

»Und das ist mein Freund, Liam«, sagte ich. »Ich möchte gerne, dass er hierbleibt.«

»Das ist in Ordnung«, sagte Dr. Fales, und meine Mutter runzelte die Stirn. Er lächelte mich warmherzig an und nahm das Klemmbrett, das am Ende des Bettes hing. »Ich habe mir Ihren Fall angesehen, Jillian. Es klingt, als hätten Sie es in letzter Zeit nicht leicht gehabt.«

»Ihr Zustand wird eindeutig schlimmer.« Tara zupfte an ihrem kleinen Perlenanhänger, als sie das sagte. Die Kette passte nicht zur restlichen lässigen Kleidung.

»Haben Sie das Gefühl, dass es schlimmer wird?«, fragte mich Dr. Fales.

Ich schwieg kurz. Ich war mir nicht sicher. In letzter Zeit war alles merkwürdig gewesen.

»Ich verstehe«, sagte Dr. Fales. Er befestigte das Brett wieder an meinem Fußende. »Früh einsetzender Parkinson ist ziemlich selten, wie Sie sicher wissen.« Er sah Tara an, die nickte, als wäre sie eine Expertin, die für eine Konsultation hergebeten worden wäre. »Die Fälle unterscheiden sich drastisch, was die Symptome und das Fortschreiten der Krankheit betrifft.«

Ich schluckte schwer und riskierte einen flüchtigen Blick zu Liam. »Und mein Fall ist schlimm?«

»Tatsächlich ist er das nicht. In Anbetracht der Testergebnisse bin ich erstaunt, dass Sie solche Schwierigkeiten haben.« Er schwieg, damit ich seine Worte begreifen konnte.

»Dann ist es in ihrem Kopf?«, fragte Tara. Ich starrte sie an. Ihre Worte erstaunten mich, denn normalerweise war sie diejenige, die Symptome überall sah, egal was geschah. Bei Tara lief alles auf den Parkinson hinaus. Immer nur eine weitere Enttäuschung bezüglich meiner Person. Sie würde unerträglich sein, wenn sie glaubte, dass ich mir die Anfälle einbildete.

»Das sage ich damit nicht. Ich glaube, wir haben es hier mit einem Zusammenspiel von Beschwerden zu tun. Die

Aufzeichnungen, die ich bekam, erwähnten, dass die neuesten Anfälle womöglich unter Stress ausgelöst wurden. Ist das richtig?«

Die Frage war an mich gerichtet, aber Tara antwortete. Man musste Dr. Fales wirklich zugutehalten, dass er sie ignorierte und meine Antwort abwartete.

»Ja«, sagte ich. »Beide kamen nach einem Streit.«

Liams Hand umschloss meine Finger fester. Ich wünschte, wir wären allein, damit ich ihm sagen konnte, dass der letzte Anfall das Resultat von weitaus mehr als unserem Streit hinter dem Garretts gewesen war, aber ich wollte Tara nicht noch mehr Munition gegen ihn liefern.

»Das hatte ich angenommen. Das College kann eine stressige Zeit sein, und mit einer lebensverändernden Krankheit umzugehen, macht die Sache nur noch schwerer.«

»Also macht das College den Parkinson schlimmer?«, fragte ich angstvoll. Tara würde an dieser Offenbarung einen Mordsspaß haben. Sie würde im Leben nicht zustimmen, meine Studiengebühr zu bezahlen, wenn der Arzt sagte, dass ich nicht auf dem College sein sollte.

»Das Leben macht es schlimmer«, korrigierte der Arzt.

»Wäre es vielleicht besser für sie, wenn sie an eine kleinere Schule wechselt?«, fragte Tara. »Vielleicht näher an Zuhause?«

»Ich will nicht wechseln.« Ich blickte sie böse an, aber sie sah mich gar nicht an.

»Ich denke nicht, dass das nötig ist. Jillian wird jeden Tag ihres Lebens Stress begegnen, falls sie nicht ihr Leben damit verbringt, Schaumbäder zu nehmen und Schokolade zu essen.«

»Und selbst dann würden meine Zehen ganz schrumpelig«, sagte ich.

Dr. Fales nickte, und ein Grinsen breitete sich auf seinem Gesicht aus. »Genau das meine ich. Sie können dem Leben nicht entfliehen. Sie müssen lernen, mit dem Stress umzugehen.«

»Und wie kann sie das machen?«, fragte Liam, bevor meine Mutter auch nur den Mund öffnen konnte.

»Sehr leichtes Yoga würde helfen. Nichts, was ihre Gelenke und Muskeln zu sehr belastet. Sehr sanftes Dehnen und Entspannungsübungen.«

Ich hatte schon versucht, mit Yoga anzufangen, aber egal, wie sehr ich es auch versuchte, mein Geist war niemals leer. Mein Kopf war in etwa so gut sortiert wie mein Schrank, also gar nicht.

»Sie wollen sie mit Yoga reparieren?« Tara verbarg ihre Geringschätzung nicht, angesichts dieser Aussicht.

»Ihre Tochter ist nicht kaputt, Mrs. Nichols. Ich suche nur nach Möglichkeiten, ihr dabei zu helfen, ihr Leben dynamischer zu leben.«

Ich machte mir eine mentale Notiz, dass ich mir Dr. Fales Kontaktdaten besorgte, bevor ich das Krankenhaus verließ. Er war ganz offensichtlich die beste Wahl für meine Betreuung. Er hörte mir zu und ließ sich nichts von Tara gefallen. Perfekt.

»Ich kann dir mit dem Yoga helfen«, sagte Liam. Er lächelte mich sanft an, aber ich musste ein Kichern unterdrücken. Er verdrehte die Augen, als wollte er sagen: *verdorbenes Mädchen.*

»Gibt es keine Medikamente, die Sie ihr geben können?«, fragte Tara den Arzt und wendete die Unterhaltung so wieder dem zu, was meine Mutter als praktische Lösung für mein Problem hielt.

»Dazu komme ich noch.« Dr. Fales sprach weiter mit ruhiger Stimme, aber in seinen Worten klang eine gewisse Bestimmtheit mit. Ein weiterer Grund, ihn auch künftig zu konsultieren. »Es muss ein ganzheitlicher Ansatz sein, wenn es nützen soll, aber ich würde gerne auch ein neues Medikament ausprobieren. Es ist immer noch in der Voruntersuchung, also müssen wir es beantragen.«

»Sie meinen, es ist nicht getestet?« Taras Stimme wurde höher, zeigte ihre Missbilligung.

»Das stimmt, aber die Ergebnisse, die es bis jetzt gibt, sind erstaunlich, besonders in Jillians Altersgruppe. Es kann den Fortschritt der Krankheit auf unter zwanzig Prozent der gewöhnlichen Rate verlangsamen.«

Das munterte mich ein wenig auf. Ich war nicht scharf darauf, ein neues Medikament auszuprobieren, aber keines von denen, die ich bisher genommen hatte, hatte sich so vielversprechend angehört wie dieses. »Mir macht es nichts, eine Laborratte zu sein, wenn die Statistik so aussieht.«

»Mir macht es aber etwas«, sagte Tara bestimmt. Sie stemmte die Hände in die Hüften und forderte mich heraus, ihr zu widersprechen.

In dieser Sache war ich jedoch nicht bereit nachzugeben. »Ich nehme an, es ist meine Entscheidung, ob ich das Medikament nehmen will, Dr. Fales?«

»Als Erwachsene, die die Verantwortung für ihre eigene medizinische Versorgung trägt, ja.«

Er hatte den Teil mit *Verantwortung für die eigene Versorgung* hinzufügen müssen. Ich würde es Tara durchaus zutrauen, dass sie eine Verfügung erwirkte, um mein Vormund zu werden. Die Male, die sie die Campus-Polizei zu mir geschickt oder auf dem Campus angerufen hatte, um mich aufzuspüren, würden ihre Forderung nur rechtfertigen.

»Unabhängig davon«, fuhr er fort, »müssen wir uns für die Studie bewerben. Das könnte ein paar Wochen dauern. Bis dahin verändere ich Ihre Medikamente geringfügig, füge ein SSRI hinzu und empfehle Ihnen dringend, Yoga oder Meditation anzufangen.«

Liam streichelte meine Hand, und ich sah ihn an. Er begegnete meinem Blick mit einem aufmunternden Lächeln.

»Das schaffe ich«, sagte ich. Das konnte ich. Es würde bedeuten, weniger Zeit zum Ausgehen zu haben, aber ich hatte das Feiern in diesem Semester ohnehin deutlich reduziert, und das Ausgehen würde keinen Spaß machen, wenn ich versteinert auf dem Badezimmerboden endete.

»Dann zählt meine Meinung in dieser Sache also nicht?« In Taras Tonfall klang Bitterkeit mit. Ich fand, dass sie weniger besorgt über die Anregungen von Dr. Fales klang, als eher darüber verärgert, dass sie nicht diejenige war, die die Entscheidungen traf.

»Nein, deine Meinung zählt nicht«, sagte ich. Meine

Hände ballten sich zu Fäusten, und ich versuchte, ruhig zu bleiben, aber Wut stieg heiß in meiner Brust auf, und meine Worte würden bald hitziger, wenn sie das Thema nicht fallen ließ.

»Du wirst nicht in diesem Tonfall mit mir reden, Jillian«, sagte sie warnend.

»Und ich lasse mich nicht wie ein Kind behandeln. Ich bin die letzten zwei Jahre mit dieser Krankheit klargekommen.« Ich wurde lauter, aber das war mir egal. Wenn sie mich behandelte, als sei ich noch zehn Jahre alt, würde ich ihr zeigen, dass ich das nicht war. »Ich kann diese Entscheidungen selbst treffen.«

»Und welche Bestätigung hast du dafür?«, fragte sie mich. »Du bist nämlich im Krankenhaus! Ich glaube nicht, dass du dich um dich selbst kümmern kannst.«

»Ich muss nur mehr für mich sorgen«, wandte ich ein. »Ich habe Yoga noch nicht ausprobiert.«

»Ich glaube nicht, dass das einen großen Unterschied macht.«

Jetzt war sie einfach nur noch zickig. »Ich bin diejenige, die damit leben muss«, schrie ich sie an. »Wenn der Arzt über das Fortschreiten der Krankheit spricht, redet er über *meinen Körper*!«

Dr. Fales trat zwischen uns. »Ich verstehe, dass dies hier eine emotionale Entscheidung …«

»Tun Sie nicht so herablassend«, blaffte Tara.

»Mom, er ist der Arzt.«

»Jillian ist hier drin, weil ihre Stresslevel ihren Zustand verschlimmert haben«, sagte Dr. Fales mit sanfter Stimme.

»Als ihr Mediziner, muss ich für ihre Pflege sorgen. Ich werde Sie bitten müssen zu gehen, wenn wir nicht ruhig ihre Möglichkeiten besprechen können.«

»Es gibt keinen Anlass, mich zum Gehen zu bitten.« Tara beugte sich über den Rand des Sofas und schnappte sich ihre Tasche. »Ich sehe, dass ich hier nicht gebraucht werde.«

Ich rührte mich nicht, um sie aufzuhalten, und sogar Dr. Fales trat beiseite, als sie aus dem Zimmer stürmte. Doch obwohl sie gegangen war, legte sich eine Schwere auf meine Brust, die es mir beinahe unmöglich machte zu atmen. Ich versuchte, die Luft in meine Lunge und wieder hinaus zu pressen, aber nach jedem Einatmen wurde es schwerer auszuatmen.

»Beruhigen Sie sich, Jillian«, sagte Dr. Fales. Er trat an meine Seite und hielt eine Sauerstoffmaske an mein Gesicht. »Das ist genau das, was wir vermeiden müssen.«

Ich nickte und ließ den Sauerstoff in meine Lunge strömen. Eine tiefe Ruhe senkte sich über mich. Liam hielt meine Hand fest mit seiner verschränkt, und er flüsterte mir beruhigend ins Ohr.

»Ist sie …« Dr. Fales zögerte, als wäre er nicht sicher, ob er diese Frage stellen sollte. »Ist sie der Grund, dass Sie den Anfall hatten?«

Ich schüttelte den Kopf. Es wäre leicht, Tara dafür verantwortlich zu machen, und bestimmt hatte sie eine ordentliche Portion Wahnsinn zu meinem Leben beigetragen, aber ich würde lügen, wenn ich alles ihr in die Schuhe schob.

»Sie hilft nicht gerade«, erwiderte Liam für mich. »Aber

Jillian hatte einige Schwierigkeiten mit der Schule, und wir hatten einen Streit.«

»Alle Paare streiten«, sagte Dr. Fales. »Sie beide sollten einen Kurs über gewaltfreie Kommunikation belegen oder mit einem Paartherapeuten sprechen. Das würde Ihnen dabei helfen, Ihre Auseinandersetzungen zu führen, ohne zu viel Stress zu erzeugen – für Sie beide.«

Liam grinste ein bisschen, als er nickte. »Ich weiß, mit wem wir reden können.«

Ich machte mir eine Notiz im Geiste, dass ich ihm sagen musste, dass ich keinesfalls all das hier vor Markson ausbreiten würde, besonders da ich gerade in seinem Seminar fehlte. Ich wusste jedoch auch, dass Dr. Fales recht hatte. Ich würde lernen müssen, mich nicht so aufzuregen, sonst lief ich Gefahr, alle um mich herum und auch mich selbst zu verletzten.

»Ich lasse Sie beide allein«, sagte Dr. Fales. Die Besuchszeit war längst vorüber, aber er bedachte Liam mit einem flüchtigen Lächeln, als er zur Tür ging.

»Doktor?«, rief Liam. »Wann kann Jillian entlassen werden?«

Fales blieb an der Tür stehen und dachte über die Frage nach. »Ich sehe keinen Grund, warum wir sie nicht am Morgen gehen lassen können. Es wird eine Weile dauern, zu der Arzneimittelstudie zugelassen zu werden, aber ich möchte Sie einmal pro Woche sehen, während wir diese neuen Medikamente in Ihren Plan einarbeiten. Ich bin sicher, dass Sie Seminare zu besuchen haben und dergleichen.«

Ich nickte, auch wenn der bloße Gedanke daran, mich der echten Welt und meinen Professoren zu stellen, ausreichte, um meinen Stresspegel wieder ansteigen zu lassen. Ich verdrängte die Panik und konzentrierte mich auf die Tatsache, dass ich bald zu Hause sein würde. Mit dem Rest würde ich mich später auseinandersetzen.

»Hast du das gehört, Chick?«, flüsterte mir Liam ins Ohr. »Ich kann dich mit nach Hause nehmen.«

Das hörte sich gut an.

Kapitel 25

Liam behandelte mich, als wäre ich aus Glas, nachdem wir am kommenden Morgen in meiner Wohnung angekommen waren. Ich hatte seit Jahren mit meiner Krankheit gelebt, und mir war sehr bewusst, dass niemand mich zerbrechen konnte. Trotzdem war das für mich kaum neu. Jess und Cassie waren nach meiner Diagnose um mich herumgeschlichen. Meine Mutter benahm sich, als könnte ich kaputtgehen. Sie schienen zu denken, dass Vorsicht mir irgendwie helfen würde. Doch diese Vorsicht sorgte nur dafür, dass ich mich wirklich fühlte, als wäre ich kaputt. Wenn jeder mich für schwach hielt, war ich es dann? Die Antwort darauf hatte ich mir vor langer Zeit selbst gegeben, und zwar mit einem kräftigen *Nein, verdammt noch mal.* Aber hier war ich wieder am Nullpunkt. Diesmal mit Liam.

»Lass mich das machen«, sagte er, schnappte sich meine Handtasche und balancierte sie zusammen mit meinen Entlassungspapieren, einer Apothekentüte und dem Essen, das wir uns am Imbiss geholt hatten.

»Die nehme ich selber.« Ich nahm mir die Handtasche zurück und rannte die Stufen hinauf, bevor er noch anbot, mich auch zu tragen.

Ich wusste, dass seine Besorgnis gut gemeint war, und das war das Einzige, was mich davon abhielt loszuschreien.

In der Wohnung war es still. Jess war unterwegs, und es sah verdächtig danach aus, als hätte sie während meiner Abwesenheit geputzt.

»Wow! Ist das deine Wohnung?«, fragte Liam, der die ganzen Taschen und Ordner auf den Tresen in der Küche fallen ließ.

»Anscheinend kommt der Hauself, wenn ich nicht da bin«, sagte ich.

Mein Zimmer war da eine ganz andere Sache. Es sah immer noch katastrophal aus, weil wir es so verwüstet hatten, als wir uns für den Mädelsabend fertig gemacht hatten. Auf dem Bett lag ein Haufen Schals. Schuhe waren über den Boden verteilt, daneben BHs und Unterwäsche.

»Ich glaube, der Hauself kann dich nicht leiden.« Liam trat hinter mich und legte seine Arme um meine Taille.

»Erinnere mich dran, dass ich ihm eine Socke schenke«, sagte ich, drehte mich in seinen Armen um und freute mich, dass ich ihn endlich für mich allein hatte. Das Krankenhaus war wirklich nicht der beste Ort, um sich zu küssen oder gar zu lieben. Ich legte meine Lippen auf seine, doch ich spürte sein Zögern, als ich versuchte, den Kuss zu vertiefen.

»Du musst dich ausruhen«, sagte er sanft, während er sich von mir löste.

»Ich habe den größten Teil der Woche faul auf meinem Hintern herumgesessen.« Ich streckte ihm meinen Hintern entgegen. »Der ist wahrscheinlich ganz platt.«

»Ich versichere dir, dass das nicht der Fall ist.« Liam biss sich auf die Lippe, dann schüttelte er den Kopf. »Leg dich hin, und ich hole das Essen.«

»Scheiß auf das Essen«, sagte ich. Seit wir das Krankenhaus verlassen hatten, war ich total aufgekratzt, so voller Energie, dass ich dachte, ich würde gleich explodieren. »Wir können später essen.«

»Es wird aber kalt.« Liam verließ eilig das Zimmer.

Er würde nicht aufgeben, was das Ausruhen betraf, was wirklich schlechte Nachrichten waren. Die guten waren allerdings, dass ich meine Geheimwaffen hatte. Ich zog das T-Shirt und die Jeans aus, bis ich nur noch eine Boyshorts und einen Sport-BH trug. Nicht besonders sexy. Ich zog den BH aus und hatte gerade noch genug Zeit, ein dünnes weißes Tanktop zu finden. Das Ensemble hatte den Vorteil, dass es mich unschuldig aussehen ließ, so als ob ich vielleicht seinem Rat folgen und ins Bett gehen würde. Und er würde auf keinen Fall widerstehen können. Ich fühlte mich nicht schlecht wegen meiner List. Immerhin hatte ich Jess dazu gebracht, mir einen Rasierer, Rasierschaum und Wachsstreifen zu bringen, extra für diese Heimkehr. Ich würde Liam nicht erlauben, das durch übertriebene Besorgnis zunichtezumachen.

Er schien jedoch kaum zu bemerken, dass ich mich umgezogen hatte, als er jetzt mit den Boxen mit chinesischem Essen hereinkam.

»Ich habe doch gesagt, dass ich nicht im Bett esse«, sagte ich zu ihm, auch wenn ich gerade ins Bett stieg und mir ein Kissen in den Rücken stopfte.

»Ich dachte, diese Regel hätte sich erledigt«, sagte Liam und gab mir mein Lo Mein.

»Ich werde dir erlauben, deine Argumente noch einmal vorzubringen«, sagte ich mit ernster Stimme. Ein leiser Schauer überlief meinen Rücken, als ich an das Eis im Bett dachte.

»Iss«, sagte er mit einem Lachen. »Ich kann nicht glauben, dass du hier drin keinen Fernseher hast.«

»Ich wiederhole es noch einmal, das Bett ist ein Ort, um darin zu schlafen.« Ich umriss ein Quadrat mit den Essstäbchen in der Luft, als ich das sagte. »Und für Sex.«

»Und fürs Essen«, fügte er hinzu.

Ich stöhnte und bewarf ihn mit einer Nudel.

Er fing sie mit seinem Mund auf und rettete so die Laken. »Kein Wunder, dass du nicht im Bett isst.«

So würden wir nie Sex haben. Mein Frust hatte den ungewollten Effekt, dass meine Gedanken zu all den Dingen wanderten, um die ich mich ab morgen kümmern musste, unter anderem darum, Professor Markson anzuflehen, dass er mir erlaubte, so spät noch sein Kommunikationsseminar abzuwählen.

»Ich muss morgen mit Markson reden.« Es laut auszusprechen, half mir zu akzeptieren, dass es unangenehm und peinlich werden würde und dass ich es trotzdem tun würde.

»Ich bin sicher, er lässt dich die Arbeit nachholen«, sagte Liam. »Er ist ein cooler Typ. Er hat mich nach dir gefragt.«

»O ja, was hast du gesagt?«

»Das Übliche – du hast mir das Herz gebrochen, du warst umwerfend im Bett, ich wollte dir jeden Morgen für den Rest meines Lebens Waffeln machen.«

Professor Markson war nicht einmal hier, und trotzdem wollte ich mich unter meinem Kissen verstecken und sterben.

»Ich mach nur Spaß«, sagte Liam und kicherte über meinen entsetzten Gesichtsausdruck. »Er hat gefragt, warum du nicht da bist.«

»Und du hast was gesagt?«

»Ich sagte ihm, dass ich es nicht weiß.« Liam zuckte mit den Schultern.

»Das ist cool. Ich habe die Bescheinigung vom Arzt.« Das stimmte jedoch nicht ganz. Ich hatte die Bescheinigung vom Arzt für das Fehlen in der letzten Woche, aber nicht für die Male davor. Ich war nicht sicher, ob ich lügen sollte oder Markson gegenüber zugeben, dass ich ein Problem damit gehabt hatte, Liam nach meinem Anfall zu begegnen. Es stand immerhin alles medizinisch in einem Zusammenhang, aber tief in mir drinnen wusste ich, dass ich das Seminar aus Gründen geschwänzt hatte, die nichts mit meinem Parkinson zu tun hatten.

»Du musst nur hingehen und mit ihm reden«, sagte Liam.

»Das werde ich«, erwiderte ich, aber das klang selbst für mich selbst nicht überzeugend. »Wenn er es mich nachholen lässt, bist du dann immer noch mein Partner, oder hast du jemand anderen gefunden?«

»Ich freue mich, dass du das fragst«, sagte er. »Es gab niemals eine andere.«

Seine Worte waren heiser, und ich ergriff den Moment, angetrieben nicht nur von seinen Worten, sondern auch von dem wundervollen Ziehen in meiner Brust. Ich wollte ihn spüren, wollte meine Liebe zu ihm spüren während ich vor Lust unter ihm zerbarst. Liam konnte mich zerbrechen, und er war der Einzige, der mich auch wieder zusammensetzen konnte. Ich stellte die Nudeln auf meinen Nachttisch. Er sah mir misstrauisch zu, als ich auf seinen Schoß kletterte und sein Essen wegschob.

»Ich hatte jetzt genug Essen«, sagte ich und wandte sein Gesicht meinem zu.

»Du hast kaum etwas gegessen.« Doch seine Augen schlossen sich, als er das sagte, und ich wusste, dass ich gewonnen hatte.

Unsere Lippen fanden einander. Sein Atem war würzig, und meiner war heiß, als unsere Körper einander umschlangen. Liams Hände glitten unter mein Shirt und legten sich auf meinen Rücken. Meine Hände schlangen sich um seinen Nacken, und ich vergrub meine Finger in seinem Haar. Ich wollte mehr von ihm. Ich wollte ihn ganz. Ich hatte nach diesem Moment gehungert, als wäre es das erste Mal für uns. Für mich. Unser Kuss war verzweifelt und rau.

Auch wenn ich vorher schon mit ihm zusammen gewesen war, ich war nicht ganz bei der Sache gewesen, hatte mich nie wirklich gezeigt, und das hatte sich jetzt geändert. Es gab keine Geheimnisse mehr zwischen uns, und das befreite uns, als wir uns aneinander festhielten und einander erforschten. Liam zog mir das Top über den Kopf, und ich fühlte mich verletzlich und sicher zugleich. Sein Blick blieb auf meinem Gesicht, als er mit den Fingern verträumt von meinen Schultern bis hinab zu meinem Bauch strich.

»Du bist perfekt, Chick«, sagte er und fuhr dann sanft mit seinem Mund über meine Brüste.

Obwohl ich das genaue Gegenteil wusste, konnte ich mich für den Bruchteil einer Sekunde so sehen, wie Liam mich sah.

»Ich will dir ja nicht widersprechen, aber *du* bist perfekt, Liam.« Viele Male hatte er gesagt, dass ich wunderschön war, aber ich hatte das Kompliment nie erwidert. Ich hatte ihm gegenüber nie zugegeben, wie viel er mir bedeutete.

»Konkurrenzdenken?«, sagte er mit einem Seufzen.

Meine Versuche, ein Kompliment zu machen, waren in etwa so ungeschickt wie meine Bemühungen, sie anzunehmen.

»Liam.« Ich hielt inne und blickte nach unten, als ich versuchte, die richtigen Worte zu finden. Letztlich waren sie jedoch schon immer da gewesen. Mein Blick traf seinen. »Ich liebe dich.«

Er zog mich fest an sich. »Ich liebe dich, Jillian Nichols.«

Dann lag ich auf dem Rücken, und er schob seinen Körper über meinen. Wir fummelten uns die Kleidung vom Leib, küssten uns und flüsterten Versprechungen, bis unser Atem schneller ging und wir schließlich gemeinsam kamen. Lange hielten wir einander, und ich war mir jeder noch so sanften Bewegung bewusst. Wie sein Atem kurz stockte nach einem leisen Stöhnen. Die weichen Stoppeln an seinem Kiefer. Und seine Hände auf meinem Körper, sanft und zugleich bestimmt.

Liam stützte sich auf die Knie und zog meine Beine um seine Hüften, als er tiefer in mich eindrang. Die Lust grenzte schon an Schmerz, aber ich wollte nicht, dass er aufhörte. In diesem Moment war ich mir sicher, dass wir einander näher waren als je ein Paar in der Geschichte. Auf dem Bett ausgebreitet blickte ich ihn an, bewunderte seinen Körper, die festen Muskeln, als er mich hielt.

Das war der Mann, den ich liebte, eine Tatsache, die durch meine Glieder bebte und meine Haut in Flammen setzte. Die Liebe – die Erkenntnis der Liebe – überflutete meinen Körper in einem Beben, das zu einem reißenden Strom anschwoll. Sein Körper an meinem, seine Hände auf meinen Hüften, sein Name auf meiner Zunge.

Wir sanken mit feuchter Haut und ineinander verschlungenen Gliedern auf das Bett, doch keiner zog sich zurück. Wir lagen da, ineinander verflochten. In diesem Moment lebte ich ein ganzes Leben.

Nach ein paar Minuten bewegte er sich kurz von mir weg, um das Laken über uns ziehen zu können. Es war eine einfache Geste, doch sie fühlte sich an wie Geborgenheit und Zuhause und Versprechen. Ich wandte mich zu ihm um, und wir lagen da, sahen einander an, berührten einander nicht, sprachen nicht.

Eine Million Fragen huschten durch meinen Kopf, aber ich ignorierte sie. Ich hatte die letzten beiden Jahre meines Lebens damit verbracht, der Zukunft zu entkommen, indem ich so tat, als lebte ich nur im Moment. Ich war schon so lange davongelaufen, dass ich es nicht einmal bemerkt hatte, bis jetzt. Genau diese Sekunde war es, die zählte.

»Bist du müde?«, murmelte Liam in mein Haar.

Ich warf einen kurzen Blick auf den Wecker, der hinter ihm auf dem Nachttisch stand. »Es ist erst zwei Uhr nachmittags.«

»Ich bin glücklich und satt.« Liam lächelte schläfrig, und ich setzte mich ein wenig auf und zog seinen Kopf auf meine Brust. Sein Arm legte sich um meinen Rücken, als er sich an mich schmiegte. Ich hatte nicht erwartet, dass mir das Gefühl gefiel, für jemand anderen da zu sein. Ich hatte gedacht, es wäre eine Last, doch stattdessen überkam mich eine tiefe Zufriedenheit.

Fragen konnten bis zum Morgen warten, dachte ich, als ich sein Haar streichelte. Sein Atem wurde langsamer und passte sich dem Schlag meines Herzens an. Ich hatte eine Menge, worüber ich nachdenken musste, aber zum ersten Mal konnte ich deutlich erkennen, was vor mir lag. Ich musste mir über nichts anderes im Klaren sein außer über das hier. Er und ich. Wir. Liebe war, wie sich herausstellte, befreiend. Das, wovor ich die ganze Zeit davongelaufen war, war das, was mich endlich befreit hatte.

Kapitel 26

Wir verbrachten den Tag im Bett und verließen es erst, um unsere Essensschachteln wegzuwerfen und uns die Beine zu vertreten. Jess hatte sich noch nicht in der Wohnung blicken lassen, und ich wusste, dass sie Liam und mir den Raum gab, über alles zu reden. Sie würde wahrscheinlich enttäuscht sein, wenn sie hörte, dass wir uns stattdessen die ganze Zeit geliebt hatten. Liam summte, als er die Gabeln in den Geschirrspüler stellte, und ich sah ihm mit kaum verhohlenem Erstaunen zu. In meiner ersten klaren Erinnerung an ihn stand er mit Großmutters gehäkelten Topflappen in dieser Küche. Er wandte sich um und ertappte mich dabei, wie ich ihn anstarrte.

»Was für verdorbene Dinge heckst du schon wieder aus?«, fragte er.

»Ich habe nur die Show genossen«, sagte ich. Tatsächlich tat ich das. Liam dabei zu beobachten, wie er sich in seinen Boxershorts vorbeugte, ließ mich auf dem Barhocker dahinschmelzen.

»Ich verspreche, dass ich dich zurück ins Bett bringe, wenn …«, er hielt kurz inne und stützte sich auf den Tresen, um mich anzusehen, »du deine Mom anrufst.«

»Du weißt, wie man die Stimmung killt«, beschwerte ich mich. »Wieso soll ich mit ihr reden? Sie war schrecklich zu dir.«

Tara war nicht wiedergekommen seit ihrem dramatischen Abgang aus dem Krankenhaus. Sie hatte sich weder bei mir noch bei Liam entschuldigt. In der einen Sekunde wollte sie, dass ich mich auf Liam einließ, in der nächsten beschuldigte sie ihn, meinen Anfall ausgelöst zu haben. Das reichte aus, um mich ins Schleudern zu bringen. Ich hatte ihr nichts zu sagen.

»Das war sie, aber sie war auch aufgeregt und hat sich Sorgen um dich gemacht. Sie ist deine Mom, Chick.«

»Wenn du mich in solchen Situationen Chick nennst, klingt es, als wäre ich ein Feigling«, sagte ich.

»Du bist der mutigste Mensch, den ich kenne«, sagte Liam mit sanfter Stimme. »Aber du bist schüchtern und zart wie ein Küken, wenn es um das hier geht.«

»Küken?«, fragte ich nach.

»Ja«, sagte er und betrachtete mich liebevoll. »Passt eigentlich auch ganz gut zu dir.« Er drückte mir mein iPhone in die Hand.

Ich warf ihm einen bösen Blick zu, als ich auf Anruf drückte. Ich ging in mein Zimmer und schloss die Tür für den Fall, dass das Gespräch hitzig wurde. Das Telefon klingelte viermal, und ich machte mich gerade bereit, eine Nachricht zu hinterlassen, als sie ranging.

»Hallo.« Sogar ihre Begrüßung klang, als wäre sie verärgert.

»Hi, Mom. Wie geht es dir?« Es war wahrscheinlich die dümmste Art, eine Unterhaltung mit meiner eigenen Mutter anzufangen, besonders wenn man bedachte, wie wir uns im Krankenhaus getrennt hatten, aber ich wusste nicht, was ich sonst sagen sollte.

»Mir geht es gut. Bin beschäftigt.« Ihre Stimme war knapp und kalt, also nicht anders als sonst auch.

»Ich dachte, wir sollten reden«, sagte ich. Ein Teil von mir hoffte, dass sie einfach auflegen würde.

»Das scheint so.«

So viel dazu.

Es entstand eine lange Pause, in der keine von uns sprach. Tara brach schließlich die Stille. »Was wolltest du sagen?«

»Ich weiß, dass die Dinge im Krankenhaus außer Kontrolle geraten sind, aber ich will, dass du weißt, dass Dr. Fales mich an einen Therapeuten überwiesen hat, der von unserer Versicherung gedeckt wird, und ich habe meine neuen Medikamente abgeholt.« Das waren alles Fakten. Sichere Informationen. Ich hatte den Eindruck, dass Liam wollte, dass ich mich bei ihr entschuldigte, aber das würde ich auf keinen Fall tun.

»Und das College?«, fragte sie.

»Ich rede morgen mit meinen Professoren. Ich bin sicher, dass sie mir ihre Unterstützung zusichern«, versprach ich.

Dankenswerterweise sah sie davon ab, meinen vergangenen Notendurchschnitt zu kommentieren. »Was ist mit dem nächsten Semester?«

»Ich will in Olympic Falls bleiben.«

»Ich halte das für keine gute Idee. Bleibst du wegen dieses Jungen?«, fragte sie.

»Er hat einen Namen. Er ist nicht *dieser Junge*!«, explodierte ich und trat gegen meine Schranktür, was wehtat. Ich zuckte zusammen und hüpfte zum Bett.

»Das war eine einfache Frage, Jillian«, sagte Tara mit fester Stimme, die sich meiner Lautstärke nicht anpasste. »Ich möchte nicht, dass du dein Leben für einen Jungen wegwirfst.«

»Du warst diejenige, die mir sagte – wie hast du es noch gleich ausgedrückt –, »dass ich die Jungs benutze wie Taschentücher?« Ich schwieg kurz und zwang mich zur Ruhe. »Ich würde mein Leben wegwerfen, wenn ich wieder nach Hause komme und bei meinen Eltern einziehe.«

»Glaubst du wirklich, wir wollen, dass du wieder nach Hause kommst? Dein Vater und ich genießen unser leeres Nest.«

Natürlich genossen sie es. Sie hatten praktisch eine Party geschmissen, als ich angekündigt hatte, dass ich fürs College in einen anderen Bundesstaat ziehen würde. Tara hatte mein Schlafzimmer in eine Gästesuite verwandelt, komplett mit Toilettenartikeln in Reisegröße, die ich nicht benutzen durfte, wenn ich zu Besuch war. »Du schickst mir verwirrende Signale. In der einen Sekunde willst du, dass ich nach Hause komme, aber eigentlich auch nicht. Du magst Liam, aber du hasst ihn. Warum würde ich wieder nach Hause kommen wollen?«

»Ich schätze es nicht, wenn man so mit mir spricht.«

»Ich schätze es nicht, dass du mein Leben zu kontrollieren versuchst.«

»Dann bezahl deine eigenen Rechnungen«, schlug Tara vor.

»Ich gehe morgen früh gleich zum Büro für finanzielle Unterstützung«, erwiderte ich. Ich war bisher nicht gezwungen gewesen, ein Studentendarlehen aufzunehmen, also würde es mich nicht umbringen, für drei Semester Schulden zu haben, wenn ich mit dem College fertig war.

»Ich möchte, dass du etwas ernst nimmst.« Ihr Tonfall ließ durchblicken, dass sie meinte, etwas anderes als einen Jungen.

Dieser Anruf verlief genau so wie erwartet, aber ich war noch nicht bereit aufzugeben. »Ich weiß, dass du dir Sorgen machst wegen Liam, aber das solltest du nicht. Wir brennen nicht durch. Ich laufe nicht nach Schottland davon. Er kümmert sich um mich, ohne zu erwarten, dass ich vollkommen von ihm abhängig bin. Er bringt mich zum Lachen und zwingt mich trotzdem dazu, ernst zu sein. Deshalb solltest du dir wünschen, dass er so lange wie möglich da ist, weil er gut für mich ist.«

Tara seufzte in den Hörer. »Ich bin froh, dass du das sagst. Ich will nur … er geht zurück nach Schottland, Jillian. Es hat dich fast umgebracht, als ihr beiden euch gestritten habt. Ich will dich nicht noch mal im Krankenhaus besuchen.«

»Ich gestalte mein Leben nicht neu seinetwegen. Ich füge ihn nur so lange wie möglich hinzu. Wir könnten für eine Woche oder ein Jahr oder den Rest unseres Lebens zusammen sein. Aber egal was passiert, ich werde hiernach ein besserer Mensch sein, weil ich ihn liebe.«

»Und er liebt dich?«, fragte Tara leise.

»Ja, das tut er.« Ich zögerte kurz bei meiner Antwort. Liam liebte mich, auch wenn er nicht sollte. »Ich habe versucht, ihn auf Abstand zu halten. Du weißt doch, was Großmutter immer sagt? Liam hat Klebekraft.«

»Gut.« Es klang, als fiele es ihr wirklich schwer, das zu sagen. »Wenn du an der Olympic State bleiben willst, kann ich das unterstützen, wenn …«

»Wenn?«, hakte ich nach, mehr als ein wenig überrascht, dass sie so leicht nachgab.

»Wenn du alle deine Kurse in diesem Semester bestehst.« Sie schwieg und wartete auf meine Antwort.

Das würde ein Problem werden. Ich hatte genug Stunden verpasst, dass Markson absolut keinen Grund hatte, mir zu helfen. Ich war seiner Gnade vollständig ausgeliefert, aber das würde ich Tara nicht erzählen. »Meine Noten sind gut.«

»Das hoffe ich, denn ich kann nicht unterstützen, dass du da bleibst, wenn du es nicht ernst meinst. Nimm dir ein Beispiel an Jess …«

»Ich muss los, Mom«, unterbrach ich sie, bevor sie mir noch im Detail Jess' zahlreiche heilsbringende Eigenschaften aufzählen konnte. Die, die ich nicht mit meiner besten Freundin gemeinsam hatte.

»Okay. Dein Vater möchte, dass ich dich frage, ob du Weihnachten nach Hause kommst.«

Ich schwieg, dachte darüber nach. Ich fuhr Weihnachten

immer nach Hause, aber dieses Jahr hatte ich einen Grund, in Olympic Falls zu bleiben. Nichts klang verlockender, als mit Liam in der Wohnung zu sein über die Feiertage, aber vielleicht brauchten Tara und ich auch ein wenig Zeit, um wieder zueinander zu finden. »Ich komme, unter einer Bedingung.«

»Die wäre?«, fragte sie.

»Liam begleitet mich. Er hat hier keine Familie.«

»Das ist ein ziemlich großer Wunsch«, sagte sie.

War es das? »Ich weiß.«

»Solange ihr in getrennten Zimmern schlaft und euch vom Bad fernhaltet.«

Meiner Zählung nach blieben uns so noch sechs andere Zimmer im Haus, in denen wir Liebe machen konnten. »Deal. Ich ruf dich wieder an.«

»Gute Nacht.« Sie zögerte kurz, dann fügte sie hinzu: »Ich hab dich lieb.«

Ich war so schockiert, dass ich kein Wort rausbrachte. Tara war für gewöhnlich nicht der Typ, der Gefühle zeigte. Es war das erste Mal, dass sie ein Telefonat auf diese Weise beendete. Ich schob das iPhone in meine Tasche und ging aus meinem Zimmer, fühlte mich gleichzeitig siegreich und niedergeschlagen.

»Wie ist es gelaufen?«, fragte Liam. Er streckte mir die Faust entgegen.

Ich öffnete die Hand, und er ließ meine Medikamente hineinfallen. »Bist du mein neuer Medikamentenwecker?«

»Ich will dir helfen«, sagte er langsam. »Wenn du lieber …«

»Danke«, sagte ich. Es war eine liebe Geste, und eine, die ich nicht als selbstverständlich ansehen sollte.

»Nein, ich danke dir«, sagte er und hakte seine Finger in meinen Hosenbund und zog mich an sich. »Danke, dass du mir erlaubst, mich um dich zu kümmern. Ich weiß, dass dir das schwerfällt.«

»Es wird leichter«, gab ich zu. Ich konnte nicht anders, es gefiel mir, dass er sich so um mich sorgte, dass er mir meine Medikamente brachte.

»Und als Belohnung.« Er hielt die andere Faust hoch. Diesmal ließ er drei bunte Chiclets in meine Hand fallen.

»Hervorragend.« Ich stellte mich auf die Zehen und gab ihm einen sanften Kuss.

»Magst du das Zeug wirklich?«, fragte er mich, als ich in die Küche ging, um ein Glas Wasser zu holen. Die eine Pille hatte ungefähr die Größe eines Beruhigungsmittels für Pferde. Es würde eine Weile dauern, bevor ich die trocken herunterbekam.

»Nicht am Anfang«, sagte ich. »Ich wollte nicht, dass die Leute mitbekommen, dass ich Tabletten nehme. Wenn jemand mich fragte, bot ich ihm ein Chiclet an. Aber jetzt bin ich ernsthaft süchtig.«

»Ich dachte, ich könnte dir mit einer neuen Abhängigkeit helfen.« Liam lehnte sich an die Küchenwand und winkte mich mit einem Finger näher. Wie er da in seinen eng anliegenden Boxershorts und dem dünnen T-Shirt stand, sah er mehr wie ein Model aus einer Calvin-Klein-Werbeanzeige aus, als ein echter Mann jemals aussehen sollte.

»Ich mag meine Sucht. Vielleicht solltest du dir eine eigene zulegen.«

»Ich klaue dir gerne die Chiclets aus deinem Mund«, bot er an. Ein Schauer durchlief meinen Körper bei der Erinnerung. Ich ging langsam auf ihn zu und versuchte, eine Schnute zu ziehen, aber ich versagte kläglich.

»Du siehst aus, als hättest du Verstopfung«, sagte Liam mit einem Lachen.

»Ich mache einen auf sexy«, erwiderte ich.

»Das brauchst du nicht zu *machen*. Du *bist* sexy, egal was du tust.«

»Es sei denn, ich versuche, sexy zu sein.«

»Mehr sexy geht nicht, die Welt könnte sonst implodieren, Raum und Zeit könnten zerfallen.« Er streckte die Hand aus und zupfte an meinem Shirt, zog mich näher zu sich heran.

»Ginge es da auch um Erderwärmung?«

»Ich denke, das kann man mit Sicherheit sagen«, erwiderte er. Seine Hände glitten über meine Taille und unter mein Shirt, während ich in Erwartung aufseufzte.

»Du hast mir versprochen, mich in ein sehr großes Bett zu bringen«, erinnerte ich ihn.

»Habe ich das nicht schon gemacht?«, fragte er, doch ein schiefes Grinsen stahl sich auf sein Gesicht.

»Ich kann mich nicht erinnern, aber ich wäre auf jeden Fall bereit.«

Liam umfasste mich, hielt mich in den Armen. »Also willst du Nachschlag?«

Ich nickte und befeuchtete meine Lippen mit der Zunge.

Morgen würde ich mich mit den Kursen und Markson auseinandersetzen, aber heute Abend gehörte ich ganz Liam, und genau so sollte es sein.

Liam trug mich in mein Zimmer und legte mich sanft auf das Bett, aber er legte sich nicht zu mir.

»Versprich mir, dass du mir sagst, wenn es zu viel wird«, bat er mich.

Ich konnte an seinem Blick aus weiten, nachdenklichen Augen sehen, dass er es ernst meinte, aber statt ihm zu antworten, zog ich ein Kissen unter mir hervor und zielte nach seinem Kopf. »Ich! Werde! Nicht! Zerbrechen!«

Liam fing das Kissen auf und hielt es kurz fest, dann schlug er es mir sanft auf den Kopf. Ich schrie auf und schnappte mir ein anderes Kissen, das ich gerade noch rechtzeitig in die Finger bekam, um einem zweiten Schlag von ihm abzuwehren. Liam sprang auf und warf mich mit einem ordentlichen Schwinger seines Kissens um. Ich fiel zurück auf das Bett und fühlte mich leichter und glücklicher als seit langer Zeit.

»Was hat deine Mom gesagt?«, fragte er, als er sich neben mich fallen ließ.

»Das Übliche. Ich bin eine Enttäuschung, aber sie hat eingewilligt, mich hierzulassen, wenn ich meine Seminare im nächsten Semester bestehe«, sagte ich. Ich wollte nicht darüber reden. Meine eigenen nagenden Bedenken ihn wegen meiner Noten auf Abstand zu halten, war bereits hart genug, ihn auch noch zu überzeugen, würde mir nicht gelingen.

»Was ist mit Marksons Seminar?«, fragte er und zog die

Augenbrauen zusammen. »Der Termin zum Aussteigen ist längst vorbei.«

»Ich muss das mit ihm besprechen. Vielleicht versteht er es.« Jess hatte das Ausmaß von Marksons Coolness betont. Ich hoffte, dass sie recht hatte. »Aber ich will darüber jetzt nicht reden.« Ich legte mich auf den Rücken und seufzte.

»Gibt es etwas, das du lieber tun würdest?«, fragte er.

»Mir fallen da drei oder vier Sachen ein«, sagte ich und fuhr die Umrisse seiner Bauchmuskeln durch das T-Shirt hindurch nach.

»Das klingt nach einer Herausforderung, aber ich könnte davon überzeugt werden, es zu versuchen«, sagte er. Er rollte sich vorsichtig herum und stützte sich über mir auf.

»Ich bin ganz hervorragend im Überzeugen.« Meine Hand legte sich um seinen Nacken, und ich zog seinen Mund an meinen. Er begegnete meinen Lippen gierig, presste sich an mich, als ich meine Beine um seine Hüften legte. Ich seufzte, fühlte mich zufrieden und vollständig, als er mein Schlüsselbein küsste. Er ließ die Hände unter mein Shirt gleiten und zog es mir aus, dann legte er seinen Kopf auf meine Brust. Wir lagen so lange Zeit da, sein Atem kitzelte meine Brüste, während er meinem Herzen lauschte, meine Finger strichen träge durch sein Haar.

Es gab nichts, was wir sagen mussten. Dieser Moment sagte alles.

Kapitel 27

Auf dem Tresen lag eine Nachricht von Liam, der mich bat, ihn kurz vor elf am Aquarium zu treffen. Daneben lagen meine Medikamente. Ich warf einen Blick auf die Uhr und sah erfreut, dass ich noch anderthalb Stunden Zeit hatte, was bedeutete, dass ich in Ruhe duschen und mich anziehen konnte, bevor er mit seiner Schicht fertig war.

Ich nahm gewissenhaft meine Medikamente und stellte die Dusche an. Fast wollte ich die letzte Nacht nicht von meiner Haut waschen. Mich rettete nur der Gedanke daran, dass es mehr solcher Nächte geben würde – viel mehr. Als das warme Wasser über meinen Körper floss, erinnerte ich mich an Liams Lippen und seine Hände und die Versprechungen, die wir uns in der Dunkelheit zugeflüstert hatten, bis mein ganzer Körper vor Energie gepocht hatte. Ich stellte die Dusche wieder ab und wand ein Handtuch um meine Haare. Ich konnte es nicht erwarten, ihn zu sehen.

Doch als ich ein wenig Concealer auf meine Augenringe tupfte, dachte ich an die anderen Dinge, um die ich mich heute kümmern musste. Ich konnte das Gespräch mit Markson nicht länger aufschieben. Die meisten meiner anderen Kurse waren größere Vorlesungen, bei denen meine Abwesenheit vermutlich nicht aufgefallen war, aber Markson wusste, dass ich nicht da gewesen war, besonders wegen meines letzten Besuchs bei ihm. Ich war seit diesem Tag nicht mehr im Kurs gewesen, was bedeutete, dass ich drei Wochen verpasst hatte. So weit eine Entschuldigung reichte, war meine ziemlich solide, aber das bedeutete nicht, dass er mir helfen musste.

Also suchte ich mir einen locker sitzenden blauen Pulli und Yoga-Hosen aus, als ich mich anzog. Ich wollte hübsch aussehen für Liam, aber ich schätzte, es war auch gut, für Markson nicht ganz so ordentlich auszusehen. Ich hatte bereits eine Stunde verschwendet, also hatte ich keine Zeit mehr, mir noch mehr Gedanken über mein Outfit und seine unterschwellige Botschaft zu machen. Als ich aus der Wohnung lief, fing Cassie mich an der Tür ab.

»Hey, ich bin da, weil ich nach dir sehen wollte. Jess sagte, sie haben dich entlassen, aber …«

»Aber?« Ich hob fragend eine Augenbraue.

»Sie sagte, Liam hat dich nach Hause gebracht. Ich dachte, ich sollte euch beiden etwas Raum geben.« Cassie spitzte anzüglich die Lippen, und ich schlug ihr auf den Arm.

»Das war sehr aufmerksam von dir«, sagte ich. »Ich bin gerade auf dem Weg, um ihn bei seiner Arbeit zu besuchen.«

»Wo arbeitet er?« fragte sie.

Ich konnte nicht glauben, dass ich ihr das noch nicht erzählt hatte, aber dann begriff ich, dass Cassie Liam praktisch noch nicht kennengelernt hatte. Um genau zu sein hatte ich von ihr in letzter Zeit auch nicht viel gesehen, außer wenn sie mich kurz im Krankenhaus besucht hatte.

»Er macht Führungen im Aquarium«, sagte ich. »Willst du vielleicht mitkommen?«

Ich wollte das Versäumte mit ihr aufholen. Ich wollte nicht zu einer dieser Frauen werden, die über ihrer Beziehung ihre Freundinnen vergaßen.

»Ja, kann ich«, sagte sie. »Also bist du schön wieder zu Hause angekommen?«

»Es gab definitiv ein Kommen«, sagte ich und zwinkerte ihr zu.

»Verdammt, ich bin neidisch«, schmollte Cassie. »Trevor ist so mit seinen Abschlussarbeiten und den Lerngruppen beschäftigt, dass ich ihn kaum gesehen habe.«

Deshalb hatte ich ihn also in der Bibliothek gesehen. Natürlich hatte ich damals die falschen Schlüsse gezogen. Er war nervös wegen seiner anstehenden Examen. »Nur noch zwei Wochen und dann habt ihr die Winterferien gemeinsam.«

»Vielleicht.« Cassie biss sich auf die Unterlippe. »Wir haben noch nicht einmal darüber gesprochen. Soweit ich weiß, fährt er nach Chicago.«

»Geh mit ihm«, ermunterte ich sie. »Du kannst bei deiner Schwester bleiben.«

»Es wäre schön, Meghan zu sehen«, sagte sie. »Denkst

du, er ist böse, wenn ich mich für die Feiertage nach Chicago einlade?«

»Warum sollte er böse sein? Ich wette, er will dich bei sich haben.«

Unsicherheit flackerte in Cassies Blick auf. »Ich hoffe es.«

Ich hakte mich bei ihr ein und legte den Kopf an ihre Schulter. »Natürlich tut er das. Es könnte schlimmer sein. Du siehst, wie viel Jess lernt, oder?«

»Vielleicht kann ich Brett anrufen, und wir bemitleiden uns gegenseitig«, sagte sie, aber dann lachten wir beide los. Brett hatte weniger als fünfzig Worte mit uns gesprochen, seit wir ihm zum ersten Mal begegnet waren. Der Fairness halber musste man sagen, dass er bei uns dreien wahrscheinlich auch einfach nicht zu Wort kam.

»Was machst du an Weihnachten?«, fragte sie mich.

Ich holte tief Luft. »Ich nehme Liam mit zu meinen Eltern.«

»Also steht auf deiner Weihnachtswunschliste in diesem Jahr wohl Alkohol und noch mehr Alkohol?«

»So ungefähr.«

Wir gingen um eine Ecke, und mein Herz machte einen Satz, als das Aquarium in Sicht kam. Cassie zog ihren Arm aus meinem, und ich blieb stehen und sah, dass sie mich anlächelte. »Du leuchtest förmlich.«

Ich versuchte, so zu tun, als wäre nichts, aber ich konnte das dümmliche Grinsen nicht von meiner Miene wischen. »Ich glaube, dass nennt man liebeskrank.«

»Was auch immer es ist, es steht dir«, sagte sie. »Ich sollte zurück zum Campus gehen. Ich habe um halb zwölf einen Kurs.«

»Wir sehen uns!«, rief ich ihr hinterher.

»Nächste Woche im Garrets!«

»Nächste Woche im Garretts«, wiederholte ich. Es war eine Tradition, dass wir uns am letzten Tag der Prüfungen dort auf Drinks trafen. Dieses Jahr würde Liam bei mir sein, und so schwindlig mir bei dem Gedanken daran auch wurde, erinnerte es mich daran, dass ich nächsten Freitag vermutlich keinen Grund zum Feiern haben würde. Aber wenigstens konnte ich meine Sorgen dann mit den mir liebsten Menschen der Welt ertränken.

Der Parkplatz des Aquariums war leer, und niemand saß am Empfang, als ich hineinging. Ich rief, und Liam trat aus dem hinteren Büro.

»Ich dachte nicht, dass du es schaffst«, sagte er und winkte mich herein.

»Tut mir leid, ich bin Cassie über den Weg gelaufen«, erzählte ich ihm, als er mich auf seinen Schoß zog.

»Ah, die liebliche Cassie. Wie geht es ihr?«, fragte er.

»Gut.« Ich schwieg und biss mir auf die Lippe. »Ich habe sie in letzter Zeit nicht viel gesehen. Sie hat mich ein paarmal im Krankenhaus besucht, aber ich habe nicht viel Zeit mit ihr allein verbracht.«

»Du solltest dich mit ihr verabreden«, sagte Liam.

»Das mache ich nach den Abschlussprüfungen. Ich glaube, wir sind alle gerade ziemlich gestresst.«

»Wo wir gerade bei den Abschlussarbeiten sind«, sagte Liam vorsichtig. »Ich habe mit Markson geredet.«

Ich sprang von seinem Schoß und drehte mich zu ihm um. »Du hast *was*?«

»Ich wollte mit ihm über die Abschlussarbeit reden«, sagte er.

»Deine Abschlussarbeit?«, fragte ich hoffnungsvoll.

»Eigentlich schon. Ich hatte keinen neuen Partner zugewiesen bekommen, Chick, und ich hatte das Gefühl, dass ich im Seminar gescheitert bin, wenn ich zulasse, dass mein Partner nicht besteht.«

Ich verschränkte die Arme und blickte ihn böse an. »Dein Partner kann ganz prima alleine durchfallen.«

»Ich weiß, dass mich das im Grunde nichts angeht, aber du musst dein Stresslevel runterkriegen, nicht wahr? Ich könnte Markson sagen, dass das Seminar dir zu schaffen gemacht hat. Ich wollte dir nur helfen«, sagte er und streckte mir die Hände entgegen.

Seine Ehrlichkeit erweichte mich ein wenig. Natürlich versuchte Liam, mir zu helfen, und er kannte mich gut genug, um zu wissen, dass ich seine Hilfe ablehnen würde, wenn er sie mir direkt anbot. »Ich schätze, ich sollte mich daran gewöhnen, mir von Leuten helfen zu lassen.«

»Ja, das solltest du, Chick«, sagte er. »Möchtest du wissen, was er gesagt hat?«

»Ich weiß nicht, will ich?«

»Er lässt dich die Abschlussarbeit machen, ohne dir Punkte abzuziehen. Aber es gibt einen Haken«, sagte Liam und sah mich nervös an.

»Was für einen Haken?« Ich hasste ihn jetzt schon, diesen Haken.

»Wir haben unsere Themen für den Abschluss bereits vorgeschlagen, aber ich wusste, dass du keines eingereicht hast. Also habe ich eins für dich abgegeben.«

»Du hast *was*?« Ich hatte die Lautstärke meiner Stimme nicht mehr unter Kontrolle. In was hatte er mich da reinmanövriert?

Liam hielt die Hände hoch. »Ich weiß, ich weiß. Aber er war nicht sicher, ob er es dir gestatten sollte, also habe ich ihm einen guten Grund dafür geliefert.«

»Was hast du gesagt, was ich tun würde?«, fragte ich langsam.

»Ich habe vorgeschlagen, dass du vor der Gruppe über deinen Parkinson sprichst«, sagte Liam. Er rutschte auf dem Stuhl herum und stützte die Hände auf die Knie, als machte er sich für den Todesstoß bereit.

»Ich rede nicht über meinen Parkinson.«

»Genau deshalb hat er den Vorschlag angenommen«, sagte Liam. »Ich weiß, dass es beängstigend ist, aber niemand wird über dich urteilen.«

Ich konnte keinen klaren Gedanken mehr fassen. Ich konnte ihm nicht erklären, dass es nicht darum ging, was die anderen Studenten von mir hielten, wenn ich vor ihnen über meinen Parkinson sprach. Es ging darum, wie ich mich fühlen würde. »Ich rede nicht über meinen Parkinson … weil er sich sonst echt anfühlt.«

»Es ist echt, Chick«, sagte Liam mit sanfter Stimme. Er stand auf und trat vorsichtig auf mich zu, legte einen Arm um mich und zog mich an sich. »Er ist ein Teil von dir.«

»Du bittest mich darum, den privatesten Teil meines

Lebens mit einem Haufen Leute zu teilen, die ich nicht kenne?« Ich schüttelte den Kopf. Das konnte ich nicht, nicht einmal, wenn meine Note davon abhing.

»Du bist so viel mehr als nur deine Krankheit, Jillian.« Liam nahm mein Gesicht zwischen seine Hände und zwang mich, ihn anzusehen. »Deine Krankheit ist nur ein kleiner Teil von dir.«

Ein Brennen stieg in meinem Hals auf, und ich drängte die Tränen zurück, als ein Gemisch aus Liebe und Angst sich in meinem Magen regte. »Ich kann das nicht.«

»Ich werde die ganze Zeit bei dir sein«, versprach er mir. »Ich möchte nicht, dass du durchfällst.«

»Ich glaube, ich würde lieber mitten auf dem Campus als Aktmodell stehen«, sagte ich, aber selbst während ich das aussprach, wusste ich, dass es keinen Ausweg gab. Ich musste Marksons Seminar bestehen, und jetzt hatte ich eine Chance. Die Aussicht, an der Olympic Falls bleiben zu können, wären die zehn Minuten Verlegenheit wert.

»Du kannst mir später nackt Modell stehen«, flüsterte Liam mir ins Ohr. Seine Lippen glitten über meinen Kiefer, und seine Berührung brannte auf meiner Haut und lenkte mich von der Angst ab. Und mit jedem Augenblick, den er dort verweilte, breitete sich die Liebe, die in mir pulsierte, weiter aus, bis sie die Angst vollständig verschlang.

»Wann muss ich das machen?«, fragte ich.

Liam trat einen Schritt zurück, und Triumph glänzte in seinen blauen Augen. »Nächsten Freitag«, sagte er. »Ich helfe dir bei der Vorbereitung.«

»Ich improvisiere lieber«, sagte ich. Je mehr ich mir darüber Sorgen machte, vor die Gruppe zu treten, desto eher machte ich einen Rückzieher.

»Denk dran, viele Ich-Botschaften«, sagte Liam.

»Ich-Botschaften. Meine Seele bloßlegen. Verdammt, warum mach ich's nicht einfach nackt?« Ich lachte nervös, fast schon hysterisch.

»Das würde dir wahrscheinlich eine Eins sichern«, sagte Liam, nahm mich bei den Hüften und zog mich an sich.

»Kannst du dir Marksons Gesicht vorstellen? Das wäre es fast wert.«

»Sorry, kann ich nicht. Du hast mir sehr viel anregendere Bilder geliefert, die ich mir im Moment vorstelle.« Liam legte eine Hand unter mein Kinn und drehte mein Gesicht zu seinem. Ich sank gegen ihn und löste mich an seinem Körper auf wie Eis, das auf Feuer traf. Der Kuss wurde drängender, als unsere Zungen einander fanden. Ich schob ihn gegen die Wand und presste mich an ihn, musste seinen Körper an meinem spüren, so wie ich atmen musste. Aber bevor ich meine Hand über sein Shirt gleiten lassen konnte, summte die Tür des Aquariums und erinnerte uns daran, dass wir nicht in meinem Zimmer waren. Wir sprangen auseinander, richteten unsere Kleider und fuhren uns durch die Haare.

»Bis später?«, fragte Liam, und sein Atem ging immer noch schwer.

»Ja.« Ich gab ihm einen flüchtigen Kuss, dann lief ich aus der Tür, an einer jungen Mutter vorbei, die ihren beiden Kleinkindern das Becken mit den Quallen zeigte. Ich hörte, wie Liam sie atemlos begrüßte.

Auf dem Weg zum Campus versuchte ich, nicht an Marksons Abschlussprüfung zu denken, obwohl der Druck in meiner Brust immer weiter zunahm, bis es sich anfühlte, als würde bei jedem Schritt ein weiterer Stein darauf abgelegt. Schließlich blieb ich stehen und machte eine der Atemübungen, die Dr. Fales mir im Krankenhaus gezeigt hatte. Nach ein paar Minuten war ich ruhig genug, um weiter zur Bibliothek zu gehen.

Ich hatte weniger als eine Woche bis zu den Abschlussprüfungen, und wenn ich an der Olympic State bleiben wollte, dann brauchte ich jede Minute davon.

Kapitel 28

Am Tag meiner Abschlusspräsentation in Marksons Seminar wachte ich um sechs Uhr morgens auf. Der Versuch, wieder einzuschlafen, erwies sich als vergeblich, also stieg ich leise aus dem Bett, um Liam nicht zu wecken. Er bewegte sich im Schlaf, und einen Augenblick stand ich da und sah ihn an, fragte mich, ob er genauso nervös sein würde wie ich, wenn er aufwachte.

Die Wohnung war still, und ein Hauch Morgenlicht stahl sich durch die Jalousien im Wohnzimmer, als ich Kaffee machte. Obwohl ich nicht mehr ins Bett zurückgehen konnte, machte sich Erschöpfung in meinen Knochen breit. Ich schleppte meinen Körper durch die Küche und dachte darüber nach, ob ich für Jess und Liam Frühstück machen sollte, bevor ich mich daran erinnerte, dass Pop-Tarts alles waren, was ich diesbezüglich draufhatte. Nichts zu tun, ließ allerdings meinem Gehirn zu viel Raum, um über das nachzudenken, was mir heute bevorstand, also machte ich stattdessen sauber. Ich schrubbte die Ablageflächen und die Spüle, sortierte das Geschirr in den Schränken um und wischte den Fliesenboden. Als ich frische, von Großmutter gehäkelte Topflappen aufhängte, taumelte Liam herein und zeigte auf den Kaffee.

»Warum bist du auf?«, fragte er und rieb sich den Schlaf aus den Augen. »Es dauert noch Stunden bis zum Kurs.«

»Ich konnte nicht schlafen«, gab ich zu und goss ihm eine Tasse Kaffee ein. Ich setzte mich auf den Hocker neben ihm, und wir nippten schweigend an dem Kaffee. Anspannung angesichts dieses wichtigen Tages lastete auf uns.

»Lass mich dir Frühstück machen«, sagte Liam, aber ich schüttelte den Kopf. Es wäre mir unmöglich gewesen, etwas zu essen, weil mein Magen bereits in Aufruhr war.

»Ich will nur, dass es vorbei ist«, sagte ich.

Liam legte einen Arm um meine Schulter und zog mich an sich, küsste meine Stirn. »Es gibt keinen Grund, nervös zu sein, Chick. Markson wird nett sein.«

Ich wies ihn nicht darauf hin, dass es nicht gerade die Definition von nett war, mir zu befehlen, mich vor zwanzig Kommilitonen zu stellen und ihnen mein Herz auszuschütten. Aber ich konnte nicht erwarten, dass Liam, der immer so locker war vor anderen, das verstand.

»Möchtest du üben?«, bot er mir an.

Obwohl ich wusste, dass er mir helfen wollte, klang meine Antwort hart und kalt. »Nein, ich möchte nicht darüber nachdenken.«

Liams Schultern sackten nach unten. Er hatte sich besondere Mühe gegeben, hilfsbereit zu sein, er hatte das für mich arrangiert, und ich war gemein zu ihm.

»Ich lege mich noch mal hin«, sagte ich. Wenn ich noch mal einschlafen konnte, würde ich nicht die nächsten Stunden damit verbringen, mich zu quälen – oder Liam.

»Okay«, sagte Liam. »Ich habe in einer Stunde eine Prüfung, danach gehe ich direkt zum Seminar.«

»Cool«, sagte ich lahm. »Halt die Ohren steif.«

Als ich aufstand, legte er die Hände um meine Taille und zog mich an sich. »Du wirst das spektakulär machen, Jillian.«

Mir gelang ein Nicken, dann floh ich in mein Zimmer und verkroch mich unter der Decke, zog sie mir über den Kopf und zwang meinen Körper zum Einschlafen. Mein Geist war allerdings bereits auf Hochtouren und stellte Tausende Fragen. Was wäre gewesen, wenn ich in den Kurs gegangen wäre, statt mich zu verstecken? Wie würden die anderen Studenten auf meinen Zustand reagieren? War ich bereit, etwas so Persönliches vor lauter Unbekannten zu erzählen? Würde ich nach dem Tag heute *die Frau mit Parkinson* sein?

Es war aussichtslos, wieder einzuschlafen, also stand ich auf und suchte das perfekte Outfit zusammen, wobei ich kurz darüber nachdachte, tatsächlich nackt vor der Gruppe aufzutauchen, um von dem, was ich sagen würde, abzulenken. Niemand würde sich für meine traurige Geschichte interessieren, wenn er mir auf die Titten glotzen konnte, doch bestimmt gab es Regeln, die verboten, dass man Präsentationen nackt hielt.

Als ich fertig geduscht hatte und gerade mein Haar zu einem Pferdeschwanz zu überreden versuchte, war Jess wach und lief in der Wohnung herum. Sie klopfte leise an die Tür des Badezimmers, und ich öffnete, damit sie hereinkonnte. Ich versuchte, ruhig zu wirken, aber meine Hände zitterten, als ich mir Foundation auf die Stirn tupfte.

»Ich werde auch mitkommen, Jills«, verkündete Jess, die sich die Zähne putzte. Sie hatte ihre Abschlussprüfungen alle am vorangegangenen Tag gehabt, aber sie wartete mit dem Feiern, damit wir gemeinsam auf das Ende eines weiteren Semesters anstoßen konnten. Wir würden uns im Garretts treffen, wenn alles vorbei war, auch wenn ein Teil von mir fürchtete, dass dies meine letzte Happy Hour zum Semesterende sein könnte.

»Das brauchst du nicht«, sagte ich und schob mich an ihr vorbei.

»Nein, aber ich möchte gerne.« Sie drehte sich zu mir um und schenkte mir ein aufmunterndes Lächeln. »Ich bin wirklich stolz auf dich, dass du das tust.«

Stolz hatte damit nichts zu tun. Hätte ich Stolz, würde ich nicht meine schmutzige Wäsche vor allen waschen, um das Seminar zu bestehen. Es war nicht unter meiner Würde, mich selbst zum Deppen zu machen, um an der Olympic State bleiben zu können, was wohl eine Verbesserung gegenüber dem Mädchen war, das ich vor zwei Jahren gewesen war. Sie hätte den Schwanz eingekniffen und wäre davongelaufen, statt sich mit dieser Seite ihrer selbst auseinanderzusetzen. Ich war immer noch nicht sicher, ob das bedeutete, dass ich als Person gewachsen war, oder ob es nur bedeutete, dass ich verzweifelt war.

* * *

Bloß die Hälfte der Studiengruppe war an diesem Nachmittag da. Alle hatten bereits präsentiert, und ich stellte überrascht fest, dass ich erleichtert war, weil ich nicht nur vor Markson reden musste. Ich war nicht wieder in seinem Seminar gewesen, seit wir uns in seinem Büro unterhalten hatten, und das lag Wochen zurück. Ich wusste nicht, ob ich hätte vor ihn treten können, wenn wir nur zu zweit gewesen wären.

Jess war bereits da und unterhielt sich mit Markson. Ich konnte gar nicht übersehen, wie sie da stand, ihr Körper war ihm zugewandt, so als wäre er ein Magnet, der sie anzog, was meinen Verdacht bestätigte, dass Jess' Ergebenheit ihm gegenüber weniger mit dem Studienfach und deutlich mehr mit seinem geekigen Sexappeal zu tun hatte. Es war wohl klar, dass es die fleißige Jess sein musste, wenn eine von uns auf einen Prof abfuhr.

Sie sah mich und winkte mir zu, aber ich blieb an der Tür stehen und hoffte, dass Liam kam. Eine Hand legte sich auf mein Kreuz, und ich wurde sofort ruhiger. Liam hatte mich und die Krankheit in den schlimmsten Zeiten gesehen, und er war immer noch an meiner Seite. Noch eine Stunde, dann wäre mein Schicksal entschieden. Es fühlte sich gerade alles sehr nach Weltuntergang an.

»Miss Nichols«, rief Markson, und Liam schob mich sanft auf ihn zu.

»Komm schon, Chick«, flüsterte er.

»Kein guter Spitzname im Moment«, sagte ich, als wir auf Markson zugingen.

»Wie möchten Sie vorgehen?«, fragte Markson.

Ich zögerte, weil ich nicht bereit war zuzugeben, dass ich anderthalb Wochen lang vermieden hatte, darüber nachzudenken. Mein gut durchdachter Plan beinhaltete, einfach so viel wie möglich zu reden, um die zehn- bis fünfzehnminütige Präsentation zu füllen.

»Jess und ich werden helfen«, sagte Liam. Ich starrte ihn an, unsicher, ob er mein Ritter in strahlender Rüstung war oder vielleicht doch der Teufel höchstpersönlich.

»Interessant. Warum?«, fragte Markson.

»Nun, das ist ein Seminar über zwischenmenschliche Kommunikation«, sagte Jess. »Wir dachten, es würde interessanter sein, wenn wir uns über Jillians Zustand unterhalten. Ich kenne sie seit ihrer Diagnose, aber Liam hat es erst vor ein paar Wochen herausgefunden, also haben wir beide völlig unterschiedliche Perspektiven.«

»Und manchmal bekomme ich den Eindruck, dass wir nicht wissen, was in ihrem Kopf vor sich geht«, fügte Liam hinzu. »Wir arbeiten alle daran, unsere Bedürfnisse und Sorgen besser zu kommunizieren.«

Das erwischte mich unvorbereitet. Obwohl ich wusste, dass Jess und Liam nach dem Anfall in der Wohnung miteinander geredet hatten, wusste ich nicht, dass sie sich tiefgreifender darüber unterhalten hatten. Jetzt war es offensichtlich, dass sie bedeutend mehr Zeit damit verbracht hatten, über mich zu reden, als ich gedacht hatte. Immerhin hatten sie vor, ein Teil meiner Präsentation zu sein. Ich war gleichermaßen erleichtert, weil ich das nicht allein durchstehen musste, und ein wenig verletzt wegen ihrer Geheimniskrämerei.

»Das klingt gut«, sagte Markson, und ich spürte, wie Liam sich neben mir ein wenig entspannte. Ich hatte nicht einmal bemerkt, dass er gestresst war. Ich war zu sehr mit meinen eigenen Gefühlen beschäftigt gewesen.

Wir stellten Stühle vor der Gruppe auf, wie in einer Talkshow, und nahmen dann Platz. Wenn ich Glück hatte, kam das hier einem Auftritt bei Jerry Springer so nahe, wie ich ihm jemals kommen würde. Obwohl es immer noch in Beschimpfungen ausarten konnte, und dann wäre niemand da, der mich von der Bühne holte.

Markson stand auf und wandte sich an die Studiengruppe, gratulierte ihnen zu einem großartigen Semester, bevor er sich dem Thema meiner Präsentation zuwandte. »Wir haben zwei Studenten, die heute ihre Präsentation halten. Ich bin sicher, wir freuen uns alle, Miss Nichols wieder gesund zu sehen. Sie war in den letzten Wochen aus medizinischen Gründen entschuldigt, und heute wird sie darüber sprechen, warum sie abwesend war. Ich lasse Jillian und ihre Freunde erklären, was sie euch heute zu vermitteln hoffen.«

Ich holte lang und tief Luft, als irgendwo in meinem Kopf eine leise Stimme sagte: »Stell sie dir in Unterwäsche vor.« Wenn dieser Rat jemals funktioniert hatte, dann wollte ich die Fallstudie dazu sehen.

»Vielen Dank, Professor Markson, dass Sie in den letzten Wochen so verständnisvoll waren. Es war wirklich sehr anstrengend für mich«, sagte ich. Es schadete nie, dem Prof etwas Honig ums Maul zu schmieren.

Er nickte und bedeutete mir fortzufahren. Wir hatten

nur fünfzehn Minuten, um zu beweisen, dass ich es verdiente, den Kurs zu bestehen, und ich zögerte es bereits hinaus.

»Vor ein paar Wochen hatte ich etwas, das man eine Episode nennt. Sie wurde von Stress ausgelöst und hat damit geendet, dass ich schließlich ins Krankenhaus musste«, fing ich an. Ich war nicht sicher, womit ich beginnen sollte. Das hatte alles so viel früher angefangen, wenn ich ehrlich war. Es hatte mit Waffeln in meiner Küche nach einem One-Night-Stand angefangen. Es hatte mit einer Mutter angefangen, die mich verhätscheln wollte und mich gleichzeitig von sich stieß, da sie nicht wusste, wie sie eine Beziehung mit mir haben sollte. Es hatte mit einer überraschenden Diagnose vor zwei Jahren begonnen, die meine Welt erschüttert und mich wacklig und unsicher zurückgelassen hatte, was meine Zukunft betraf.

»Warum hattest du eine solche Episode?«, warf Jess ein und half mir so weiter. Ich warf ihr einen dankbaren Blick zu.

»Bei mir wurde vor zwei Jahren früh einsetzender Parkinson diagnostiziert«, erklärte ich. »Das ist ziemlich schwer herauszufinden, bevor man zwanzig ist, aber ich habe im Grunde genommen Probleme mit meinem Nervensystem. Eine Episode nennt man es, wenn die Symptome aufflammen.«

Liam räusperte sich, als wollte er meine Erlaubnis zu sprechen, und ich sah ihn erwartungsvoll an. »Ich habe eine Menge über Parkinson gelesen in den letzten Wochen, und ich habe das Gefühl, als würde ich verstehen, was geschieht, aber ich weiß nicht, wie du dich fühlst, wenn du eine Episode hast.«

»Ich fühle mich, als würde ich vollständig die Kontrolle verlieren.« Ein Punkt für mich, weil ich eine Ich-Botschaft verwendete. Ich hoffte, dass Markson sich Notizen machte. »Es beginnt mit Schwindel oder Schwäche, und manchmal bleibt es dabei, aber andere Male übernimmt es meinen Körper. Ich schäme mich dafür, also versuche ich, es zu verbergen, und hoffe, dass ich nicht vor anderen versteinere.«

»Aber du hast Jess davon erzählt?«, fragte Liam nach, und in seinen Worten klang der Hauch einer Anklage mit. Markson schüttelte den Kopf. Offensichtlich war das eine schlechte zwischenmenschliche Frage. »Ich habe bemerkt, dass du mit Jess offen darüber sprichst, aber du warst nicht bereit, mit mir darüber zu reden.«

»Ich wollte nicht, dass du es erfährst«, sagte ich. »Ich wollte nicht, dass du denkst, ich wäre kaputt. Ich möchte nicht, dass irgendjemand mich als kaputt ansieht, weil das bedeutet, dass die Krankheit die Kontrolle über mich hat.«

»Über die letzten zwei Jahre…« Jess zögerte, und ich wappnete mich für das, was sie sagen würde. »Ich machte mir Sorgen, dass du aufgegeben haben könntest. Ich möchte, dass du dich so benimmst, als hätte Parkinson dein Leben nicht unter Kontrolle, aber manchmal fühlt es sich an, als wäre das längst der Fall.«

Ich musste es Jess lassen, sie hatte wirklich verinnerlicht, was sie bei Markson im letzten Semester gelernt hatte.

»Ich schätze, das stimmt. Mit etwas zu leben, das schließlich dein Leben übernehmen wird, ist schwer«, gab ich zu.

»Aber es könnte dir auch eine Perspektive geben«, merkte Liam an.

»Ich habe in vielerlei Hinsicht versucht, es zu meiden. Ich habe es vor den Leuten versteckt, weil ich nicht wollte, dass es mich definiert. Aber letztlich habe ich der Krankheit genau dadurch erlaubt, mich zu definieren.« Ich fühlte mich nackt und verletzlich, als ich das laut aussprach, als ob ich aus meinem sorgfältig errichteten Panzer trat, den ich mir eigens geschaffen hatte. Die Dinge aus dieser Perspektive zu sehen, ließ mich erkennen, dass ich niemals darüber nachgedacht hatte, wie Jess sich in den letzten zwei Jahren gefühlt hatte. Ich hatte viel darüber nachgedacht, wie Liam sich wegen meiner Krankheit fühlen würde, aber auch das nur aus völlig eigensüchtigen Gründen.

»Wie hast du dich gefühlt, als mir die Diagnose gestellt wurde?«, fragte ich Jess.

»Ich fühlte mich hilflos. Du warst meine beste Freundin. Meine wilde Freundin«, fügte sie hinzu. »Ich dachte, du wärst die Starke, und ich fühlte mich, als könnte ich nichts für dich tun.«

Und doch war Jess bei mir geblieben. Sie hatte gelernt, wie sie mir Spritzen geben und mit Episoden umgehen musste. Sie hatte mir den Rücken freigehalten, wenn ich von Tara überrannt wurde. »So hast du dich vielleicht gefühlt, aber du wusstest immer genau, was ich brauchte«, sagte ich zu ihr.

Ich sah Liam an, war nicht sicher, wie ich ihn fragen sollte, was ihm durch den Kopf ging. Wenn ich geglaubt hatte, dass es schwer wäre, vor dem Kurs über meinen Zustand zu sprechen, musste ich jetzt feststellen, dass es viel schwerer war, über ihn und mich zu sprechen. Unsere Beziehung steckte noch im Kükenstadium, fühlte sich zu persönlich an. Aber er saß neben mir, teilte seine Gedanken und Sorgen, und ich schuldete es ihm, ehrlich zu sein.

»Ich habe das Gefühl, du behandelst mich anders, seit du es weißt.« Unsere Erfahrungen im Bett fielen mir ein, aber die ließ ich aus.

»Ich denke, das hat mehr damit zu tun, wie du darauf reagiert hast, als ich dich bei einer Episode gesehen habe. Ich wollte mit dir reden.« Bemüht, nicht das Falsche zu sagen, wählte er seine Worte sorgfältig, also legte ich beschwichtigend eine Hand auf seinen Arm. »Ich weiß nicht, wie ich mich gefühlt hätte, wenn du es mir an Tag eins erzählt hättest. Ich würde gerne glauben, dass es keine große Sache gewesen wäre, aber ich bin nicht sicher. Wenn ich zu diesem Zeitpunkt nicht schon in dich verliebt gewesen wäre, hätte dies das Ende sein können.«

Unsere Zuhörer murmelten angesichts dieser Erklärung, sie waren offensichtlich von Liams Ehrlichkeit beeindruckt, und ich spürte, wie meine Brust vor Stolz anschwoll. Irgendwie hatten wir es geschafft und saßen heute hier. Das mochte Liam zu verdanken sein, aber ich begriff endlich, dass es uns beide gebraucht hatte, unser beider Anstrengungen und Ehrlichkeit, um bis hierherzukommen.

»Was wünschst du dir, was Leute über Parkinson wissen sollten?«, fragte Jess mich, und ich fragte mich, wie viel Zeit sie und Liam damit verbracht hatten, das hier vorzubereiten. Die Frage klang gut einstudiert.

»Ich schätze, dass es mich nicht so anders macht. Wenn die Leute das wüssten …« Ich dachte sofort an Tara. »… Ich glaube, dann würde ich weniger Zeit damit verbringen, es verbergen zu wollen.«

»Okay, letzte Frage«, sagte Liam. »Du isst Chiclets, um zu verbergen, dass du Tabletten nimmst. Magst du Chiclets wirklich?«

»Ich kann zweifelsfrei sagen, dass ich sie liebe«, sagte ich mit einem Lachen. Es war vorbei. Ich hatte es geschafft und war auf der anderen Seite.

Es gab einen kurzen Applaus von unserer kleinen Zuhörerschaft, aber niemand sagte etwas, bis Markson aufstand und sich an alle wandte. »Danke an die von euch, die gekommen sind. Ich bin sicher, wir finden den Rest der Gruppe bereits bei Getränken in der Pine Street. Und danke an Sie, Miss Nichols, dass Sie heute so viel Mut gezeigt haben. Ich hoffe, dass es nicht zu schmerzhaft für Sie war.«

Ich blickte mich kurz verwirrt um. Markson hatte gesagt, dass heute noch zwei Prüfungen fällig waren, aber er hielt niemanden auf, als die Studenten ihre Sachen zusammenpackten und den Raum verließen. Ein paar blieben kurz stehen und teilten mir ihre eigenen Geheimnisse mit, und eine Studentin umarmte mich. Das war vermutlich noch nie nach einem Abschlusstest passiert.

Als nur noch wir vier in dem Raum waren, gab Markson Liam und mir ein Blatt Papier. »Ihre Präsentation war sehr gut, aber denken Sie an die Ich-Botschaften, Liam.«

Liam neigte den Kopf ein wenig. »Mach ich.«

»Es sollte heute doch zwei Präsentationen geben«, sagte ich.

»Waren es auch«, sagte Markson. »Ihre und Mr. McAvoys.«

»Du sagtest, du hättest bereits präsentiert.« Ich drehte mich zu Liam um.

»Ich-Botschaften«, sagte Markson hinter mir.

»Ich wollte dich nicht noch mehr stressen«, sagte Liam. »Also habe ich geflunkert.«

»Ich habe das Gefühl, das war keine gute Kommunikation.« Doch selbst als ich das sagte, nahm ich seine Hand, um ihm zu zeigen, dass ich ihm dankbar war. Er hatte an mich gedacht, wie immer.

»Also, was hast du?«, fragte Liam und zeigte auf mein Papier.

Mein Herz erstarrte, als ich erkannte, was Markson uns gegeben hatte. Er hatte die Präsentation vor der Gruppe benotet und uns gleichzeitig auch unsere Endnote gegeben.

»Was hast du?«, fragte ich, weil ich den Moment der Wahrheit herauszögern wollte.

»Ein B«, sagte er, »mit einer Notiz, dass ich noch an meinen Ich-Botschaften arbeiten muss.«

Wenn Liam ein B bekam, nachdem er jede Stunde besucht und die ganze Arbeit geleistet hatte, dann würde ich mich glücklich schätzen können, mit einem D davonzukommen. Tara würde nicht erfreut sein, aber es war dennoch eine Note, mit der ich bestand. Ich drehte das Papier um und las es durch. Ich hatte genug Stunden verpasst, um meinen Teilnahmedurchschnitt auf ein F zu senken, aber das war nur ein kleiner Anteil an meiner Note. Das Zwischenprüfungsprojekt und die finale Präsentation machten weit über achtzig Prozent der Punkte aus. Ich hielt das Papier hoch und zeigte Liam das C, das auf dem unteren Rand stand.

»Nehme ich«, sagte ich, als er sich herabbeugte und mir einen kleinen Kuss gab. Als unsere Lippen sich trafen, fühlte ich mich erfolgreich, als hätten wir gemeinsam etwas Gewaltiges durchgestanden. Plötzlich verschwanden all die Dinge, die zwischen uns gestanden hatten, und für diese kurze Sekunde blieben nur wir zwei zurück.

»Hebt euch das fürs Schlafzimmer auf«, sagte Jess, und Markson sah hinab auf seine Füße. Jess schnappte sich mein Paper und hob die Augenbraue.

»Ich weiß, ich weiß. Du hattest ein A«, sagte ich.

»Du hast bestanden, Jills. Du weißt, was das heißt! Die erste Runde geht heute Abend auf mich.« Sie umarmte mich fest.

Aber ich wusste, dass dieses C weit mehr bedeutete, als Taras Ultimatum bestanden zu haben. Es bedeutete, dass ich an der Olympic State blieb und dass ich mich dem stellte, vor dem ich mich seit zwei Jahren drückte. Es bedeutete, dass ich endlich begriffen hatte, dass ich nicht kaputt war.

Kapitel 29

Als wir im Garretts ankamen, war die Party bereits in vollem Gange. Die Bar war vollgestopft mit Studenten, die entweder auf ihren Erfolg anstießen oder ihre Sorgen ertränkten, und wir mussten uns einen Weg durch die Menge kämpfen. Wir erblickten Jess und Brett in einer Nische, sie winkten uns zu sich. Liam und ich setzten uns ihnen gegenüber, und Jess goss zwei Bier aus einem Pitcher ein.

»Sorry, es gibt nur schnödes Bier, keine Cocktails«, rief sie über den Lärm hinweg. »Ich hatte mir ausgerechnet, dass ein Pitcher unsere beste Chance auf einen Drink ist heute Abend.«

»Das ist cool. Wo ist Cassie?«, fragte ich.

»Sie ist kurz raus, um Trevor anzurufen. Er ist verschwunden.« Jess schob uns ein Glas entgegen. »Auf das Ende des fünften Semesters.«

»Von hier an geht es abwärts«, sagte ich, als wir mit unseren Plastikbechern anstießen.

Liam legte den Arm um meine Schulter und zog mich

an sich. Ich kuschelte mich an ihn und gab ihm einen Kuss auf den Hals. Uns gegenüber berührten Jess und Brett einander nicht, auch wenn Brett ein wenig näher zu ihr hinrutschte.

Cassie ließ sich in die Nische neben uns fallen, sie hatte noch ihr Telefon in der Hand.

»Hast du ihn erwischt?«, fragte Jess.

»Nein. Er müsste längst hier sein.« Cassie runzelte die Stirn, versuchte, wütend auszusehen, aber in ihren Augen blitzte etwas anderes: Angst. Sie sah wieder auf ihr Telefon und verschickte eine Nachricht.

»Lasst uns tanzen«, schlug ich vor, um sie kurz von Trevor abzulenken.

Ich zog sie auf die Tanzfläche. Jess folgte uns, und wir begannen, wie irre zum neuesten Hit herumzuhüpfen. Das hier liebte ich an der Olympic State: meine besten Freunde und ich. Obwohl wir unabhängige Frauen waren und sehr unterschiedliche Wege beschritten, kamen wir am Ende doch immer wieder zusammen.

Vertraute Hände nahmen mich bei den Hüften und zogen mich an einen festen Körper, den ich so gut kannte. Ich bewegte mich dicht an ihm, und seine Hände hielten mich fest. Es war das perfekte Ende des Semesters. Lachen, tanzen, zusammen sein. Der DJ rief nach Singwütigen fürs Karaoke, und wir nahmen das als Stichwort, wieder in unsere Nische zu fliehen.

Brett saß da und bewachte unseren Pitcher und die Jacken, und er sah ein wenig genervt aus, dass wir ihn allein gelassen hatten.

»Ich habe versucht, ihn mitzuschleppen, aber er sagte, er kann nicht tanzen«, flüsterte Liam mir zu.

Keiner von uns konnte tanzen, und wir taten es trotzdem, aber ich beschloss, den Rest des Abends mit Brett in der Nische zu bleiben. Wir schafften es, einen neuen Pitcher aufzutreiben, während Cassie wieder auf ihr Telefon sah.

»Ich gehe mal rüber«, sagte sie nach einer weiteren Stunde. Armes Ding. Sie konnte nicht besonders viel Spaß dabei haben, mit ihren besten Freundinnen und deren Freunden herumzuhängen. In den letzten Monaten war ich selbst in der Situation gewesen, also umarmte ich sie und sah zu, wie sie sich einen Weg durch die Menge zum Ausgang bahnte.

»Wann musst du gehen?«, fragte ich Jess.

Sie zuckte mit den Schultern und warf Brett einen Seitenblick zu. »Ich habe mich noch nicht entschieden. Hängt noch alles in der Luft.«

In dem Moment fiel mir auf, dass sie kein einziges Wort miteinander gewechselt hatten an dem Abend. Später – am Morgen wahrscheinlich – würde ich sie fragen, was da los war. Brett war kein Partylöwe, aber das hier war sogar für ihn übellaunig. Für den Moment begnügte ich mich aber damit, den Rest meines Biers zu trinken und mich Liam zuzuwenden.

»Ich bin erledigt. Bringst du mich nach Hause?«, fragte ich ihn.

Schalk blitzte in seinen Augen auf, und er nickte. »Ich habe den ganzen Abend darauf gewartet, dass du das sagst.«

»Ich sehe euch morgen früh«, sagte Jess, als wir aufstanden.

»Ich mache Waffeln«, versprach Liam ihr.

Jess lächelte, und ich begriff, dass ich ihr zu verdanken hatte, dass ich heute Abend mit Liam nach Hause ging. Sie hatte mich in Marksons Seminar gelotst und auf mich eingeredet, damit ich Liam eine zweite Chance gab. Morgen würde ich ihr eine gewaltige Umarmung schenken und mich bedanken.

Als wir gerade die Bar verließen, nahm Liam meine Hand und bedeutete mir anzuhalten. Er drehte sich um, verschwand im Gewühl der Leiber und tauchte einen Augenblick später mit einer Flasche Wasser wieder auf.

»Du solltest das trinken«, schlug er vor, als er sie mir gab.

»Du sorgst dich, dass ich dehydrieren könnte?«, fragte ich und öffnete den Verschluss.

»Ein paar Bier und deine Medikamente sind keine gute Kombi.« Aber bevor ich mich darüber ärgern konnte, sagte er: »Und ich will sichergehen, dass du wach bleibst. Ich habe Pläne mit dir.«

Ein Schauer durchfuhr mich, und ich bekam eine Gänsehaut. Das hörte sich gut an. Der Gedanke daran, Liam mit nach Hause zu nehmen, ließ meine Knie weich werden. Natürlich hatte er diesen Effekt immer auf mich, aber heute Abend würde zur Abwechslung mal keine unheilvolle Wolke über unseren Köpfen schweben. Meine neuen Medikamente bewirkten Wunder, ich hatte die Abschlussprüfungen hinter mir, und ich hatte es geschafft, alle Kurse, wie von Tara gewollt, zu bestehen. Und am besten war, dass ich an der Olympic Falls blieb.

Wer brauchte da schon das Garretts? Die Party fand heute Abend zu Hause statt. In meinem Bett. Mit Liam.

Er hakte einen Finger in die hintere Hosentasche meiner Jeans, als ich voranging und aus der Bar hinaus. Die Nacht war hereingebrochen, während wir drinnen gewesen waren, und die Welt war in dunkelblauen Schatten gemalt. Kälte lag in der Luft, also zog ich meine Jacke zu und drückte mich an ihn. Wir hatten es nicht eilig, als wir unter dem mit Sternen übersäten Himmel zu meiner Wohnung liefen. Als wir jedoch die Wohnanlage erreichten, nahm Liam zwei Stufen auf einmal und wippte ungeduldig auf den Fersen, als ich mich mühte, die Tür zu öffnen.

Sobald wir drin waren, hob er mich hoch, umschlang meinen Hintern und drückte mich an die Tür, sodass sie zufiel. Seine Lippen bewegten sich langsam an meinen, weich und sicher, aber ich war gierig, hungerte nach mehr. Ich umklammerte seinen Hals und ließ meine Zunge in seinen Mund gleiten, leckte an seinen Zähnen, biss ihn sanft in die Unterlippe. Liam stöhnte und trug mich in mein Zimmer.

Sanft legte er mich auf das Bett, aber das war kein Akt der Vorsicht. Er sah mir andächtig dabei zu, wie ich mein Shirt langsam aufknöpfte, mit gewissenhaften Bewegungen, und es dann öffnete, um einen Spitzen-BH zu enthüllen, den ich nur für ihn trug.

»Ich will dich die ganze Nacht lang ansehen«, murmelte er, während er sein Shirt auszog und seine gemeißelte Brust und seinen festen Bauch enthüllte. Ich könnte das Gleiche über ihn sagen. Nur dass seine Jeans tief auf seinen Hüften saß und das V enthüllte, das hinab unter den Hosenbund führte.

»Das ist eine Ausstellung zum Anfassen und Mitmachen«, sagte ich und wand mich aus meinem Shirt, um es zu Boden fallen zu lassen.

»Na, wenn das so ist …«, sagte Liam und beugte sich vor, um meine Hose mit einer schnellen Bewegung herunterzuziehen, während er auf die Knie sank und sich zwischen meine baumelnden Beine hockte. Er hakte die Arme unter meine Schenkel und küsste sie, bis seine Lippen meine Haut streiften, wo sie am zartesten war, und ein erwartungsvolles Zittern meinen Körper überlief. Sanft blies er gegen meine Haut. »Ich will dich anbeten.«

»Ich werde dich nicht aufhalten.« Meine Worte klangen wie ein Stöhnen, als er in die Kante meines Tangas biss, und ihn mir langsam mit den Zähnen herunterzog, bis er schließlich die Hände zu Hilfe nahm und ihn mir ganz auszog. Er blieb dort zwischen meinen Beinen, und setzte Küsse auf meine Haut, während ich mich wand und längst bereit war für ihn. Doch er nahm mein linkes Bein und drehte mich auf den Bauch, schob mich weiter auf das Bett hoch und spreizte meine Beine. Meine Hände klammerten sich in das Laken, und er fuhr mit seiner Erkundung fort, über meine Wirbelsäule bis hinunter zu meinem Hintern. Seine Finger strichen über die Umrisse meines Körpers und hinterließen eine Flammenspur, bis sie zwischen meinen Beinen anlangten. Er verweilte dort, massierte mit sanfter Zärtlichkeit den empfindlichen Bereich, bis meine Muskeln sich anspannten und die Lust in meinem Körper anschwoll.

»Ich brauche dich«, flüsterte ich. »Ich will dich spüren.«

Er zog meine Hüften zu sich. Ich blieb flach auf dem Bauch liegen, als er qualvoll langsam in mich hineinglitt. Er füllte mich aus, und er hielt mich auf der Grenze zwischen Schmerz und Lust, während er in harten, tiefen Stößen immer wieder in mich drang.

»Ich könnte das den ganzen Tag lang machen«, sagte er, und ich spürte seinen Blick auf mir.

»Versprochen?« Ich legte den Kopf auf die Seite und sah ihn an, wie er sich gegen mich drängte, und unsere Blicke begegneten einander, als ich seinen Namen stöhnte, und er meinem Ruf gehorchte, indem er tiefer stieß, und ich seinen festen Bauch am weichen Fleisch meines Hinterns spürte. Er hielt inne, und sofort fühlte ich mich leer und verlassen, aber er ging nicht fort, er drehte mich nur um.

»Ich will dich ansehen, Jillian«, sagte er, und seine Worte waren halb geflüstert und halb geknurrt.

Als er meine Schenkel umfasste, kam etwas Animalisches über mich, und ich drängte ihn auf den Rücken, schob mich auf ihn mit einer eleganten Gewandtheit, die ich nicht an mir kannte, nahm ihn mit einem Seufzer ganz in mir auf. Liam und ich passten so gut zusammen, so leicht, dass ich meinem Körper erlaubte, die Führung zu übernehmen.

»Noch besser«, sagte er und blickte voller Staunen zu mir hoch. Unsere Blicke hielten einander fest, während ich ihn ritt. Dann umfasste er meine Hüften und zwang mich, einen langsameren Rhythmus zu finden, und als ich das tat, berührte er zart meine Schultern und zog mich für einen sanften Kuss zu sich herunter. Ich setzte mich wieder auf, genoss die Kontrolle, die ich über ihn hatte. Liam so unter mir zu sehen sandte wilde Lustschauer durch mich hindurch, und ich warf den Kopf zurück, sodass mein Haar sich löste und mir über die Schultern fiel.

Seine Hände nahmen mich fester bei den Hüften, genau in dem Moment, in dem mein Körper sich anspannte. Mein Orgasmus explodierte in mir, zersplitterte jeden Teil von mir in herrlichen Lustwellen. Mein Name war als Flüstern auf seinen Lippen. Ein Versprechen, dass wir in diesem Moment ganz und endlos waren.

Liam legte die Arme um meine Taille und zog mich auf das Bett, ohne aus mir herauszugleiten. Schweigend lagen wir da, und die einzigen Geräusche waren unsere raschen Atemzüge. Obwohl ich sicher war, dass das schnelle Schlagen meines Herzens die Luft um uns herum vibrieren ließ.

Die Stille der Dunkelheit ließ den Gedanken an die Zukunft in mir aufkeimen. Ich versuchte, ihn wegzuschieben, den brennenden Schmerz zu ignorieren, der mich bei dem Gedanken an das Ende des nächsten Semesters durchbohrte. Dann würde es keine Feier für mich geben, aber das war noch viele Monate hin, sagte ich mir. Ich war sicher, dass ich sowieso vorher alles vermasseln würde.

»Was ist los, Chick?«, fragte Liam leise. Ich erkannte, dass mein gesamter Körper steif und angespannt war, vor Selbstzweifeln und Angst.

»Ich habe an das nächste Semester gedacht«, sagte ich leise.

»Du hast daran gedacht, dass ich gehe?«, fragte er. Er legte seine Hand auf mein Herz, und ich wusste, ich würde

Liam immer lieben, aber ich konnte doch diesen Quatsch nicht glauben, dass es besser war, einmal geliebt und dann verloren zu haben, als gar nicht geliebt. Und doch würde ich es niemals anders haben wollen. Liams Name war unwiderruflich in mein Herz geritzt. Von jetzt an würde es ein Vor-Liam geben, und eines Tages würde es vielleicht ein Nach-Liam geben, aber ich begriff, dass ich gehofft hatte, dass es nicht so sein würde.

»Was hältst du von Schottland?«, fragte er.

Ich lachte freudlos. »Ich habe es kaum geschafft, Tara von der Olympic State zu überzeugen, dass ich den Atlantischen Ozean überquere, ist undenkbar.«

»Ich glaube, du würdest Schottland mögen«, sagte er und ignorierte meine Antwort. »Wir haben noch Monate, bevor wir eine Entscheidung treffen müssen.«

Mein Atem stockte bei seiner letzten Feststellung. »Bevor *wir* eine Entscheidung treffen müssen?«

»*Wir. Wie in: Du und ich. Gemeinsam.* Ich weiß, dass du genauso sehr wie ich willst, dass das hier funktioniert, und das wird es nur, wenn wir darüber reden. Auf meinem Studentenvisum steht, dass ich im Mai nach Schottland zurückgehe, aber das ist nur ein Stück Papier, Chick.« Sein Arm legte sich fester um meine Taille, als er das sagte, als befürchtete er, dass jemand versuchen könnte, uns auseinanderzureißen.

»Die US-Regierung könnte das anders sehen«, sagte ich mit einem kleinen Lächeln. Auch wenn ich wusste, dass schwierige Entscheidungen vor uns lagen, fühlte ich mich in seiner Umarmung sicher und ruhig.

»Es haben sich schon mehr Leute aus verschiedenen Ländern verliebt«, sagte er sanft. »So sind wir eine Weltgemeinschaft geworden.«

»Aber …«

»Wir haben Zeit, um alles zu besprechen, und ich verspreche dir, das werden wir. Du wirst mich nicht so leicht los, Jillian Nichols«, sagte er. »Nicht jetzt, wo ich dich endlich geangelt habe.«

Es war so dumm, sich über die Zukunft Sorgen zu machen, wo wir doch *jetzt* zusammen waren, also drehte ich mich zu ihm um. Minuten – vielleicht Stunden – vergingen, während wir einander in die Augen blickten. Wir brauchten nichts zu sagen, um zu verstehen, wie weit wir in den letzten Monaten gekommen waren. Das *Wir*, von dem wir sprachen, würde uns in nächster Zeit definieren, wenn ich das richtig sah. Und während etwas in mir das ablehnen und mir zukünftigen Herzschmerz ersparen wollte, wusste ich, dass ich so sehr ein Teil von Liam war wie er von mir.

Liam legte die Lippen auf meine, um ein unausgesprochenes Versprechen zu besiegeln. Unsere Glieder umschlangen sich, unsere Lippen legten sich aufeinander und tranken den Atem des jeweils anderen wie ein Lebenselixier. Egal, was in den kommenden Monaten geschehen würde, dieser Moment war es wert. Sein Kuss verbrannte mich, nahm mir jeden Gedanken, außer einem.

Er hatte mich wirklich endlich geangelt.

Danksagung

Eine Menge Leute haben mir ihre Unterstützung, ihren Rat und ihre Begeisterung geschenkt, während ich an diesem Projekt gearbeitet habe. Besonders dankbar bin ich Laurelin Paige, Tamara Mataya, Lucy Stark und Melanie Harlow, die absolute Naturtalente beim Schreiben sind. Danke an Bethany Taylor, außergewöhnliche Lektorin, die von Anfang an ein Fan von Liam war.

J. Lynn, Chelsea Cameron, Lyla Payne und Alessandra Thomas danke ich für weise Worte bezüglich dieses neuen Unterfangens. Ich habe so viel von euch allen gelernt!

Danke an die fabelhafte Giselle, die beste Pressesprecherin, die sich eine Frau wünschen kann. Und ein riesiges Dankeschön an Mollie Glick, meine immer geduldige Agentin. Danke, dass du mit mir ein Risiko eingehst.

Und natürlich hätte ich niemals auch nur ein Wort ohne meinen Ehemann geschrieben, Mr. Hot Stuff höchstselbst. Danke, dass du den Wahnsinn, der dieses Buch war, mit mir ausgehalten hast. Ich kann nicht versprechen, dass ich dir das nicht noch einmal antue, aber ich versuche, in Zukunft sanfter zu sein.

Und zuletzt gilt mein Dank euch, die ihr das Buch lest. Ihr seid das Schreiben bis in die Nacht, den Stress, die Gewichtszunahme und den Wahnsinn wert. Ich kann nicht abwarten, mehr Geschichten mit euch zu teilen. Unsere Abenteuer beginnen erst.

Leseprobe

With or Without You

Mein Herz gehört dir

von Geneva Lee

Klug, zuverlässig, fleißig und mit einem perfekten Plan für ihre Zukunft in der Tasche – das ist Studentin Jessica Stone. Wilde Partys, heiße Flirts oder spontane Abenteuer sind nicht ihr Ding, und als ihre Freundin Cassie sie zu einem Kurztrip nach Mexiko überredet, hat Jessica mehr Bücher als Bikinis im Koffer. Doch dann treffen sie am Flughafen ausgerechnet Roman Markson, den heißesten Typen vom ganzen Campus … und als Jessicas Dozent komplett verbotenes Terrain. Aber es funkt gewaltig zwischen den beiden und: Was in Mexiko passiert, bleibt auch in Mexiko. Oder?

Kapitel 1

Nicht dass ich diesbezüglich Erfahrung gehabt hätte, aber ich hatte mir immer vorgestellt, dass ein Antrag auf Tränen und Lachen hinauslief. Junge fragt, Mädchen bricht in Freudentränen aus, Hochzeitspläne folgen. Ich aber weinte nicht, was vermutlich ein schlechtes Zeichen war. Wir beide wussten das, doch Brett kniete immer noch vor mir und hielt einen Ring in der Hand.

Willst du mich heiraten?

Seine Rede hatte noch mehr beinhaltet. Es war irgendwie um Vereinbarkeit und solide Kommunikationsfähigkeiten gegangen. Im Grunde genommen die Antithese zur Romantik. Es braucht schon eine Menge, um mich vollkommen sprachlos zu machen. So ein Ich-habe-absolut-keine-Ahnung-was-ich-sagen-soll-Schweigen war in meinem Leben bislang noch nicht vorgekommen, aber Brett hatte es geschafft, mich mit dieser einen Frage völlig sprachlos zu machen. Tatsächlich konnte ich keinen klaren Gedanken fassen, deshalb begann ich, im Geiste eine Liste aufzustellen, und hoffte inständig, dass es so aussah, als dachte ich nach. In Wahrheit brauchte ich Zeit, damit sich mir ein Ausweg bot. Oder wir in ein Wurmloch stürzten. Oder an Altersschwäche starben.

Im Grunde genommen wartete ich auf *irgendetwas*, das mich davor bewahrte, ihm antworten zu müssen.

Listen waren immer schon mein Notfallplan gewesen. Sie sorgten dafür, dass ich das College im Griff hatte, keinen Ärger bekam, und vor allem stellten sie sicher, dass mein Leben organisiert verlief. Mein Gehirn war wie ein riesiger Terminplaner, der in saubere Listen unterteilt war: Seminare, Zulassungstest zum Medizinstudium, Cassie und Jillian, Familie und Brett. Nicht unbedingt in der Reihenfolge, aber fast. Die Brett-Liste nahm den kleinsten Platz in meiner Gehirnagenda ein. Ich fand das nicht grausam, denn tatsächlich benötigte er einfach nicht viel. Nicht von mir. Brett war unabhängig und verantwortungsbewusst, er studierte BWL und hatte vor, seinen Betriebswirt zu machen. Wir funktionierten, weil wir einander nicht brauchten. Zumindest hatte ich das gedacht. Jetzt war ich da nicht mehr so sicher. Zu heiraten würde nach einer bedeutenden Neukategorisierung verlangen. Offensichtlich war Brett nicht glücklich mit dem winzigen, aber adäquaten Platz, den er auf meiner Prioritätenliste einnahm. Warum würde er mich sonst darum bitten, ihn zu heiraten?

Der Ring, den er da in der Hand hatte, war ein Beweis für seinen Vorsatz. Hatte er darüber seit Tagen nachgedacht? Hatte es seit Tagen geplant, seit Wochen gar? Man kauft einen Diamanten ja nicht im Supermarkt um die

Ecke. Ich ging in Gedanken die letzten Wochen durch und untersuchte Augenblick um Augenblick nach einem Hinweis, was zur Hölle mir das hier beschert hatte. Wir beide hatten unsere Abschlussprüfungen diese Woche hinter uns gebracht, sodass ich mich darauf hatte konzentrieren können, Jillian durch ihre Tests zu bringen. Heute Abend hatten wir uns mit Cassie, Jillian und Liam im Garretts zur Semesterabschlussparty getroffen. Cassie hatte sich entschuldigt, um Trevor zu suchen, und Jillian und Liam waren für eine kleine Privatparty in unserer Wohnung verschwunden. In keiner Sekunde fand ich irgendein Anzeichen darauf, dass Brett mit unserer Beziehung, so wie sie war, unglücklich war. Bretts Gehirn war ständig mit zwei Dingen gleichzeitig beschäftigt: College und Zukunftsplanung. Das hatten wir gemeinsam. Dieser Teil trug dazu bei, dass wir beide zusammen funktionierten.

Brett räusperte sich, um mich daran zu erinnern, dass er noch vor mir kniete, und ich schüttelte den Kopf in dem Versuch, meine Gedanken zu sortieren. Meine Zeit war abgelaufen, und ich wusste immer noch nicht, was ich sagen sollte. Was würden Jillian oder Cassie in dieser Situation tun? Jillian würde ihn auslachen, und Cassie würde ihn verfluchen. Beide Reaktionen schienen mir nicht angemessen, obwohl mir ein wenig danach war, beides zu tun. Und vielleicht auch loszuheulen, aber nicht auf die gute Art und Weise.

»Jess?«, hakte Brett nach, und ich zwang mich dazu, ihn anzusehen. Er sah gut aus, aber er war nicht so heiß, dass er ein Arschloch gewesen wäre. Sauber rasiert, mit akkuratem Haarschnitt und einem Kleidungsstil, der genau zwischen

Hipster und Prepster lag. Ich hatte keinen Zweifel daran, dass diese Kleidung mehr Richtung preppy gehen würde, je näher wir dem Abschluss kamen. Blazer und Khakihosen waren seine Zukunft. Denn Brett war jemand, der vorhatte, eine anspruchsvolle Karriere zu verfolgen. Er war zuverlässig, verantwortungsvoll und mäßig ambitioniert, aber als ich so auf ihn herabsah, erkannte ich, dass mir das alles nichts bedeutete. Die Tatsache, dass er da unten kniete, machte alles nur peinlich.

»Ich denke«, gab ich vor.

»Denkst du Ja oder Nein?« Das darauf folgende Lachen klang zu gezwungen, als dass es die Spannung aufgehoben hätte. Mit meinem Zögern konnte er nicht gerechnet haben, als er den Antrag geplant hatte.

»Ich weiß es nicht.« Ich wusste es wirklich nicht. Mein Gehirn war im Moment nicht in der Lage, irgendeine endgültige Antwort auf irgendeine Frage zu geben. Er könnte mich genauso gut fragen, ob der Himmel blau war, und ich hätte nicht mit Ja antworten können.

Bretts Schultern sackten herab, aber das Lächeln blieb auf seinem Gesicht wie festgetackert. Ich begann zu glauben, dass er sich nicht vom Fleck rühren würde, bis ich nicht zugestimmt hatte, seine Frau zu werden.

Seine Frau!

Heilige Scheiße. Brett wollte, dass ich ihn heiratete, und egal wie sehr ich auch versuchte, die Listen in meinem Hirn umzusortieren, schien doch einfach kein Platz für Brett, den Ehemann, darin zu sein. Das konnte ich ihm aber natürlich nicht sagen. Stattdessen schloss ich den Deckel des

Schmuckkästchens und verdeckte so den glitzernden Diamantverlobungsring mit Princess-Schliff, so als wäre irgendwas besser, wenn ich das Teil nicht mehr sah.

Bretts Kiefer war angespannt, als er aufstand. »Ich schätze, das ist eine Antwort.«

»Das ist keine Antwort«, unterbrach ich ihn. »Ich muss darüber nachdenken. Es gibt eine Menge zu bedenken. Das Medizinstudium, Finanzen, Wohnsitze.« Selbst während ich das sagte, wusste ich, dass eine Powerpointpräsentation über diese Dinge unter den Bedingungen einer Ehe auch nicht geholfen hätte. Ich wollte glauben, dass ich einfach ein vorsichtiges Mädchen war, und nicht, dass ich ihn den größten Teil eines Jahres hingehalten hatte. Das Problem war, dass ich mir kein Szenario vorstellen konnte, in dem ich Ja sagen würde.

Aber bedeutete es wirklich, Nein zu sagen, wenn ich nicht Ja sagte? Hatte ich gerade meine Unterschrift unter einen Aufhebungsvertrag unserer Beziehung gesetzt? Es würde schwer werden, mich davon zu erholen. Vielleicht würde ich die Dinge ja mit ein wenig Zeit und jeder Menge Pro- und Contra-Listen anders sehen.

»Ich versteh schon«, sagte Brett und hob eine Hand. »Mach deine Liste, Jess.«

Doch obwohl ich nicht Nein gesagt hatte, gab Brett mir vor meiner Tür keinen Abschiedskuss, und ich konnte es ihm nicht übel nehmen. Ich konnte es hinauszögern und Ausflüchte machen, ich könnte mir einreden, dass ich darüber schlafen musste. Aber die Wahrheit war, wir beide wussten, dass mir bei dieser Entscheidung keine Liste helfen würde.

Kapitel 2

Wann immer mein Telefon um zwei Uhr morgens klingelte, sagte ich mir, dass das nur als Vorbereitung auf mein Dasein als Ärztin diente und dass ich mich daran gewöhnen musste. Ansonsten würde es nämlich damit enden, dass ich meine Freunde umbrachte. Weder Cassie noch Jillian missbrauchten die Macht des Handys oft, aber sie hatten mich schon mehr als einmal angerufen, damit ich ihre besoffenen Ärsche aus der Bar nach Hause brachte. Ich war auch schon angerufen worden, um einen verstauchten Knöchel zu verbinden, als Scherz während der Abschlussprüfungen, und mehrfach war ich unabsichtlich von ihren Hintern angewählt worden. Nach dem Wahnsinn der heutigen Nacht hoffte ich allerdings, dass sie einen wirklich guten Grund für den Anruf hatten. Ich kramte nach dem Handy und riss es schließlich aus der Steckdose.

»Ich hoffe für dich, du bist am Verbluten«, murmelte ich, als ich ranging.

»Ich bin auf dem Weg«, sagte Cassie und legte auf. Ich

setzte mich kerzengerade im Bett auf. Ich verehrte meine besten Freundinnen, aber sie konnten auch einen Hauch zu dramatisch sein. Nicht dass sie dafür nicht ihre Gründe hatten. Die hatten sie für gewöhnlich. Der Grund, aus dem Cassie um diese Uhrzeit zu mir kommen wollte, musste allerdings wirklich ernst sein. Erstens war es zwei Uhr morgens an einem Freitag. Normale Leute hatten jetzt Sex oder waren noch in den Bars unterwegs. Und zweitens hatte sie nicht geflucht. Stattdessen war ihre Stimme vollkommen ausdruckslos gewesen. Eine ruhige Cassie war so erschreckend wie nichts sonst auf der Welt.

Ich schob mich aus dem Bett und machte mir einen unordentlichen Dutt, dann schlappte ich durch den Flur und blieb vor Jillians Tür stehen. Sie hatte ein »Bitte nicht stören«-Schild an die Tür gehängt, das eine von uns mal aus einem Hotel hatte mitgehen lassen. Sie hatte also auf jeden Fall einen normalen Freitag. Entgegen besseren Wissens drückte ich das Ohr an die Tür und hielt den Atem an. Hoffentlich war die wilde Party schon vorbei. Es war überraschend ruhig, und nur leises Gekicher durchbrach die Stille. Himmel, Liam hatte Stehvermögen. Ich ging das Risiko ein und klopfte.

Zwanzig Sekunden später wurde die Tür einen Spaltbreit geöffnet. Jillian sah mich mit erhobener Augenbraue an. Ich konnte die Rundung ihrer Hüfte erkennen und begriff, dass sie nackt war. Es war absolut uncool, sie beim Sex zu stören, und ich fühlte mich schrecklich deshalb, besonders da sie erst kürzlich alles mit Liam geklärt hatte. Trotzdem war das hier ein Notfall.

»Cassie kommt her. Jills, sie war *ruhig*«, sagte ich.

Sie riss die Augen auf. Jillian war der einzige Mensch, der begriff, was das bedeutete. »Mist, gib mir fünf Minuten.«

Jillian verschwand wieder, und ich versuchte, nicht auf die gedämpften Stimmen zu lauschen. Sie war in weniger als zwei Minuten zurück und folgte mir ins Wohnzimmer. Sie versuchte, sich mit den Fingern die zerzauste Frisur zu glätten, die offensichtlich einer Nacht mit herausragendem Sex zum Opfer gefallen war. Ich fragte mich, wie das wohl war. Bei mir hatte sich kaum je eine Strähne aus meinem Pferdeschwanz gelöst, wenn Brett und ich fertig waren.

Ich dachte immer noch darüber nach, als Liam halb bekleidet aus dem Schlafzimmer kam. Ich sah weg und wurde rot, als er seinen Reißverschluss zuzog. Als er so durch die Wohnung stapfte, das Sixpack voll zur Schau gestellt, war es schwer, ihn zu ignorieren. Als er sich endlich die Schuhe zuband und sein Hemd anzog, hatte ich wahrscheinlich die Farbe eines kandierten Apfels angenommen.

Jillian brachte ihn an die Tür, und er blieb stehen und lehnte sich gegen den Türrahmen. »Seh ich dich morgen?«

»In aller Frühe«, sagte sie und stellte sich auf die Zehenspitzen, um ihm einen Abschiedskuss zu geben. Eine seltsame Mischung aus Glück und Eifersucht durchflutete mich. Ich freute mich wahnsinnig für sie. Jillian hatte versucht, ihre Beziehung zu sabotieren, aber die Liebe hatte gesiegt. Sie waren absolut perfekt füreinander, und Liam war mehr als nur ein netter Kerl. Er war ein Traumtyp. Ich wandte mich ab, als sie den Abschied mit einer tendenziell pornotauglichen Liebesbekundung besiegelten.

Liam ging nach einem leisen »Ich liebe dich« und einem letzten Kuss auf ihre Stirn.

Jillian schloss nicht hinter ihm ab. Sie setzte sich zu mir und leuchtete förmlich vor Glück. Ich sah allerdings, dass sie sich Mühe gab, ernst auszusehen für Cassie.

Mit jeder verstreichenden Sekunde machte mein Magen mehr Salti und Bocksprünge. Ich war bereits aufgewühlt wegen Bretts kurz entschlossenem Antrag, und die Sache mit Cassie machte mich nur noch nervöser.

»Was glaubst du, was passiert ist?« Abwesend kaute ich auf meinem Daumennagel herum.

Sie tippte an meine Hand. »Hör auf damit.« Jillian schwieg kurz, dann stieß sie einen langen Seufzer aus. »Ich habe das Gefühl, ich weiß, worum es hier geht.«

Ich wartete darauf, dass sie es mir erzählte, aber sie schien zu zögern. »Und das wäre?«

»Neulich bin ich Trevor in der Bibliothek begegnet, und er hat sich merkwürdig verhalten, als hätte ich ihn bei etwas erwischt.«

»Bei was erwischt? Beim Lernen?«, fragte ich. Trevor war der Typ Mann, der nicht den Ruf haben wollte, fleißig zu sein. Er warf mit Geld um sich, um sorglos und reich zu wirken. Es war offensichtlich eine Show, aber Cassie hatte den Haken geschluckt.

Jillian schnaubte. »Ich bezweifle, dass er ein heimliches Date mit den Ökonomiebüchern hatte. Ich glaube …«

Bevor sie mir sagen konnte, was sie glaubte, platzte Cassie in die Wohnung. Ihre sowieso schon erschreckende Ruhe war jetzt von einer unbändigen Wut verdrängt worden, die ihren ganzen Körper zittern ließ. »Dieser Hurensohn!«

»Oh, oh.« Mein Blick huschte von Cassie zu Jillian, deren Schultern herabsanken. Was auch immer Jillian zu wissen glaubte, es war klar, dass Cassie es gerade bestätigt hatte.

»Möchtest du was zu trinken oder so?«, fragte ich. Ich wusste genau, was ich zu tun hatte. *Mach es ihr bequem. Beruhige sie. Lenk sie ab.* Dann diskutiere die Möglichkeiten mit ihr. Das war meine Tranquilizer-Liste. Es war eine schlechte Angewohnheit von mir, die abzuhaken, wenn eins meiner Mädchen ausrastete.

»Ich hätte gern einen Baseballschläger. Oder Pfefferspray.« Cassie zählte Sachen auf, die immer Furcht einflößender wurden, und beendete das Ganze mit: » Gib mir eins dieser riesigen mittelalterlichen Dinger mit Dornen drin, in die man Arschlöcher einsperrt«.

»Ich bin mir nicht sicher, ob wir eine Eiserne Jungfrau haben«, sagte Jillian sanft. Sie klopfte neben sich auf das Sofa, um Cassie dazu zu bringen, sich neben sie zu setzen, aber Cassie lief weiter wie eine Wahnsinnige hin und her. Normalerweise sah Cassie immer tadellos aus, aber jetzt war ihr schwarzes Haar zu einem Pferdeschwanz zusammengezurrt, und ihre Kleider waren verknittert.

»Du wirst Ärztin.« Sie zeigte auf mich, und ich sank gegen das Sofakissen zurück. Das konnte nichts Gutes bedeuten. »Was nimmt man, um Arschlöcher zu kastrieren?«

Ich schüttelte den Kopf. »Äh, wir machen das eigentlich nicht … selbst bei Arschlöchern nicht.«

»Messer«, sagte Jillian, und ich warf ihr einen Blick zu.

Selbst ohne die Details zu kennen, wusste ich, dass es keine gute Idee war, Cassie mit Waffen auszustatten.

»Gut. Ihr habt Messer da, oder?«

»Neeeeeein«, log Jillian sofort, aber ihr Blick flackerte zur Küche hinüber.

Ich beschloss, Cassie festzuhalten, falls sie auch nur einen Schritt auf den Schrank zu machte.

»Erzähl uns, was passiert ist.« Sie musste darüber reden, und ich musste sie dazu bringen, ihre Mordlust loszuwerden.

»Sagen wir der Einfachheit halber, ich bin rüber zu Trevor gegangen, und da waren ein paar Beine um seinen Hals geschlungen, die mal definitiv nicht meine waren.« Die Enthüllung platzte aus ihr heraus, und sobald sie es ausgesprochen hatte, sackte sie unter Tränen auf dem Boden zusammen.

Jillian und ich sahen einander entsetzt an, dann hockten wir uns zu ihr. Wir nahmen sie beide fest in die Arme und ließen sie weinen und nickten verständnisvoll, als sie versuchte, mehr von der Geschichte herauszubringen, auch wenn wir bei dem ganzen Fluchen und Heulen nicht wirklich folgen konnten.

Eine Sache war aber klar: Trevor hatte es so richtig vermasselt, und Cassie war das Opfer seiner Idiotie. Über Cassies Schulter sah ich Jillians böse Blicke, während sie Cassies nur halb zusammenhängendes Geschwafel echote.

Er ist das Hinterletzte.

Ich habe auch immer gedacht, dass er ein Pisser ist.

Ich war froh, dass Jillian da war. Meine Talente lagen

darin, mit jemandem gemeinsam alle Optionen abzuwägen. Wut und Tränen konnte ich nicht so gut handhaben. Sobald wir Cassie beruhigt hatten und sie ein wenig geschlafen hatte, würde ich vernünftig mit ihr reden können. Wir würden das alles besprechen, und sie würde begreifen, was wir schon die ganze Zeit gewusst hatten. Kerle wie Trevor hatten keinen Bestand. Für jeden außer Cassie war das offensichtlich, jetzt würde sogar sie es verstehen. Natürlich würden manche Wunden länger brauchen, um zu heilen – wie das Tattoo, das Cassie sich für ihn hatte machen lassen.

Im Moment konnte ich Cassie nicht sagen, dass sie besser ohne ihn dran war, diese Unterhaltung würden wir auf keinen Fall heute Nacht führen. Also saßen wir da, ließen Cassie weinen, bis sie so müde war, dass sie sich nicht wehrte, als wir sie in mein Bett schleppten. Sie stieg mit mascaraverschmierten Augen hinein, ihr Körper bebte immer noch vor Schluchzern, und ich durfte die Decke über sie ziehen. Ich legte meine Arme um meine beste Freundin und hielt sie fest, bis wir beide einschliefen.

Kapitel 3

Woran erkennt man, dass ein Mädchen gerade eine schlimme Trennung hinter sich hat? Halt nach den vorschnellen Entscheidungen Ausschau. Manchmal soll ein neuer Haarschnitt oder eine schnelle Nummer mit einem Lückenbüßer aus der Bar die Perspektive auf ihr Leben ändern. Dieser Gefahr hatten wir alle schon gegenübergestanden, und Cassie war mitten im Trennungswahnsinn. Sie hatte lange genug mit dem Weinen aufgehört, um einen vollkommen lächerlichen Plan zu schmieden, damit sie sich wieder besser fühlte. Unglücklicherweise schloss besagter Plan auch mich und meinen Reisepass mit ein.

»Das wird episch«, versprach sie mir.

»Garantiert nicht«, wiederholte ich, während ich ihr ein Glas Wasser einschenkte. Nichts war schlimmer, als vom Weinen dehydriert zu sein.

Sie hielt das Glas fest, ohne das Wasser zu trinken, und ihre Fingernägel tippten dagegen. Sie hatte sich eine Pyjamahose und ein Tanktop geliehen, um die Kleider von der letzten Nacht ausziehen zu können. Oder wie sie es genannt hatte, das Outfit, das sie am schlimmsten Tag ihres Lebens getragen hatte. Ich hatte sie das ganze Semester noch nicht so lässig gekleidet gesehen. Und obwohl es fast zehn Uhr morgens war, waren ihre Augen rot umrandet und verquollen. In der letzten Stunde hatte sie nicht geweint, aber es war nur eine Frage der Zeit, bis es wieder losging.

»Hast du was Besseres vor über die Weihnachtsferien?«, fragte sie.

Da hatte sie mich ertappt. Meine Pläne für diese Ferien beinhalteten fernsehen und ein paar Bücher. Ich würde nicht einmal nach Oregon fahren. Meine Schwester würde in Seattle bleiben, da sie nicht freinehmen konnte, und meine Mutter hatte einen neuen Freund. Aus unsere Telefonaten war klar geworden, dass sie noch in der Honeymoonphase waren, was bedeutete, dass es absolut Übelkeit erregend sein würde, in ihrer Nähe zu sein. Gerade im Moment war ein Liebesfilm wirklich das Letzte, was ich mir angucken wollte, und da Brett nach Hause nach Indiana fuhr, würde ich Raum haben, über alles nachzudenken. Ich hatte Jillian sogar versprochen, dass sie mein Auto haben konnte, um hinunter nach Kalifornien zu fahren, damit ich während der Ferien die Wohnung für mich hatte. Ich würde die nächsten vier Wochen in Olympic Falls bleiben, und nichts, was Cassie sagte, würde mich umstimmen.

»Du musst mitkommen. Ich muss verdammt noch mal hier raus«, sagte Cassie, und ihre Stimme wurde immer kieksiger und steigerte sich schließlich zu einem Schluchzen.

»Was ist mit Texas?«, fragte ich sie. »Willst du deine Familie nicht sehen?«

»Meine Eltern fahren mit meinen Schwestern dieses Jahr nach fucking Nashville.« Cassie stemmte die Hände in die Hüften und schüttelte angewidert den Kopf. »Mit Texas komme ich klar, aber ein Weihnachtskonzert in der Grand Ole Opry könnte mich in meinem aktuellen Zustand umbringen. Du weißt doch, dass es in jedem einzelnen Countrysong ums Schlussmachen oder sich Verlieben geht. Es wäre Folter. Außerdem haben sie den Trip schon gebucht. Ich würde alles durcheinanderbringen. Aber *wir* könnten irgendwohin fahren.«

Cassie war nicht so hart drauf, wie sie immer tat. Sie hatte die meisten Ferien daheim mit ihrer Familie verbracht, und ich vermutete, dass ihr Zögern, dieses Jahr nach Texas zu fahren, nicht mit Songs von Dolly Parton zusammenhing. Diesen Gedanken behielt ich allerdings für mich. »Ich kann nirgendwohin.«

»Wir gehen nicht nirgendwohin.« Cassies Drängen nervte ziemlich.

»Wo gehst du hin?«, fragte Jillian und ließ eine Reisetasche auf den Wohnzimmerboden fallen. Sie trug einen weichen, lose fallenden Pulli und sah entschieden zu gut aus für das bisschen Schlaf, das wir letzte Nacht bekommen hatten.

»Du siehst heiß aus«, sagte ich mit einer anständigen Portion Neid. »Hast du irgendein magisches Zaubermittel gefunden, das deinen Schlafbedarf mindert?«

»Stunden um Stunden mit großartigem Sex«, sagte sie

mit einem Zwinkern, aber das Lächeln erlosch sofort wieder. »O mein Gott, Cassie. Es tut mir leid. Das …«

»Entschuldige dich nicht dafür, einen tollen Kerl zu vögeln«, sagte Cassie und tat Jillians Fauxpas mit einer Handbewegung ab.

»Es war trotzdem mies, damit anzugeben«, sagte Jillian, legte Cassie die Arme um die Taille und zog sie fest an sich. »Vergibst zu mir, dass ich ein Idiot war?«

»Na klar.« Cassie ließ ihren Kopf an Jillians sinken, aber einen Augenblick später wandte sie ihre Aufmerksamkeit wieder mir zu. »Ich und Jess müssen Olympic Falls auch verlassen.«

»Das ist eine hervorragende Idee! Du kannst mit nach Kalifornien kommen.« Jillian schaffte es, das wie ein verlockendes Angebot wirken zu lassen, aber sowohl Cassie als auch ich wussten, dass ihr vor den Feiertagen grauste, trotz des schottischen Kerls an ihrer Seite.

»Ich glaube nicht, dass ich im Moment mit Taras Bullshit klarkäme«, sagte Cassie.

»Verständlich. Ich komme mit dem Bullshit meiner Mutter auch nicht klar.« Jillian setzte sich auf einen Hocker. Sie würde niemanden dazu verdonnern, die Feiertage mit ihrer Familie zu verbringen. »Wo gehst du also hin?«

Wir antworteten gleichzeitig.

Cassie: »Mexiko.«

Ich: »Nirgendwohin.«

»Wir fahren nicht nach Mexiko!«, wiederholte ich mit Nachdruck. Ich wollte Cassies Seifenblase nicht zum Zerplatzen bringen, aber Mexiko konnte ich mir einfach nicht leisten, und ich hatte auch keine Lust auf eine Reise. Ich wollte nur ein wenig Zeit in einer leeren Wohnung – alleine.

»Ich bin mindestens eine Woche lang weg. Falls ich nicht vorher fliehen muss, aber Liam sagt, wir bleiben über Weihnachten dort«, sagte Jillian. »Du könntest in meinem Zimmer wohnen, während ich weg bin.«

Ich machte mir eine geistige Notiz, Jillian daran zu erinnern, dass sie mich zuerst fragen musste, bevor sie unsere Wohnung als Hotel anbot. Cassie hier zu haben, würde meinem Plan einen Knacks versetzen, aber wenn sie hier pennen wollte, würde ich es auch überleben.

»Und dann höre ich Brett und Jess die ganze Zeit beim Liebemachen zu?«, gab Cassie zurück. »Ich glaube kaum.«

»Brett fährt über die Ferien nach Hause«, sagte ich.

Jillian kniff die Augen zusammen und musterte mich. »Du klingst nicht gerade betrübt.«

War ich auch nicht, aber ich wollte das jetzt nicht zugeben. Cassie mit Infos zu Bretts Antrag zu quälen, war das Letzte, was ich tun würde. Außerdem war es sowieso nicht so, dass wir ständig unzertrennlich waren. »Er geht zu seiner Familie. Das ist gut für ihn.«

»Und er nimmt dich nicht mit?«, fragte Cassie und hatte schon wieder Tränen in den Augen. »Trevor hat mich nie seiner Familie vorgestellt«, jammerte sie. »Ich hätte wissen müssen, dass etwas …«

»Ich will nicht mit ihm nach Indiana fahren«, sagte ich. »Dieses Semester war schwierig, und ich hinke bei meinen Serien hinterher.«

»Deine Serien?«, wiederholte Jillian, die sich nicht die Mühe machte, ihr Lachen zu verbergen. »Bist du sechzig? Machst du ein bisschen Sudoku und adoptierst Katzen, wenn ich weg bin?«

»Sei kein Miststück.«

»Sei keine sechzig!« Jillian lachte wieder und lief dann in ihr Zimmer, um fertig zu packen.

Mein Handy vibrierte in meiner Tasche, und ich holte es hervor, um ausgerechnet eine Nachricht von Brett auf dem Display aufleuchten zu sehen.

Planänderung. Ich bleibe über die Ferien bei dir. Ich kann nicht nach Hause, bevor wir geredet haben.

Ich schob das Telefon wieder in meine Tasche und versuchte, normal auszusehen. Dass Brett nicht nach Hause fuhr, war schlecht. Wenn er hierblieb, würde er immer wieder von der Ehe anfangen, bis er mich mürbe gemacht hätte. Ich würde nicht Ja sagen, nur damit er endlich die Klappe hielt. Aber ich wusste, was passieren würde, wenn ich ihm sagte, dass ich nicht wollte, dass er blieb.

Meine Beziehung war dem Untergang geweiht. Das wurde mit jeder Minute, die verging, deutlicher. Es war nicht fair, ihn in dem Glauben zu lassen, dass es eine Chance gab. Aber genau vor Weihnachten Schluss machen? Das war ein echter Bitchmove. Plötzlich hatte ich das Gefühl, dass die Luft in der Wohnung einfach weg war, ich konnte nicht mehr atmen. In Olympic Falls zu bleiben fühlte sich unmöglich an.

»Geht es dir gut?«, fragte Cassie und sah mich argwöhnisch an.

»Mir geht's gut«, sagte ich lässig. Tatsache war, dass ich weit davon entfernt war, mich okay zu fühlen. »Ich habe nur gerade beschlossen, mit dir nach Mexiko zu fahren.«

Wenn Sie wissen möchten,
wie es weitergeht, lesen Sie

GENEVA LEE

With or Without You

Mein Herz gehört dir

Erscheint im April 2019
Auch als E-Book erhältlich

Endlich: die neue heiße Trilogie von Bestsellerautorin Geneva Lee!

288 Seiten. ISBN 978-3-7341-0483-1

Als Emma Southerly auf einer exklusiven Party, auf der sie eigentlich weder sein will noch erwünscht ist, den attraktiven, geheimnisvollen Jamie trifft, klopft ihr Herz vom ersten Augenblick an einen Takt schneller. Wer ist dieser Mann mit dem raubtierhaften Charme, und warum fühlt sie sich so zu ihm hingezogen? Trotz aller Bedenken verbringt sie eine leidenschaftliche Nacht mit ihm, die sie so schnell nicht vergessen wird – auch, weil es am nächsten Morgen in Las Vegas nur ein Thema gibt: Eine Leiche wurde gefunden – und Jamie ist der Hauptverdächtige. Aber er war doch die ganze Nacht bei ihr, oder etwa nicht?

Lesen Sie mehr unter: **www.blanvalet.de**